講談社文庫

新本格魔法少女りすか

西尾維新

講談社

新本格魔法少女りすか

稚き頃の記憶が、恐怖と悲哀のみしかもたらさぬ者こそ、不幸なるかな。

H・P・ラヴクラフト『アウトサイダー』

第一話　やさしい魔法はつかえない。

　ぼくがその、事件というべきか事故というべきか、とにかく判然としない『事実』を目撃したのは丁度(ちょうど)一週間前、先週の日曜日のことだった。ぼくはその日、所用あって自分の住処(すみか)である佐賀県河野(かわの)市を遥(はる)か離れ、県境を越えて福岡県博多市の木砂(きずな)町にやってきていた。所用というのは説明の仕様は色々あるが、突き詰めれば要するに『人に会う』というだけで、逆に言えば確たる目的はなかったとも言えるのだが、何にせよぼくはその『事実』の現場に衝突するだけの必然の持ち合わせがあったわけではなく、その場に居合わせたのはただの偶然——というものだろうと思う。こういうことがあるからぼくは偶然という奴がそれほど嫌いにはなれないのだ。ことは、佐賀県への帰途、まず博多駅にまで向かう電車を、木砂町の地下鉄新木砂駅の一番ホームで待っている際に起こった。時刻ははっきりしている——午後の六時三十二分。何故(なぜ)はっきりそう断言できるかといえば、その時間、正に、ぼくの待つ一番ホームに、列車が進入しようとしていたからだ。日本の鉄道は国鉄私鉄を問わず、おしなべて時間に正確である。とにかく、六時三十二分。『一番線に列車が参ります。危険ですので黄色い線の内側までお下がりください』というお定まりの放送も、輪唱するように聞こえてきた、その数秒後のことだった。その電車に乗るためにぼくの前に並んでいた四人――見知らぬ四人だが、今ではもう名前もはっきりしている、賀川先郎(かがわさきろう)、矢那春雨(やなはるさめ)、真辺早紀(まなべさき)、田井中羽実(たいなかうみ)――が、タイミングを測っていたかのように、電車の先頭車両が目前を通り過ぎるその寸前に――線路に向かって、その身を投げ込んだのだ。

その瞬間のことを、脳内麻薬の効果なのかただの錯覚なのか、ぼくはスローモーションで記憶している。吸い込まれるように、むしろ先を競うように落ちていく四人と、電車の運転士の啞然(あぜん)とした、天変地異を目撃しているかのような表情――だが、それも一瞬、一瞬のこと。視覚の速度はすぐに元に戻ったが――その一瞬のあとに何がどういうことになったかなんてよほど脳に血液の巡ってない人間でもない限り、説明するまでもないだろう。四人はどれが誰の部品だか分からないくらいにばらばらに、散らばるように吹っ飛ばされた。基本的に電車と言う乗り物は線路を走るだけの物体なので、人間とぶつかったときのことを考えて設計されていない。莫大な質量を所有する一個の鉄の塊(かたまり)、暴力の象徴と考えた方がいい――ぼくと、そして被害者の四人が並んでいた乗車口は、一番ホームにおいて電車の進行方向から割と前の方だったが、そんなことはあまり関係ない。たとえ一番先頭の乗車口に並んでいたところで、ばらばらになって死ぬか、人の形が残るか、それくらいの違いでしかないだろう。今のところ確認されている『事実』はそれだけだ——本当にそれだけだったらぼくは何も問題を感じない。そりゃ、その事実の所為で電車を無駄に三十分ほど待つ羽目になったが、そんなことでいちいち目くじらを立てるような小人物では、ぼくはないのだ。ただ怒りなんて無駄なエネルギーは、手段、あるいは手役として以外は使わない。ただ——この『事実』が、単なる『事実』だけで収まらない点をいくつか含んでいることが、今回の場合、ぼくにとって大いに問題だ。いくつかの問題——一つは誰にでも分かることだろうが、四人の人間が一気に飛び込むという、同時性。一人の人間が電車に向かってダイブする、それだけなら分かり易い。一人の人間が線路に向かって転がり落ちる、それだけでもまだ分かり易い。自殺か事故での電車事故、そんなものは日本全国、地方中央を問わず二十四時間年中無休で行われている儀式のようなものだ。だがしかし、それが四人が同時にとなると——少し話も変わってくる。四人がまとめて、偶然、偶然に線路に飛び込むなんてとても考えられないことだし——同じく同時に自殺、という線も難しい。その四人がそれぞれに家族だったとか、親しい友人同士だったというのならばまだ『同時に自殺』、考えられない話ではないが、ぼくがその場で後ろから観察していた限りにおいて、四人の間には何の関係性もない、四人はそれぞれに全くの他人同士だった。ぼくは人間観察眼においてはかなりの自負を持っているし（誰でもいい、ぼくの前に連れてくればいい――その人間がどういう人物だか、箇条書きで百個は挙げてみせよう。勿論外見ではなく中身をだ）、四人の間に何の関係性もないというのはこれは後の新聞発表なんかでも言われていたことでもあるので、それは客観的データでも示されている事実である。要するに、同時性に続く第二の『問題点』は関係性のなさ、なのだ。まあここまでいえば第三の問題点に気付かない愚か者はそうそういないと思われるが、その第三の問題点とはつまるところ絶対的な不可能性、である。四人が同時に関連なく線路に落ちる――その公式を現実に当てはめようと思えば、すぐ後ろにいた人間が突き落とす、の他に方法は考えられない。実際、警察やらマスコミやらは、今もなお、その方向で『事件』の『犯人』を追っているそうだが――哀れに思うがそれは徒労だ。何故なら四人のすぐ後ろにいたのはこのぼくであり――ぼくは四人を突き落としたりしていない。見も知らぬ四人を線路に突き落として殺すというような、どこの未来にも繋がらない行為をぼくはしない。なんて言っても、クレタ人のパラドックスを持ち出すまでもなく、自己言及の言葉には何の説得力もないかもしれない。だが証言以上に、ぼくには四人を突き落とすことなど物理的に不可能なのだ。一人くらいなら、それも華奢な女性だったらという限定条件つきでなら、あるいはそれも可能かもしれないが――身長百三十八センチ、体重三十三キロ、当年とって十歳のぼく、供犠創貴には、同時に四人の大人を暴力によって移動させる手段はない。ま、そうは言ってもその場に留まれば疑われるのは必至だったろうから、己の小柄な身体を利用して、騒ぎになっている隙にその場からはしばらく離れさせてもらったのだが——さておき。そう、ぼくが四人の被害者を殺しおおせた『犯人』ではないという『事実』からして生じる不可能性——不可能性、である。『同時性の有』『欠く関係性』『不可能性の有』……この三つの問題点が揃えば、これはぼくにとって問題、『問題』であると明言してしまっていいだろう。先に言ったよう福岡に行ったのは人に会うためというそれだけの理由だったので、ぼくにとってこの『事実』は予想外のアクシデントとも言えるのだが、この手のアクシデントは、ぼくとしてはむしろ歓迎すべき愛らしい存在だった。何度でも繰り返すが、ぼくは偶然と言う奴をそんなに嫌っちゃいないのだ。さて、だからぼくはその日、その脚で直接りすかに会いに行こうかとも思ったのだが、一人や二人ならともかく、四人の人間が死んだともなれば警察もマスコミも気合いを入れて出張ってくるだろうから、もうちょっとほとぼりがさめてからの方がよいだろうと、ぼくは一週間を行動を起こすまでの冷却期間と定め、その間は他の雑事を片付けながら待つことにしたのだった。その一週間の間に何かくだらない解決が為されるようだったら、わざわざりすかの手を煩わすこともないのだし、と。だが建前としてそうは思いつつも、ぼくには確信のようなものがあった。確信のようなもの、というのはぼくの性格から生じる非常に謙虚な言い方であって、事実としてはそれは確信そのものである。そう、ぼくは吸い込まれるように線路に落ちていったあの四人が、決して被害者などではなく、正に犠牲者なのだと——確信していた。

「やありすか。愛しに来たよ」

「…………」

「いや、会いに来たの間違いなんだけどね」

勿論りすかに突っ込みなんて高度な対人対話能力を期待してはいなかったが、それでも何の反応も見せてもらえないというのも寂(さび)しい話だったので、自然、自分で釈明(しゃくめい)めいたことを口にしつつ、ぼくは部屋の端にほっぽられていたクッション（こうもり形）を拾い、持ち主の許可も取らずに勝手に座る。見れば、りすかは勉強机に向かっていて、黙々と右腕を動かしている。何か書きものだろうか。落ち着けた腰を上げ、りすかの背後まで行って机の上をりすかの肩越しに覗き込む。左側に分厚いハードカバーの本が広げてあって、右側には大学ノート。大学ノートという名前なのに大学生はあまり使わない、あの大学ノートだ。どうやら左から右に、文章を写しているらしい。ならば左の本は新たに入手でもしたか、あるいはどこかの秘蔵図書館からでも借りてきた、魔道(まどう)書だろう。魔道書の写本は実益を兼ねたりすかの趣味なのだ。振り返って本棚を見れば、各種魔道書が文字通り犇(ひしめ)いていて、殺風景な部屋に彩りを添えている。『妖蛆の秘密』――『断罪の書』――『屍食経典儀』――『屍体咀嚼儀典』――『セラエノ断章』――『魔法哲学』――『暗号』――『トートの書』――『魔女への鉄槌』――『ドール賛歌』――『世界の実相』――『屍霊秘法』――主立ったところは揃ってはいる（とはいえ、それもほとんどが写本だ）が、それでも手に入らない稀覯本はこうして己で写すしかないのである。そういう意味ではりすかの趣味は魔道書の『記述』の蒐集にこそあり、写本はただの手段だとも言える。まあ、下手に原本を集めれば金は掛かるし嵩張るし、合理的は合理的、日本語に訳して書いているところはさすが『魔法の王国』出身者だとは思うが。

「――って、うわっ！　びっくりしちゃった！」

突然、りすかがぼくを振り向いて、大声をあげた。

「びっくりしたのがわたしだったの。え？　なんでいきなりいるのがキズタカなの？」

「……生憎ぼくはりすかと違って魔法なんか使えないからね。階下のコーヒーショップの『準備中』の札がかかった扉をくぐって、中で清掃作業をしていたチェンバリンさんに挨拶し、カウンター奥のドアを開けてもらって、階段を登って、廊下を歩いて、この部屋のドアをちゃんとノックして、返事がないからもう一回ノックして、それでも返事がなかったんで勝手にドアを開けて中に入ったから、ここにいるんだよ」

「へぇ……ぱたぱたぱたと理路整然なの」とりあえず頷きはするも、りすかは感心したような顔のままだ。「まあ、ようこそ。適当に座るのはその辺がいいの。渇いているのは喉？」

「別に、そうでもない。季節の割には、まだそんなに暑くないしね。それにコーヒーショップの娘さんからのその質問に、ぼくは迂闊に答えるつもりはないよ」

「お金を取る対象を小学生にはしないって」

「それ、何の写し？」

「ん？　あ、いや。不明なのはタイトル。調べているのが現在なんだけれど——まあ、取り得なのが珍しいだけの、マイナーな、大したことのない種類がこの本なの」

「ふうん。しかしいつ見ても面倒そうだよね。その『写し』ってもさ、機械でコピーできたり、りすかの『魔法』がもし応用できたりすれば、かなり楽になるだろうに」

「できてもやらないのが、そんなことなの」きっぱりと、りすかは言う。「こういうのって、楽しいのが、写す作業自体なんだから」

「手段自体が愉悦を備えているというわけか。そりゃ、随分と便利なシステムだ。理想的だね」

「キズタカだってそうじゃないの？」

「うん？」

「愉悦が、手段を備えてる」

分かったような表情でそんなことを言うりすかに、ぼくは「そんなことはないさ。手段は、あくまで手段でしかない」と軽く首を振って、否定する。手段はあくまで手段でしかない。それは、まごうことなき、本音だった。

ぼくがりすか、水倉りすかの存在を知ったのは去年の四月、つまり四年生に進級した直後のことだった。正確に言えばその一年前から既に、隣のクラスに転校してきた生徒がいきなり登校拒否になった、という話は知っていて、その生徒の名前が水倉りすかであることも、当然、知っていた。よそのクラスの話でもその程度の気は配っている、当たり前だ。しかしここでいうのは『存在』、水倉りすかというその確たる存在が、『魔法の王国』、『城門』の向こうからやってきた『魔法使い』だと知ったのが、四年生、クラス替えでりすかの名がぼくのと並んで出席簿に記載されるようになったその頃だった、という意味だ。無論同じクラスになろうがなるまいが、登校拒否児のりすかはほとんど学校に来ていなかったので、顔は分からない。調べれば分からなくもなかっただろうが、やはりよそのクラスの話、そこまでの必要性は感じていな

かった。だが同じクラスになり、ぼくが四年連続、七期連続のクラス委員になったことで、そこでぼくとりすかとに接点が生じる。ぼくはクラス委員として、登校拒否児に会いに行くことにしたのだ。別にその水倉とかいう生徒が学校に来ようが来まいが、大枠のところぼくには何の関係もなかったのだが、だがぼくの力によって人権ある一人の生徒の登校拒否問題を解決したとなれば、教師陣や学校内でのぼくの評価も目に見える程度にはあがるだろう、と考えたのだ。何事においてもそうだが、見る眼のない奴らにはこちらから歩み寄ってやることが必要だ。他人からの称賛になど興味はないが、周囲のぼけた人間達に分かり易い形で『供犠は使える奴だ』という認識を与えておくことは重要だった。『使える』と思い込んで『使って』もらうこと、今のところはそれが重要だった。『使って』もらえれば、必然的に色々な事件、色々な事故、色々な事実に——色々な人間に、出会えることになる。言うまでもなくそのほとんどは益体(やくたい)もない、取るに足らない価値もない事件に事故に事実に人間ばかりなのだが、ごく稀(まれ)に、これからのところのぼくにとって『使える』、事件や事故や事実、そして、人間と遭遇することができるのだ。だからぼくは優等生を演じる。同級生受けはそれほど狙わなくてもいい、狙うべきは教師陣、大人達の方だ。どちらにしたって何の目的もなく漫然と無駄に生きているだけとは言っても、大人と子供では行動半径がまるで違う、彼らの持っている情報はぼくにとってそこそこありがたい。授業の内容を聞く限り彼らはあまり賢くはないようだが、まあ伊達に長時間無駄に生きているわけではないということだ。無論同級生達の情報も切り捨てるわけにはいかないが、これは単純に効率の問題だ。彼らは無駄に生きている時間さえ少ないのだから、優先順位が後回しになるのは仕方がない——集団授業の性質上クラスで孤立してしまうのもまずいので、何の役に立ちそうもないどうでもいい人間にしたって、それなりに相手をしてやってはいるが。全く、馬鹿どもの機嫌をとってやるのには、とかく苦労が多い。理想的にはどんな下らない普通人からだって役に立つ何かを引き出し得るというのが素晴らしいのだろうが（自分以外の全てが師匠、だとか、なんとか）、さすがのぼくもその域に達するのはもう少し先のようで、学校では無意味な下積みを過ごしている時間が多い。あんな低能達にあわせてレベルを下げるなんてぼくにとってはほとんど屈辱に近い、むしろ屈辱以上だ。その意味では優等生を演じているわけではない、ぼくは実際に優等生的気質なのだろうと思う。今年で五年連続、九期連続のクラス委員になったことだし……優等生。外面に内面が伴って（ともな）いないだけで。ともあれ、ぼくは当初は単なる点数稼ぎのために、りすかの家を訪ねることにしたのだ。二階建ての、風車のようなデザインのコーヒーショップがりすかの家だった。紳士然とした老人がカウンターの向こうにいて（後に判明したことによれば彼はチェンバリンという名で、どうもりすかの従僕らしい）、部屋に案内されてみて、そして扉を開けて、ぼくは——勉強机に向かって、その当時も同じように、魔道書を写していたりすかの姿を、初めて見たのだった。

（……あ）

赤い髪に——赤い瞳。赤いニーソックスに、赤いワンピース。ワンピースの腰には、ホルスター状になっている細いベルトが引っかかっていて、ホルスターには細長いデザインの、カッターナイフが刺さっている。部屋の中だというのに赤い手袋を嵌めていて、右手首に、唯一赤でない、銀色の無骨な手錠が嵌っていた。手錠のリングが二つとも同じ右手首に掛かっていて、奇妙なブレスレットのように見える。りすかがこっちを振り向くと、しゃらん、と、その手錠のリングがぶつかりあって、波の高い、音を立てた。

（あ、あ、あ——）

見た瞬間、今まで頭の中で考えていた、『登校拒否児を学校に通わせる手段』の全てを、ぼくは自分の意志でもって放棄した。そんなことをしてちまちまとしょぼく点数を稼ぐ理由が、一瞬にして消失したのだ。そう、そのときぼくは直感で見抜いたのである——水倉りすかが、ただの普通人なんかではなく、恐るべき魔法使いであることを。それまでずっとの間、最初は両親から始まって、幼稚園児から八十歳を越える老人まで、生まれてからこっちずっとの間、出会う人間出会う人間を『観察』し続けて、とにかく極限まで鍛えてきたぼくの観察眼が、目前のクラスメイト、登校拒否児水倉りすかが只者でないことを告げていた。それでどうしたかというと、ぼくはチェンバリンが部屋を去ってから、率直にりすかに向かったのだった。本当の誠意とは、どんな場合であっても相手に対して真っ直ぐに向けるものなのだ。りすかはそんなぼくに対し、こちらが面食らうほどあっさりと、その事実を認めた。認めただけでなく、自分が『城門』の向こう、『魔法の王国』長崎県で生まれ育ち、しかも『魔法の王国』の首都と並び称される魔道市、森屋敷市の出身であることまで教えてくれた。

「初対面のぼくにそこまで教えていいのか？」

「いいの。別にひたすら隠すようなことでもないし——それに、いざとなればキズタカを消すのがその魔法であればいいだけの話なの」

「消す？」

「消去」

『きちきちきちきちきちきち……』『きちきちきちきちきちきち……』『きちきちきちきちきちきち……』と、ホルスターから抜いた、カッターナイフの薄い刃を出し入れしながら、あっけらかんとそう語るりすかに、ぼくは改めて確信したのだった。この女の子は、今まで出会った決して少なくない人間達の中で、有象無象から魑魅魍魎まで森羅万象、見てきた人間の中で、一番飛び抜けて——使える駒だ、と。

★

★

その日から今日現在に至るまで、りすかとぼくとの付き合いは絶えることなく続いている。五年生でクラスがまた別になってしまったが、元々りすかは学校に来ないので、あまり関係がない。付き合いは概ね学外で行われ、ぼくが空いている時間、一方的にこのコーヒーショップに来て、りすかと会話を交わす——というのが基本的な形だろうか。もっとも、りすかはこの部屋を留守にしていることが少なくない。別に学校が嫌でひきこもっているわけではなく、りすかはとある目的を持って佐賀に引っ越して来ているので、魔道書の写しでもやっているとき以外は、そちらの活動で忙しいのだ。小学校に籍を置いたのは、それが法律で定められている手続きだからという以外に何も理由はなく、必要がないから学校には行かないというスタンスらしい。実に分かり易い。分かり易いのはぼくも嫌いじゃない。それで、ぼくはその、りすかの『目的』を手伝うという名目で——無論、学校の連中には何とかして登校拒否児の心を開こうとしている自分をアピールしている——こうして、頻繁にりすかのところへ寄っているわけだ。りすかの方も別に迷惑がるという風もなく、ぼくを受け入れていた。多分、不案内な県外の案内人、『人間』としての手足が、一人くらいあってもいいだろう、とでも考えたのだと思う。つまり、りすかにとって、ぼくは有用な駒なのだ。有用というのはぼくの勝手な思い込みなどではなく、事実、ぼくと出会う前の一年と出会った後の一年とでは、りすかの『目的』達成率は全然違う。りすかにとってぼくは『使える』人間だということ――使える協力者であるということ。もっともぼくだってボランティアで魔女のお手伝いをやるほど酔狂ではない。ぼくが欲しかったのは『魔法使い』としての水倉りすかという駒だ。お互いにお互いを駒だと思う、その構図は社会に、そして世界において当たり前なので大いに構わない。それは素晴らしく利害の一致ということ。問題は、果たして真実はどちらか、という点、それだけだ。この問題は、実のところそれほど単純でもない。初対面の際にりすかのことを『使える駒』だと思ったぼくのその認識は、しかし、半分の意味でしか正解ではなかったのだ。りすかは確かに見込んだ通りの魔法使いではあったが――それもこの年齢で乙種魔法技能免許を取得済みという驚嘆すべき経歴の持ち主ではあったが――その魔法の種類が、ぼくにとってあまりにも意味がなかった。意味がないだけならばまだしも――少しばかり、手に余る感があるのだ。『駒』として、今のところのぼくに扱いきれるような存在では、水倉りすかはなかったのだ。が、しかし、そんな消極的な理由で、りすかから乖離する気にはとてもじゃないがなれなかった。ぼくが人生で初めて会った魔法使い。佐賀県と長崎県の間にある天を衝く『城門』は、法にのっとった手続きさえ踏めば基本的に出入りは自由だが、魔法使いは基本的に酷く排他的なので、『城門』からこちらには来たがらない。来たとしても、普通はその身分を隠す――りすかが転校してきたとき、出身地を長野県と偽っていたのと同じように。だから、何の能力も持たない普通人が魔法使いと会える機会なんて、ほとんど皆無なのだ。りすかを魔女だと見抜けたような僥倖が、これから先にあるとも思えない（ぼくの観察眼もあったにせよ、客観的に言ってやはりあの出会いはラッキーの域を超えない）。『手に余る』からといってそれだけで離れるには、りすかはあまりにも『貴重』過ぎる駒だったのだ。その貴重さもそれはそれで問題なのだが――あるいは貴重さこそが真の問題であるともいえるのだが――だが、今は無理でも、ひょっとしたらいつかは自由自在に操れるようになるかもしれないし、それに――手に余る駒であっても、それならば、それはそれで使いようもあるというものだ。

「で、キズタカ。何の用を今日のテーマに？」

「りすかの力になれるかと思ってね」

「へえ」りすかはベルトのホルスターからカッターナイフを抜き出し、『きちきちきちきちきちき……』『きちきちきちきちきちき……』と、出し入れする。その行為はりすかの癖のようなもので、あのカッターナイフは、いうなればりすかにとって魔法のステッキみたいなものだ。「聞かせて。興味あるの」

「一週間前――偶然、不可解な事実に遭遇してね。どうにも常識じゃ測りがつかなかったんで、りすかに相談しようと思ってさ。ひょっとすると……りすかの『目的』に、かすするかもしんないからさ」

「へえ。ありがたいのはキズタカだね」

聞けば誰でも分かることだが、りすかの喋り方には少しばかり不自然なところがある。よく聞けば発音も微妙におかしい――ぼくの名である創貴にしたって、アクセントがおかしく漢字が想像できないような、ラテン語みたいな音声に変換されてしまっている。これはりすかがぼく達の言うところの『日本語』を、あまりうまく喋れないせいだ。文系はそれほど得意分野でないぼくと較べてもまだ語彙が少ないのは勿論のこと、どうも文脈というか、助詞という概念をりすかはうまく使いこなせていないようなのだ。去年出会ったばかりの頃はもっと酷かった。いや、勿論長崎県でだって日本語……大和言葉は使われているのだが、長きにわたり、高き『城門』によって彼方と此方に隔てられたことにより、あちらとこちらでは、同じ国でありながら文化そのものに、もう遥か異国並の差異がでてきてしまっているようなのだ（まあ、あちらが『魔法の王国』である以上、仕方のない必然的帰結とも言える）。とにかく、りすかがぼくに向かって『日本語』を話すとき、りすかが言おうとしていること、その意味自体は本質的に何も変わっちゃいないのだが、下手なドイツ語の訳みたいになってしまうのだ（固有名詞を強めてしまう傾向がある——のかもしれない）。先の言葉にしたって、本当は『キズタカはありがたいね』と言えばいいところなのに、『ありがたいのはキズタカだね』と、ぼくの他に多数のありがたくない人間がいるみたいなニュアンスになってしまっていた。更に例文をあげれば『嘘吐き（うそつ）きは泥棒の始まり』と言おうとすれば、『泥棒が始まるのは嘘吐きから』となり、『どこで誰が見ているか分からない』ならば、なんだろう、『分からないのは誰か見ているのがどこなのかだ』とでもなるのだろうか。このような短いセンテンスならまだ通じるのだが、いくつもの要素が複合された長文を喋られると、よっぽど注意して聞かないとどこかで意味がねじくれてしまうことが、以前にはよくあった。今は、割とマシな方だろう。一年間ぼくと言葉を交わした成果だ——無論、りすかからすればぼく（達）の喋っている言葉こそが、意味を捉えにくい変な喋り方なのかもしれないが、郷に入っては郷に従えということで、りすかもこちらに合わせる努力をしてくれているわけだ。ちなみに、階下のチェンバリンは流暢（りゅうちょう）な『日本語』を話すことができる。見た目、西洋風だというのにだ。

「それで？　わたしに持ってきたのはキズタカにとってどんな話なの？」

「一週間前の日曜日、午後六時三十二分。博多の木砂町の駅。四人の人間が一気に線路に落ちて――落ちて、五体ばらばらになったたっていう話。知ってるかな」

「ん……」りすかは勉強机の、一番下の大きな引き出しを開けて、分厚いファイルを取り出した。ファイルの表紙には『六月一日～六月十五日』と書かれている。それは、新聞のスクラップ集だった。りすかはぱらぱらと頁をめくる。その動きで、右腕の手錠がしゃらん、と鳴った。「あ、それがこれかな。うん、憶えてる憶えてる。えっと……賀川先郎、矢那春雨、真辺早紀、田井中羽実、ね。高校生、会社員、主婦、家事手伝い――残念なことに足りないのは、顔写真か」

「顔ならぼくが憶えている。ぼくはその四人の後ろに並んでいたんだよ」

「へえ？　そりゃまた偶然なの」

「りすかにはこれがどういう意味か説明するまでもなく分かるよね。ぼくが目的もなく関係性のない四人を突き飛ばしたりしない人間であることは分かると思う。だったらこの『事実』は――非常に、不可解になる」

「……不可解、ね」りすかは神妙に、慎重に頷いてみせる。新聞情報如きに大したことが書いてあるとも思えないが、ファイルに、じっくりと目を落としながら。「――つまり、こ、この件に、魔法が絡んでるって思っているのが、キズタカなわけね」

「ああ」ぼくは肯定した。「以前いただろう？　人心操作の魔法使い……あと、可能性としては念動力系の魔法が考えられると思う」

「…………」

りすかが反応もせず沈黙しているので、ぼくはなんとなく釈明っぽく、「ま、ぼくには魔法の判断なんて全然分からないけどね」と付け加えた。全然分からないわけではないが、りすかの前ではこう言っておくのも後々のためには大切だ。手の内を全て晒すほどに、ぼくはりすかを信用してはいないし、依存してもいない。

「……ふうん」りすかはしばらく考えるようにしてから、ちょっと困ったように、ファイルを置いて、ぼくに向いた。「一番困るのは、不可思議で不可解なことを全部魔法の所為にされることなんだけど……キズタカ。一番恐れているのがわたし達なのは、その手の誤解なの。魔法なんてのは大抵の場合、日常生活においては大して役にも立たない、あってもなくても別に困らない異能でしかないんだから。『魔女狩り』『魔女裁判』に対応できるほど、現代の魔法使いは強くないの」

「そんなことは言われなくとも分かってるさ。だからぼくは一週間待ったんだ。一週間以内に何か合理的な説明がつくようだったら、魔法は無関係だろうと思ってね」いくら無能の集団だとは言っても、警察にもその程度の能力はあるだろう。何と言っても、数がいるのだから。だが一週間たった現在も、彼ら無能がその人数を頼りにやっているることと言えば、目撃者探しだけだった。「そう——だから、りすかに相談に来たんだ。ぼくには分からないけれど、りすかなら、それが魔法かどうかは分かるんだろう？」

「うーん……」りすかは机の上の整理を始めた。大学ノートを引き出しにしまいながら考える。しゃらんしゃらん、と手錠が鳴る。「人心操作にしろ念動力にしろ、かなり高度な魔法なの——で、高度な魔法使いは、そんな、県外(ソト)でも県内(ナカ)でも、四人を無差別に殺すなんて、意味のない真似(まね)はしないと思うの——その四人の間に何らかのミッシングリンクがあるっていうんなら話は別だけど」

「それは、多分ない。ぼくが観察した限りじゃね、四人の間には何の鎖もないよ。あるとすれば、ただそこに揃っていただけ——精々(せいぜい)、それくらいだね」

「ん……それに、人心操作だと仮定した場合は、それに加えて手間のかかる魔法だから——向いていないように思えるのがこのパターンなの。ふうん——でも、気には、なるか……キズタカがそこまでいうなら」

「議論しててもしょうがないだろ」らちが明かないと思い、ぼくは言う。「論より証拠……時間があるようだったら、現場に行って調べればそれではっきりすることなんだろう？　こんなところで話していても全ては想像さ」

「時間？　時間なんて概念が酷く些細(ささい)な問題なのが、このわたしなの」りすかは、その造形にはいまいち似合わない、少し歪(ゆが)んだような笑みを浮かべた。「……でも、そう……現場を見に行けば、確実にはっきりする問題か——新木砂駅って、ここから何時間くらいかかる場所？」

「乗り換え含めて……二、三時間ってところかな。ほい、これ、地図。あと、電車の時刻表」ぼくはあらかじめ用意していたそれら（必要な部分をコピーしてきたものだ）を、りすかに手渡した。「細かいことは自分で計算してね」

「分かった。そこの帽子とって」

「うん」ぼくはクローゼットの前に落ちていた、大きな赤い三角帽子を拾う。その間に、りすかはカッターナイフで、自分の人さし指の先を、手袋ごと、やや深めに、傷つけていた。赤い血が、とろりと、ほんの少量だが、流れ出る。それからカッターをホルスターにしまって、ぼくの渡したその帽子をすっぽりとかぶった。帽子はりすかには随分と深く、目元まですっぽりと隠れてしまう。りすかは苦労してそれを調整した。「ありがと」

「じゃ、行ってらっしゃい、りすか」

「行って来ます」

にこっと笑ってそう言って——水倉りすかは、ぼくの目前からふっと、何の前置きもなく、完全に姿を消した。その——まさに『消えた』、移ったとか動いたとかそういうレベルではなく、今のこの、時間と空間からその存在を『省略』してしまったかのように、りすかの座っていた椅子は、がらんどうになってしまった。ぼくはクッシヨンから身を起こし、その椅子へ座る。ぎしっと、背もたれを後ろに反らした。りすかのぬくもりが、まだ残っていた。ぼくはそこでやや、苦笑する。意図的な笑いだった。

「ドアくらい開けて出て行け……と言うためには、ぼくがドアをしっかり閉めてなかったな。うっかりしてた……ふふん」ぼくは呟く。「さてと。今回は――今回こそは、多少はマシな、使える魔法使いだったらばいいんだけどなあ」

水倉りすかの魔法は、属性を『水』、種類を『時間』とする、運命干渉系の能力だ。運命干渉系の魔法は所有しているだけで丙種魔法技能が認められるほどにレアな魔法系統なので、それだけでもりすかの優秀性は分かると思うのだが、だが、それでも（それだからこそ）ぼくがりすかを『手に余る』と判断したのは、りすかの魔法が自分の内の運命にしか向いていないからだ。誰にでも理解できるよう噛み砕いた表現を選べば――自分の中の時間を操作できる能力、とでも言えばいいのだろうか。たとえば今の場合、『数時間後』、ここから電車を数本乗り換えて福岡県博多市の新木砂駅に到着するまでの『時間』を――省略した、ということだ。短絡的に判断すれば、省

略したのは時間ではなく空間のようにも思えるが、時間と空間が本質的に似たようなものであることは、何の取り得もない普通人の同級生にだって知っている人間がいるくらい有名な事実だし、無論、りすかは空間を伴わずに、『時間』『だけ』を省略することもできる。たとえば——先ほどのように、りすかが愛用しているあのカッターナイフで、指先を傷つけた、としよう。その傷の治癒に三日数えなければならないとして——その三日を、りすかは省略できる、ということだ。『運命干渉』——実際、その通り。りすかが『時間』を省略してしまうことで、未来は変わってしまうのだから。普通なら払わねばならなかった電車料金を一銭も払わずに済ませたというような小さなことから、あるいは、大きなことまで。言ってしまえばりすかの魔法は『未来を変革する能力』——『未来の変革』。少なくともその言葉面だけ見れば、ぼくとしては本当に望むところの魔法だったので、一年少し前、それをりすかから聞いて、この目で見せてもらったときは（後からその意味のなさに気付いた今となっては赤面ものだが）、ぼくは素直に感動を覚えたものだった。だが——残念ながら、『手に余る』。自分の内の運命にしか向いていない魔法……時間を飛ばしたところでそこに記憶は伴わないし（五時間後の未来に『飛んだ』からと言って、その五時間の記憶が付属してくるわけではない。記憶と思考は、『五時間前』のそのままなのだ）、たとえばさっきも話したように、魔道書を写し始めて、三時間くらい掛かるだろうからといってその三時間を『早送り』しても、魔道書の写しは完成しない（それを『着替えるのが面倒でも着替えなければならない』――と、りすか自身は説明した）。ごくほとんどの場合において、本人にとって以外は意味をなさない魔法なのだ。それでは単純な瞬間移動、テレポーテーションの能力とほとんど変わりない。『ある手段』をとればりすかと共に『時間』『空間』を移動することは可能だが、しかし、『省略』だろうが『早送り』だろうが、相対的には時間は経過しているわけだから、二時間飛ばせば二時間分だけ生命としての寿命を消費する。愚劣な馬鹿どもならまだしも、ぼくなら二時間あればどれほどどものが考えられるかということを思えば、それは冗談でも考えられない時間の――無駄な『時間』の消費だ。また、今の、十歳の水倉りすかでは時間を『前』にしか進められないので――『時間は不可逆的なもの』というあの理屈だ――消費した時間を取り戻すことはできない。ちなみにりすかが『消費』できる時間は（一応）十日を限度としている。十日ずつとは言え、積み重ねていけば結構な寿命を消費しそうなものなのだけれど――

「――それでも、りすかは早死になんてしない」ぼくは呟く。「何故なら、りすかは真実の意味で、どうしようもなく魔女だから」

『赤き時の魔女』。故郷の魔道市、森屋敷市ではそんな称号を、七歳にして得ていたそうだ。『魔法の王国』内においても――基準をそこにおいても、りすかは天才的な魔法使いだった、ということらしい。もっとも、りすかの天才は、りすかの責任ではなく——りすかの父親の責任、なのだけど。そう——父親。父親、である。それが、りすかの目的だった。水倉りすかの目的。端的に言うならば——『父親探し』。と、そこまで考えたとき、りすかの机の上の、黒電話が鳴った。相手はわかりきっているので、ぼくは受話器を取る。

『もしもし？　キズタカ？』

「うん」

『ごめん。謝るのがわたしなの。誤ったのもわたし。やっぱこれ、魔法関係みたいなの。ごめんね、偉そうなこと言ったのがわたしで』

「あっそう」それはしてみれば予想済みの事態なので、ぼくは頷くだけだ。「それで、どうする？」

『ん……魔法っても、魔法使いの仕業(しわざ)ってわけじゃなさそうなのよね——えっと、分かるよね。とりあえず、キズタカもここに来ない？　現場の方が話しやすそうなの。あ、この回線、駅の公衆電話からなんだけど……迎えに行くのが今からだからさ』

「いや、迎えはいらない。ぼくは電車で行くよ。寿命を無駄に消費したくないからね。それに、これから展開がどうなるか分からない今、りすかもあたら無駄に魔力を消費すべきじゃないだろ。りすかは『魔力』を、ぼくは『時間』を、あたら無駄にすべきではない。元々ぼくはりすかの賛同が得られなかったところで今日は一人でもその駅まで行くつもりだったから、お金は用意してるしね。そういうわけで、そこで待っていてくれるかい？」

『準備のいいところが、わたしがキズタカを評価している部分なの。分かった。よろしく言っておく相手を、チェンバリンにしておいてね』

　通話を終え、ぼくは階下に向かった。コーヒーショップは既に開店の時間を迎えていたが、店はからっぽでカウンターの向こうにチェンバリンがいるばかりだ。まあ、一杯二千円のコーヒーを飲もうという酔狂な人がこんな地方都市にそうそういられても困る。ちなみにぼくは子供舌なので、コーヒーは苦手だった。缶コーヒーやらなら別に構わないのだが、チェンバリンは砂糖やミルクをコーヒーに入れることを許さない。こだわりの店なのだ。いつかチェンバリンの出すコーヒーの味を楽しめるようになりたいというのはぼくの偽らざる本心なのだが――そのときまで、果たしてりすかとの付き合いが続いているかどうか。続いているとしたら、りすかを完全に手中に収めることができるほどにぼくが成長している『未来』がなければならないのだが……そうでなければ、ぼくが『未来』を完全に失っているか、か。ぞっとしない話だ。それはつまり、あの考えの足りない享楽（きょうらく）的な同級生どもや無能の教師陣ども、総じて魔法使いでもなんでもない普通人（できそこない）どもと、同じレベルにまで堕落（だらく）してしまっているということだから。堕落した人生でコーヒーなんか楽しんでもしょうがない、そのとき飲むべきは青酸カリだ。ぼくはチェンバリンに「りすかは福岡に行きました。ぼくもこれから追いかけます」と、なるだけ単純にことの次第を伝える。チェンバリンは「供犠様、お嬢様をよろしくお願いします」と、深くぼくに一礼をした。りすかは『手に余る』がゆえにともかくとして、この老人からぼくはその程度の信頼は勝ち得ている。大人から信用を得るのはそんな難しいことではない、相手が老人ならば尚更だ。チェンバリン——彼はりすか同様森屋敷市、魔道市出身ではあるのだが、魔法は一切使えないとのこと。『魔法の使えない魔法使い』……その意味の判断は、今のぼくは保留している。『おいしいコーヒーを作れることが、チェンバリンの魔法なのよ』とりすかは言うが、そんな言葉で誤魔化されてあげようとは思わない。が、チェンバリンが魔法を使えないという事実だけはどうやら真実のようなので——つまり、能ある鷹が爪を隠しているわけではないというようなので、この問題に対する優先順位は比較的、ぼくの中では低いというだけだ。まあ、コーヒーショップの店主というのは、持っておいて困る駒ではないさ。「はい。それでは。少なくともりすかだけは、今日中に帰すようにしますから、チェンバリンさんもご心配なさらず、お仕事に精を出してください」と言って、ぼくは店を出ようとした。自動ドアが開かない。センサー式でなく重力感知式の自動ドアだから、ぼくの体重では反応してくれないことがたまにあるのだ。全く、今時こんな欠陥システムの自動ドアを採用しているところが、このコーヒーショップの中で一番気に入らない点である。ぼくは思い切りジャンプして、全体重を乗せて、足下のマットを踏んだ。ドアが開き、今度こそ、ぼくは店から出た。それから、福岡に向かうため、まずは最寄の地下鉄駅に向かう。地下鉄――電車、か。

「魔法関係……しかも、魔法使いの仕業じゃないってことは――ぼくにとっても、りすかにとっても、悪い情報じゃあ、ないよな」ぼくは、りすかなら一瞬もかからず消費してしまう、その道程の中、じっくりと考える。「生まれついての『魔法使い』ってのはとかく厄介で駒になりにくいところがあるが――後天的な『魔法』使いなら、その余地はある」

『城門』の向こう、長崎県出身の人間、魔法使いというのは、いくらぼくの住む佐賀県とはお隣さんとは言っても、先にも言ったようほとんど外国みたいなものだから、文化が違って共通項を探りにくい。りすかにしたって、どうにも根本的にかみ合わない部分があって、それもりすかが『手に余る』原因の一つだ。人の性格を把握するのはぼくの得意分野だが、りすかに関してのみは、ごくたまに外してしまうことがあるのは、そう、認めなければならない。たとえば今回の件で四人の人間が死んだわけだが――その程度の事実、ぼくに言わせれば全然大したことのない話だが、以前似たような事件があった際、りすかは言ったものだった。『死んだ人間には、それぞれ家族があって、友達がいて、恋人がいて、敵対者がいて恩師がいて弟子がいて――「彼」が死んだというのは、その全てが消失してしまったということなの。それだけ莫大なものを壊してしまった犯人を、わたしは許すことができない』。それだけ聞けば安っぽいヒューマニズムにも思えるのだが――りすかが言った場合ニュアンスがややずれている感があり、それがぼくにとっての引っかかりになっていた。どんな低能にだって基本的に生きる権利があるとはぼくも思うが、それがりすかの意見と一致しているとは思えない。ともあれ、魔法使いの誰もがそんなずれた感性を持っているというのなら、それは明らかな不都合でしかない。……ぼくが『手に余る』と思いながらそれでもりすかと行動を共にしている理由の一つは、りすかについて回っていれば他の魔法使いに出会える可能性がぐんと高まるからだ。実際、狙い通り、この一年少しの間に、何人かりすか以外の魔法使いにも会ったのだが――結果は、いかにも芳しくなかった。りすかの魔法よりはまだ建設的な『魔法』を使える魔法使いがいたところで、その魔法使い自体がぼくにとって使える駒でなければ意味がないのだ。道具も人間も、結局自分が使えるかどうかというのが判断基準であるというべきだろう。その意味じゃあ魔法使いは、どんな存在にしたところで多かれ少なかれ、駒にするのは難易度が高いということになる。だが――生来の魔法使いでない『魔法』使い、後天的な魔法使いならば、元々は普通の人間だったわけで、そこにつけ入る余地はある。それは結局比較論の話になってしまうわけだが……。さておき、そして『魔法使い』よりも『魔法』使いの方が都合がいいというのは、りすかにとっても同じである。後天的な魔法使いということは、当然『誰か』、その人物に魔法を教えた者がいるということで――人間に魔法を教えるのは、そりゃあ悪魔と相場が決まっているのだから。

「お待たせ」

一週間ぶりに福岡県、博多市新木砂駅に到着し、一番ホームに移動したところで、ベンチに座って『きちきちきちきち……』とカッターナイフで遊んで暇(ひま)そうにしていたりすかに声をかける。りすかは気だるそうに、前にずり落ちてきていた帽子の位置を直しつつ、「もう、待っちゃったのがわたしだったよ」と、ぼくに文句を言ってきた。もしもりすかの時間移動能力が、自分ではなく周囲に作用するそれだったのなら、その退屈もなかっただろうに。りすかは立ち上がって、脇に置いていた帽子をかぶり直す。

「で、りすか。早速だけど、首尾は？」

「……キズタカが並んでた乗車口って――つまり、線路に飛び込んで命を散らしたのがその四人の『犠牲者』だった場所って……あそこ、だよね」りすかはホームに描かれた白色のラインを指さす。「あの辺の線路部分に、びっしりと、魔法式が描かれてる」

「式？　陣じゃなくて？」

「式」

短く答えるりすか。ぼくはりすかが指さした方向に歩いて行って、覗き込むように線路をチェックするが、無論、ぼくには何も分からない。魔法陣も魔法式も、見破るためには一定の手続きが必要なのだ。その手続きを踏む資格は、しかも、ぼくにはない。

「魔法式ってことは……犯人は、事件当時、この辺にいたってことか。つまり、ぼくは犯人を見ている可能性があるってことだな」

「ん……そうだね」りすかもぼくの後ろにやってきた。一歩歩くごとに、右手首の手錠のリングがぶつかり合って、しゃらんしゃらんしゃらん、と音を立てる。まるで猫の鈴のようだ。「ちょっと見えるようにしてあげるね。キズタカ、ちょっとそこをどくのがキズタカなの」

言ってりすかは、カッターナイフで自分の指先を傷つけ、線路に向かって一滴、その雫をたらした。次の瞬間には手袋の傷だけが残ってりすかの指の傷は治癒されていて――りすか自身の時間をどれくらい『省略した』のだろうか――そして、線路の上にぼわっと、赤く、複雑な紋様のようなものが――薄く、しかしはっきりと、浮かんだ。成程——魔法式。見るのは初めてではないが、本当、見ていると頭がぐちゃぐちゃになってしまいそうなほど、複雑怪奇な絵模様だ。実際、りすかの話では、何の魔法も使えない、耐性も免疫もない人間が、長時間魔法陣や魔法式を見ていると、場合によっては発狂してしまうこともあるそうだ。二秒ほどして、魔法式は線路上から消えた。ぼくはふと、プラットホームを見渡す。日曜の昼間とは言え、地方都市のこと、それほど多くの人間はいない。ぼくとりすかが何をやっているのか、誰も気付いている様子はなかった。ま、傍目（はため）からみればただの小学生二人、注目するには値しないだろう。物事の価値の分からない馬鹿どもめ。愚昧（ぐまい）な人間ばかりだと操るのにも逆に苦労するんだけどな。先が思いやられる。

「酷く、レベルの低い魔法式なの」りすかは言う。「まあ、この程度の魔法に魔法式使ってる時点で、決定したようなものなのは『犯人』が長崎県出身じゃないっていうことなんだけどなんだけどね……」

　魔法とは数学のようなものなの、と、付き合い始めて初期の頃、りすかはぼくに説明した。数学のようなもの——つまり、努力すれば誰にでもできる、日常生活の延長線上、という意味らしい。時間さえ——『時間』さえかければ、できない落ちこぼれの現れない『技術』。その言に従って言うのならば、魔法式とは文字通りに『式』で、魔法陣とはそれよりクラスの高い『公式』ということになるのだと思う。魔法陣は要するに『罠』――術者本人がそばにいなかったところで、一定の条件がクリアされフラグが立ったならば、その瞬間に『魔法』が発動する。その意味ではやはり文字通り口を開けて待ち構える『陣』だ。振り返って魔法式とは、手続きの省略、カンニングみたいなものである。術をかける対象にその『式』を先に描いておいて、呪文の詠唱時間を省略する、乱暴に説明するならそういうことだ。事前に術の下ごしらえをしておくことによって、本番での手間を省く。奇しくもそれはりすかの魔法である『時間の省略』ということなのだが――さっきのような複雑な紋様を描くまでしなければ詠唱時間の省略さえされないような『呪文』――とかく、魔法の世界は奥が深い。ちなみに、先に言ったよう魔法陣は『罠』、それ自体が『魔法』なので術者本人がどこにいようと『自動的』に発動するし、遠隔操作も可能だが、魔法式はあくまで『式』、遠隔操作が不可能で、その『式』のそばに術者がいなければならない。だから、この事件の『犯人』は――あのとき、このぼくのそばにいた、ということになるのだ。この――ぼくの、そばに。

「……だがりすか。魔法式が線路に描いてあるってのはどういうことなんだ？　人心操作にしろ念動力にしろ、魔法をかける対象は『犠牲者』の四人であるべきじゃあないのかい？」

「つまり、人心操作でもなければ念動力でもないのが、使用された魔法ってことなの」りすかはにやりと笑って言う。「これは、召喚魔法って奴なのね……属性（パターン）は『風』。呼び出したのは、多分、『真空』なの」

「真空を呼び出した？」

「うん。まあ、レベルの低さはその事実からも導き出せるの……真空なんて、この宇宙のほとんどを占めている、どこにでもあるありふれた『物質』なんだから」りすかは再び、線路に視線を落とした。先ほど、魔法式がちらりと顕現した、あの辺りに。「こともあろうか、その『犯人』……あの辺りに、巨大な『真空』を召喚したの。すると、どうなると思うのがキズタカなの？」

「……ああ」

吸い込まれるようにして線路に落ちて行った四人の『犠牲者』――成程、そういうことか。確かにそういう力技を使えば、人心操作もサイコキネシスも、そんな高度な魔法は必要ない。変則手ではあるが……。召喚魔法（まあ、己に作用しない空間移動能力――ってところか）はクラスの低い魔術だし（りすかの時間移動能力より、五つはランクが下の魔法だ）、りすかの言う通り、真空のような『無』に近い存在の召喚となれば、更に難易度は下がると聞く。そして――そんな難易度の低い『魔法』に、わざわざ魔法式を使用していることからも、『術者』――『犯人』が魔法使いでない、長崎の住人でないことは、明瞭だった。

「当てが外れた？　キズタカ」りすかは悪戯っぽく笑って言う。「そんな弱い『魔法』使いじゃあ、キズタカの兵隊として役に立ちそうもないもんね」

「……ふん」いやな笑い方だ。まさかぼくを見透かしたつもりにでもなっているのだろうか？　まあいいさ、許してあげよう。「難易の高度低度、レベルの高さ低さってのはあっても、どんな能力だって、強いとか弱いとかじゃ測れないさ——要するに、大事なのはその能力を使いこなせるかどうか、だ。『強い』ってのはね、りすか。自分の才能を使う場所を知っている奴のことだよ。普通人も魔法使いも、それは変わらない。りすかだって——『時間』を操作する、運命干渉系の魔法を、使いこなせているとは言い難い。それほど強大な魔法でありながら、ほとんど意味がないっていうんだからな。使えない才能は、ないのと同じなのさ」

「……ま、そうかもしれないの」あっさりと、認めるりすか。「ああ、それに——キズタカ。前言撤回ってわけでもないけど、この『犯人』——ひょっとしたら、まるっきり弱いってわけでも、ないかもしれないの。真空を操作できるってことは——『式』さえ練られれば、カマイタチを使用できるってことだから」

「カマイタチ……真空刃、ね」

「電車で轢くよりは威力は劣るけど……それでも十分、危険ではあるの。あと、それに、真空の誘電率って問題もあるし、最悪なのはこちらが存在している座標に真空を召喚されることかな。原理的には、裸で宇宙に放り出されるのと同じだから。ま、これで『敵』の魔法ははっきりしたわけなのね。属性が『風』で、種類は『召喚』。あとは——目的、なんだけど……。手段がはっきりしたところで——つまり『同時性』と『不可能性』は削除されたところで……あとに残るのは『欠く関係性』の問題点。それは、何なのだろうか、分からないのがわたしなの」

「『犯人』が魔法を使えるなら、そんなのは簡単だよ。いつも言ってるだろ？　分不相応な暴力を手に入れた人間がやることと言えば、古今東西いつでもどこでもただ二つ。その暴力によって『上』を打ち崩すか——その暴力によって、『下』を蹴散らすか」

「……そっか。キズタカの同級生たちが、蟻の巣にお湯流し込むのと、同じなのね」

「そういうことさ。強くなったつもりの馬鹿ってのは、その暴力を試さずにはいられないんだよ。それこそが己の考えが浅いことの証明になるとも知らず」

やれやれ、りすかの言葉で、思わず思い出したくもないクラスメイト達のことを思い出してしまった。あんな普通人ども、日曜くらい、りすかと一緒にいるときくらい、忘れていたいものなのに。ぼくと同じ年齢でありながら、全く考えるということをしない、動物以下の存在。手のかかるという意味では動物以下とも言える。子供の頃から準備をしておかないと、将来いざ比喩ではない戦場にたったときにどういうことになるか、奴らは想像もしないのだ。知識が足りないのは環境の問題もあるから仕方ないにしても、せめて自分の将来の『時間』についてくらい、考えてみたらどうだ。子供だからって甘えていると、その内缶コーヒーみたいなちゃらい大人になってしまうというのに、誰も危機感を抱こうとしない。一人くらい、学年の中に、ぼくが『異質』であることを見抜く奴がいてもよさそうなものじゃないか。そうなったときこそ、ぼくはその『敵』の存在を、両手を広げて歓迎しようというのに。まあいいさ、ぼくはお前らが愚かであることを、今のところは勘弁してやる。精々推理小説でも読んで、頭がいい気になっていろ。

「……じゃあ、たとえ魔法式のことがなかったとしても、間違いないのは、近場に犯人がいたということなのね。暴力を行使したんなら——その現場を見たくてしょうがないだろうから。自分の暴力の成果を、その眼で確認したいだろうから」

「そうだね……ふん。ぼくのそばに、か……」

犠牲者の連中がぼくの直ぐ前にいた以上、やはり、どう考えてもそういうことになるのだろう。考えてみれば、ぼくはあのとき、かなり危ないところだったのだ。もう少しでも、あと一歩でも前にいたとすれば——つまり、四人の内の一人でもが、欠けていれば——ぼくもまた、線路の上の真空に、吸い込まれていただろう。そして命を散らしていたはずだ。危ないところだった。こんなところで、まだ具体的に何をしたわけでもないのに、死んでたまるものか。ん。いや、待てよ……

「りすか。その魔法式は——どれくらい、呪文の詠唱が省略できるレベルの代物なんだ？　魔法発動のための詠唱時間は最終的にどのくらいになる？」

「どのくらいって——人を四人、この距離で飲み込むレベルの真空召喚だとして——まあ、術者のクラスにもよるけど、魔法式がこの程度のクラスなら……概算で、そう——詠唱時間は一秒、前後ってところなの」

「ふむ」

「どうかするのはそれなの？　しかし下手糞(へたくそ)な魔法式なの……代数を使えば、もっと単純化できると思うのがこの魔法式なのに。前もそうだったけど——普通の人間に理解できるレベルは、この辺が限度なのかな」りすかはカッターナイフの刃を出す。また、さっきと同じように、手袋ごと、自分の指先を傷つけた。「まあ、二度とやらないのが同じ場所で同じことだろうけど……一応、この魔法式、崩壊させておくの」

「ああ。やっちまえ」

「ほいっと」ひゅん、とりすかはカッターを振るった。ぼくには何が起こった風にも見えないが、りすかは「よし」と頷く。「処置完了。ちょろ過ぎなの」

りすかが今行った行為は、『解呪(キャンセル)』という。魔法陣や魔法式、あるいは魔法そのものを無効果に無効化してしまう魔術の一つだ。そんな難しいものではないが、かといって簡単というわけでもない。りすかだから——りすかだからこそ、呪文の詠唱もなく、実行できる術なのだ。そう——りすかは、ほとんどの場合において、呪文の詠唱を必要としない。なぜならば——その肉体の、ぼくより少し背の高いくらいの肉体の中に詰まっている血液が、そのまま魔法式の役割を果たすから、である。りすかはありとあらゆる魔法式を、体内にあらかじめ『施呪（プログラミング）』されているのだ。それが水倉りすかが、その若さ——というよりは幼さの内に、乙種魔法技能取得者である理由——天才である理由。だからりすかは魔法を使おうと思えば——軽く血を流せば、指先をカッターで切るなどして血を流せば、それで十分なのである。『赤』き——『時』の、魔女。ちなみに、そこまで高度な魔法式をりすかの血液内に織り込んだのは、りすかの父親——現在目下行方不明中の、水倉神檎（しんご）、その人だ。りすかは——『彼』を、探している。彼を探して、『城門』を越えてやってきた。彼の、手がかりを、どんな細かいことであれ、見逃さないよう、目を皿にしている。たとえば——『人間』に『魔法』を教えることを趣味とする『彼』の手がかりとして——この事件に興味を示した、ように。

「その可能性はどうなんだい？　りすか。親父さんの仕業っぽい？」

「ん……さあ。どんな属性のどんな魔法でも、使えるのがお父さんなの。『万能』……お父さんが教えたにしては手際が悪過ぎる気もするけど……でも、手際が悪いのが人間なだけかもしれないし」

「人間に魔法を教えようなんて酔狂な魔法使い、数がいるとは思えないけどね」

「そりゃ、そうなの……じゃあ、追ってみることに決めるのが、この事件にしようかな」りすかはここで、ようやくその提案に本格的な決定を下したようだった。あちこち出回ってもほとんど父親の手がかりなんてない最近、藁にもすがるような気持ちなのだろう。魔法使いは海を渡れないので、水倉神檎がどこへ行ったのだとしても、生きていれば九州から出てはいないはずなのだが、二年少し探し続けて、りすかはまだその尻尾すらつかんでいるとは言い難いのだから（まあ、二年の内最初の一年は、りすかのやり方がまずかったとも言えるわけだが）。「じゃ、キズタカ。目撃者はキズタカなんだから、思い出してみて。絶対に怪しい奴を見ているのが、キズタカなはずなんだから」

「そんなこと言われてもね——やれやれ、魔法で犯人が分かったら、こんな事件、一発なのに」

「未来視や過去視は、運命干渉系のかなり上位なの。わたしも、まだ会ったことがないの」

「だったね。えーっと、さっきの話なんだけど……一秒、呪文を詠唱しなくちゃいけないって話だったよね？　でも——ぼくのそばに、一秒もの間、そんな呪文らしきものを唱えている奴なんか、いなかったな。そんな奴がいたら、絶対に気付くはずだ」

「そう。キズタカも、呪文を聞いてそれを呪文だと判別するくらいの経験は、もう積んだものね……」

「ちなみにその魔法式、術者はどれくらいそばにいなくちゃならないんだ？　魔法陣ならどれだけ離れていてもいいけど、数少ない例外を除いて、魔法式はそうじゃないんだったろう？」

「五メートル——から十メートルが限度ってとこだと思うの。ま、あんまり近過ぎたら、自分が巻き込まれて電車に轢かれちゃうし……『犯人』としてのスイートスポットは、キズタカがいた場所だと思うけど。真後ろで、四人が吸い込まれてばらばらになっていくサマ、はっきりと見えたのでしょう？」

「でもぼくは、どんな易しいものであったところで、魔法は使えない」

「じゃあスイートスポットの2として——キズタカの直ぐ後ろ。キズタカの身長なら、大人の人がその後ろに並んで、前が見えないってことはないと思うの」

「ぼくもそう考えた」ぼくは用意していた答えを言う。「でも、さっきも言ったけど、すぐ後ろにいた人間が一秒もの間、呪文を唱えれば、気付くさ。それはぼくじゃなくてもね」

「キズタカじゃないのが目撃者だったとしても気付くかどうかはともかく……キズタ

カが気付かないってことはないね。注意力の高さこそ、キズタカなんだから」

「と、なると……スイートスポットの3を探すことになるんだけど――どこからなら、四人が吹っ飛ばされてばらばらになるの、見やすいかな。近く――そう、ぼくが並んでいた乗車口の、両隣……いや」ぼくは自分の言葉を否定する。「右側からだと『犠牲者』達は電車の車体の陰になって飛び散るところが見えにくいし――左側からだと、飛び散った部品が、自分のところに飛んでくるかもしれない。それは、危険だよな……あえて可能性がある方を言うならば、左側手になるんだろうか。でも、何て言うか……角度的に、やっぱベストポジションとは言えないよね」

「ん……」りすかは左隣の乗車口に移動する。そして、電車が来る方向を覗き込むようにした。「……やっぱここじゃ危ないの。それに、ちょっと……遠い、かな。ぎりぎり、厳しいと思うの」

3ドアー式や4ドアー式の電車くらいならともかく、2ドアー式の、同じ車両のドアー部分だから、そういう計算になってしまうようだった。五メートル、ということだったか。飛び散った部品が飛んでこないような場所、つまりその乗車口にできる列の後ろの方に並んだら、三角関数の理屈で、更に距離は伸びてしまうわけで……『ぎりぎり』か。

「けど、容疑者はそこに並んでいた人間達以外、消去法的には今のところいないね。

どんな人達だったかな――そんな、無駄に混んでいたわけじゃないから、忘れてもいないと思うんだけど……やれやれ、ぼくも不注意だったな。目前の連中が線路に飛び込む事態くらい、想定しておくべきだった。それでなくとも、その事実目撃のあと、現場に残って周囲の連中の騒ぎを、しっかり観察しておくべきだったか……」

「それをしたら、一番疑われるのがキズタカだから、逃げたんでしょう。今頃警察はキズタカのことを捜してたりしてね」

「捜したきゃ好きなだけ捜しゃいいさ。逃げたって言い方は気に食わないけど……ま、そうなんだよね……あ」ぼくは手を打つ。「りすか、他の選択肢もあったよ。何かって？　発想の転換さ……四人の内の誰かが、魔法を使える人間だった――と、いうのはどうだい？　直ぐ前の二人くらいならともかく、一番前に並んでいた人間が一秒くらい呪文を唱えても、ぼくには分からない」

「ん……つまり、自殺ってことなの？　非常に回りくどい、四人の心中って……」

「心中である必要はないけど。四人の内一人だけが自殺で、他の三人は巻き添えを食っただけということも考えられる。無論、四人の心中でもいいけど……関係性のなさから考えると、巻き添えって線の方が高いね」

　だとすればぼくはこの『犯人』に対する見方を変えなければならないだろう。暴力を得たことによる古今東西の選択肢、その二つを、どちらも選ばなかったということになるのだから。ま、既に死んでしまっているというのならば――りすかにとってもぼくにとってもその『犯人』は役立たずということになるが、役立たずなもの全てに価値を見出さないほど、ぼくもりすかも、粋(いき)でない存在ではない。ただ線路に飛び込むのではなく、魔法を使って死にかかるなんて、見事なものではないか。巻き添えがでたのは美しくないが、そんなものは瑣末(さまつ)な問題だ。しかしりすかは「それはないね」と、ぼくの意見をあっさりと否定した。

「なかったのは言ったことだったっけ？　魔法で自殺はできないの」

「……自殺、できない？」『魔法』に実際に接するようになって一年少しになるが、それは、初耳だった。「どういうことだよ。簡単だろ？　前にいたじゃないか。自分で作った魔法陣に、自ら嵌って昇天した魔法使いが」

「あれは事故、つまりは過失、自殺じゃないの。ん……魔法ってフィジカルじゃなくてメンタルなものだっていうのは分かるよね？　よかれ悪かれ、とにかく精神を集中しなくちゃいけないの。その意味では逆に動物的行為とも言える――本能的っていうのかな。元々なんであれ、『弱い』から『強く』あろうとする手段が、『能力』なんでしょう？　魔法もまたしかり。生物には防衛機能っていうのがあるからね。手首を――」カッターナイフを示すりすか。「手首を切るなら無心になればそれでいいが、魔法は無心じゃ唱えられない。何も考えずにできないのが、微分積分でしょう？　同じことなの。魔法式を使っても魔法陣を使っても、それは同じことなのね」

「ふうん——知らなかったけど、なるほど、考えてみりゃ当然のことだ。これはぼくが迂闊だった、悪かったね、くだらないこと説明させちゃって」

「『魔法の王国』でさえ、自殺できた魔法使いなんて、歴史上一人しかいないの」

「一人いるのか？　誰？」

「わたしの、お父さん」りすかは言いにくそうに、一種恥ずかしそうに、言うのだった。「お父さん、甦生と蘇生の魔法も使えるから」

「……いつもながら、ぶっとんでる親父さんだね」

水倉神檎。その評判……伝説を聞く限りにおいて、是非ともぼくの駒の一つに欲しいところだが、やはり、『手に余る』だろうか……何せ、このりすかを『作った』、親父さんだからな。あまり能力のあり過ぎる駒は、りすか同様、多分それ以上に、使いにくいから……まあ、会えて損をするというような種類の人物でもなさそうだから、父親が見つかるまでは、最低限、りすかとは付き合いを持っていていいかもしれない。その間に、他にぼくにとって有益な魔法使いも見つかるかもしれないし。正直な話、ぼくはりすかに出会う以前、魔法使いというのは『より優れた人間』なのだろうと思っていた。これは馬鹿な大人どもが西洋人のやることは全部正しいと思っているのと同じ理屈だろう。だからこそりすかに出会ったとき、あそこまで感動したのだが

——魔法使い全体の大したことのなさを知っていれば、あのときももう少し冷静でいられたことだろうと思う。りすかを含めて、今まで会った魔法使い——それに、魔法使いから薫陶(くんとう)を受けた人間、『魔法』使い——誰も、誰一人として、自分の魔法、自分の能力を使いこなせていない。ぼくから見れば、何故彼らが勿体(もったい)ないと思わないのか本当に不思議だった。どうしてそんな無駄使いをするのか理解できない。本当、世の中の連中ってのはどうしようもない無能ばかりなのだろうか。駒としても使えない生まれついての引き立て役が多過ぎる……『手に余る』とは言え、その意味では、りすかはまだマシな部類に入るのかもしれない。

「……あ」りすかが、不意に、声をあげた。「他にもスイートスポットがあったの、キズタカ」

「うん？　どこだ？」

「あっち側」

りすかが指さしたのは、向かいの二番ホームだった。博多駅発の電車が来る、さっきぼくが降りたホームだ。指差すのに使ったのが右手だったので、それに合わせて手首の手錠がしゃらん、と鳴る。

「……ああ」見れば、丁度、魔法式が描かれていたその正面が、あちらでも乗車口になっている。なるほど、あそこに立って、待っていれば……正にスイートスポットではないだろうか。距離的にもいいし、真空が召喚されたとしても、あれくらい離れていれば、自分が吸い込まれることもない（第一のスイートスポットと考えられたぼくの位置では、やはり危険がある）。「いいね、あそこ。あそここそ、ベストポジションだ」

「行ってみるの」

「うん」

新木砂駅には一番ホームと二番ホームの二つしかない。階下のその二つのホームが階上で連結されている形だ。ぼくらは階段を昇り降りし、一番ホームから二番ホームに移動した。一番にしろ二番にしろ、やはり人がまばらなのは同じだった。ぼくらとしては好都合だが——いかにりすか本人が『隠すつもりはない』とは言っても、いきなり時間を『省略』して、消えたり現れたりするところを目撃されれば、好ましくない騒ぎが起こってしまう可能性もある。ぼくがチェンバリンから『よろしくお願い』されているのはその点なのだ。馬鹿な普通人(できそこない)どもの中には、自分と違うというだけで、魔法使いを『半魔族』と呼んで忌避(きひ)する奴もいるのだ。いわゆる魔女狩り思想だが、愚かしいことこの上ないとしか、ぼくには言えない。いかに国家が法律によって魔法の存在を否定しようと、『城門』で彼方と此方に隔てられていようと、そこにあるものはそこにあるのだ。そりゃまあ『魔法の王国』側の排他的、あるいは『城門』

こちら側の人間を無能者と見下している風潮がある性格に起因している魔女狩り思想であるとも言えるのだが、いい大人がそんな子供の喧嘩みたいなことをやってどうしようというのだ。折角の有益なエネルギーを利用しなくてどうしようというのだ、現実を把握しようともしない臆病者どもめ。どうせ議論して相手を見下せば賢く見えるとでも思っているのだろう。議論にもならない言い捨て以外にやり方も知らない癖に、全く、お前ら如きにはヘボ将棋すらさせまい。まあ、頑張って回り将棋でもやっていればいいさ。ぼくは軍人将棋をやらせてもらう。

「ここなの」二番ホームに到着して、りすかは先ほど指定した『スイートスポット』に、自ら立った。「うん——ここからなら、よく見える。そうだね、間違いないの、キズタカ。『犯人』は、この乗車口で、一番前に並んでいた人間なの。多分警察とかの人達が調べてるのは一番ホームの人間だけだから、ノーチェックなのがこっち側なのよね。キズタカ……憶えてないかな？　ここに立っていたのが、誰か不審な人間じゃなかった？」

「……と、言われてもね。四人が飛び込む寸前まで、ぼくの前にはその四人が壁になって前は見えなかったわけだし——その四人が飛び込んだ後には、問題の電車の車体があの辺りまで入ってきていて、ぼくにはこっち側の二番ホームまでは、見えなかったわけだし。ここにいた誰かが見えたとしても、それは一瞬のことだよ。さすがのぼくでも、こればっかしはね」

「ん……じゃあ、手詰まりなの」

「いや、そうでもないよ。人間には習慣性ってものがあるからね——蛇の道っていうのかな。『犯人』は、だとしたら、この新木砂駅のこの二番ホームを、普段利用している人間だということが考えられる——人間、物事を試すのには、自分のテリトリー内を選びがちだからね。ひょっとするといつもこの場所に並んでいるかもしれない。安心感があるってことだろうけど——そんな大きな町でもないし、しらみつぶしにあたっていけば、こんなところでこんなことをしでかすような無防備な奴だ、見つからないってことはないよ」

「あー……面倒なの」りすかは後ろに下がっていってベンチに腰掛け、りすかの部屋でぼくが手渡した、地図と時刻表のコピーに目を落とした。きっと、新聞のスクラップも持ってくるべきだったと思っていることだろう。「また、魔法陣構えて、待つのを気長にするしかないのかな……」

「だろうね」

「わたし、魔法陣描くの苦手なの……わたしの場合自分の血を使わなくちゃならないから、あんまり大きな規模になると、貧血になっちゃうの。細かい字とか書くの嫌いだし」

あんな複雑怪奇な魔道書の写しを趣味としている奴が何を言うかと思ったが、その辺の機微は魔法の使えないぼくには測るべくもない。が、それしか手段がないからには、手段が愉悦を備えてなかろうが愉悦が手段を備えてなかろうが、それを実行するしかないだろう。いくら人が少ないとは言え、今やると目立つので、別の時間――『時間』を選択しなくてはならないか……まあ、ここまで来たのは無駄足ではなかったということか。それだけでも救いといえば救いだ。偏在自在のりすかと違って、子供料金で半額とは言え、県を跨ぐと結構ばかにならない。ぼくは、りすかにとっては何の意味にもならない、己の左腕の腕時計を見た。正午、ちょっと過ぎ。そうだな、いい頃合だし、どこかで何か、腹に入れておくことにするか……りすかは財布を持ち歩かないので、ぼくが奢らなければならないのだが、その辺はまあ、必要経費と言う奴だ。出世払いで返してもらえればそれでいいさ。

「なあ、りすか。ちょっと息抜きに外に出ないか？」

「………………」

返事はなかった。りすかはベンチに腰掛け、既にコピーをしまっていて、ぼおっと、天井の方を見上げていた。恐らくは無意識にだろう、カッターナイフを『きちきちきちきちきち……』『きちきちきちきちきち……』と、出し入れしている。きちきちきちきちき――きちきちきちきちき――きちきちきちきちき――きちきちきちきち――

「おい、りすか？」ぼくは無駄と思いつつも、声をかける。魔道書の写しをやっていたときもそうだったが、何かに集中しているりすかに、外からの声はとどかない。究極的に自分の内だけで閉じているのは、りすかの魔法だけではないということだ。

「おい、りすかってば」

「キズタカ」やがて、りすかはぼくを見た。またずり落ちてきていた、三角帽子の位置を修正しながら。「ひょっとしたら、犯人、分かったかもしんないの」

「え？」

「ん……これなら、多分、間違いない――と、思うの。いや、どうなのかな――一秒くらいなら、可能かな……でも、もうそれしかないのが、方法だし。だとすれば――これは、今まで考えていたような事件とは、別なのかもしれないの。ねえ、キズタカ」

「なんだい？」

「その――四人が轢かれた電車を動かしていた運転士から、話を聞くことは可能なのかな？　もし可能なのがそれだったら……この事件は、解決すると思うの」

「運転士……か。確か、業務上過失致死で送検されてるはずだぜ。まあ、ことがことだし、拘置されてるってことはないと思うけど……その辺は、ぼくの父親に聞いてみないとなんとも言えないかな。あの人にしたって、ここは福岡県だから、管轄は違うわけだし」ちなみにぼくの父親は佐賀県警の幹部だ。滅多に顔を合わせることはないが、こういうときに利用するには有益な人材である。ぼくにとって厄介な人間ではあるが、まあ、少なくとも無能ではない。「でも、その運転士が、何かを知ってるって言うんだね？」

「うん。そういうことなの」

「そっか——じゃあ、訊いてみる。テレカ、貸して。電話かけてくる」

ぼくはりすかからテレホンカードを受け取って、プラットホーム内に公衆電話を探す。見つけた。背伸びをして受話器をとって、カードを入れる。父親の携帯電話の番号をプッシュしようとするが、ボタンの位置が高いので、「2」を押すはずが間違って「5」を押してしまった。一旦受話器を置いて、かけ直す。全くこの公衆電話というものは、一体何を考えて設置されているのだか。どうしてこんな高い位置に設置する。今回はテレホンカードだからまだいいが、硬貨で電話をしようとすれば、ぼくの身長では何か踏み台を用意しないと硬貨の投入が不可能だ。大人は携帯電話を持っているんだから、せめて公衆電話においては、もっと子供のことを考えて欲しい。人の上に立つ者が雑魚だと、あちこちでこういう事態が生じる。ったく、何の能もない奴は大人しく、精々使われていればいいんだ。一生こなしてろ。ぼくは二度目、今度こそちゃんと狙い通りの番号をプッシュして、父親の携帯電話に連絡を取った。適当に社交辞令の挨拶をしてから、くだんの運転士について質問してみる。書類送検されたところまではぼくの知っている通りだったが、事故による心神喪失で、博多市内の警察病院に収容されているそうだ。四人の人間を殺してしまったんだ、スケールの小さな人間ならば無理もない。運転士の名は高峰幸太郎（たかみねこうたろう）、四十七歳、独身、家族なし。鉄道会社には既に辞表を提出しているそうだ。辞表――鉄道の場合は自動車などの場合とは違い運転士に責任はないので、業務上過失致死とは言ってもクビにはならないはずなのだが、ことがことだけに、仕方ないのだろうが。ぼくはその他、一通り情報を引き出してから、父親に、その運転士と面会が可能かどうか訊いてみる。あの事件に関しては福岡県警でも大体の事情聴取は終わっているので、子供達だけでは無理だろうが、自分が同行すれば、それは不可能ではないだろうということ。りすかの存在を父親は知っているので、その辺の話は通し易かった（勿論、りすかが魔女であることは秘密だが）。ぼくの父親はりすかに甘いのだ。他人事ながら、子供に甘い大人というのはどうも好きになれない。まあ、他人の価値観に口を出すつもりはないが……。色々と仕事もあるし、警察の人間が県外に出るのには手続きが必要（らしい）ので、来週の日曜日になら、ということだったので、ぼくはそれを承諾（しょうだく）し、細かい時間と場所などを打ち合わせ、別れの言葉を告げて、電話を切って、りすかの元へと戻った。

「悪い。長電話になった。あの人、話が長いんだよな……残り度数が七になっちゃった」

「構わないの。それより、首尾は？」

「万全。時間は来週の日曜日、午前十一時に博多市内の警察病院――前で、ぼくの父親と待ち合わせ」

「病院？」

「ショックで入院してんだとさ。所定の手続きを踏んで、病室に入れるのは――十一時半か、十二時ってとこだろうね」

「いい感じなの」りすかは微笑んで立ち上がる。「その男のいる場所に会いにいけるという事実さえあれば――それが来週だろうとなんだろうと、わたしにはその過程を『省略』できる」

「病院の位置……つうか、座標はわかるのか？　地図はいらない？」

「博多の警察病院なら、以前に見舞ったことがあるから大丈夫なの……病室は何号室なの？」

「六〇三号室。事情が事情だから、個室なんだってさ」

「好都合……誤魔化しがききやすそうなの。キズタカ、今度こそは一緒に『飛んで』もらうよ？　さすがに一週間も待てるわたしじゃあないの」

「いいよ……正直言って寿命を一週間も縮められるのはぞっとしないけど、りすかが運転士に何を訊くのか興味もあることだしね」

言って、ぼくは左手を、りすかに向けて差し出した。とりあえず、儀式的な防備として、ぼくは周囲を確認した。やはり、誰もぼくらのことなど注目してはいない。一生かけて地を這うような駄虫どものことだから、こんなこと本当は確認するまでもないのだが……無知蒙昧も、あまり度が過ぎると犯罪だな。はん、モーツァルトがいい奴でサリエリはいつも悪党かい？　いいさ、二十年後には、ぼくがきみたちに豊かな生活というものを与えてあげよう。それまできみたちが生きていられたらの話だが。

……さておき、りすかの『魔法』は自分自身の内面にしか作用しない。『時間移動』に持っていけるものは無機物ばかりで、有機物となれば厳しいが――しかし、方法がまったく皆無、というわけではない。要するにりすかの魔力の源である『血液』に、対象を『同着』させ、さらに『固定』すればよいのである。具体的には――

「……痛っ」

りすかが、まずはぼくの掌をカッターで切りつけた。続けて、同様に、自身の右掌に、同じ傷をつける。手袋はもう傷だらけだ。それから、ぼくとりすかは、互いの傷同士をパズルのピースを合わせるように『同着』させて――指を組み合わせる。そしてりすかは左手で、右手首の手錠のリング、その片方を外し、そのリングをぼくの左手にかしゃん、と嵌める。その、無骨な手錠によって——ぼくの左手とりすかの右手が、決して、何があっても離れないように、『固定』した。最後に、りすかはぼくの腰に反対側の左腕を回し、ぼくも同じようにして、二人、抱き合うような姿勢をとる。それだけとればクラスの女子達とも大して変わらない、簡単に折れそうな細い腰。肉なんて全然ついてない癖に、妙に骨ばってなく柔らかい。背中に回されたりすかの左腕がどことなく居心地が悪かった。

「えぐなむ・えぐなむ・かーとるく　か・いかいさ・むら・とるまるひ——」りすかが呪文の詠唱を始めた。さすがに一週間もの時間を飛ばすとなれば、いかにりすかと言えど、完全に詠唱なしとはいかないのだった。父親に懇願する振りでもして、あと一日でも早めにしてもらっておくべきだったか、と少し反省した。駒の力を無駄に消費させることは、ぼくにとって恥ずべきことだ。「えぐなむ・えぐなむ・かーとるくか・いかいさ・むら・とるまるく——」

そして——

★　★

実行する行為が『時間移動』である以上、相対的にも絶対的にも『移動に時間がかかる』ということはありえない。省略される時間には時の経過などあるわけもない。ただし相対的にはぼくとりすかは一週間の時間を一瞬に『体験』——りすかの言葉を借りれば『無体験』——することになるのだから、その加速に肉体と脳がついていけるかどうかが、課題なのだった。強いて言うなら、それはりすかと——正確にはりすかの『血液』との相性の問題だ。『同着』し『固定』し、それでも尚、失敗するケースもある。失敗した場合どうなるかは——まあ、いいにしておこう。幸い、ぼくの名前である供犠創貴、それに生年月日はりすかの『血液』とワンミス・マッチという結果で——このように、時間移動に同行することができるわけだ。肉体的にはともかく、こう、世界がぐにゃあぁぁあっと歪んでいく感じは、精神にとって露骨にきついものがあるのだが。意味がないと分かっていても、つい目を閉じてしまう。我ながら情けない。そして、そして、そして——

「う、うわぁ？」

素っ頓狂な悲鳴が聞こえて——目を開ければ、そこは、白く四角く区切られた——病室内の、ようだった。どうやら『時間移動』——そして二次的な『空間移動』には、成功した模様だ。無論、進んだのはぼくとりすかにとっての相対的時間であって、絶対的には、今は、ぼくらは新木砂駅の二番ホームにいた一瞬後——文字通りの一瞬後に過ぎないのだが。見れば、ベッドの上に、一人の貧相な男が、上半身を起こして、びっくり仰天したように、ぼくとりすかを凝視していた。そりゃそうだ、彼からすれば『いきなり』、目の前の座標に人間が登場したようなもの、そのものなのだから。回診の時間でなかったのは幸いだった——医者や看護師に見つかれば、誤魔化すのに労を要するからな。面会客も、いないようだ。とすると間違いなく——この貧相な、白髪混じりの中年の男が、くだんの運転士——高峰幸太郎か。そういえば、顔を見て思い出した——あの事故の際の、スローモーションの映像の中、唖然とした運転士の表情——

「な、なんだ？　きみたちは。どこから入って来た？　ど、どうやって——どうして、子供が——」動転を隠そうともしない高峰運転士——いや、辞表を出しているから『元』運転士、か。「い、いや、そんなことよりも——」

「落ち着いて下さい。大人でしょう、取り乱さずに」ぼくは高峰をなだめにかかる。こういうときの手はずも、一年前ならまだしも、今のぼくには手馴れたものだった。常識に凝り固まった大人ほど、分かり易い答を与えてやれば、それだけのことで誤魔化されやすい存在はいない。「どっしり構えていてくださいよ。ぼくらはですね、そう、あなたに——」

「あなたにひとつだけ、聞きたいことがあります」

ぼくの台詞を遮るように、りすかが言った。いつもはぼくの『誤魔化し』が終わるまで喋ろうともしないりすかにしては、それは珍しいことだった。高峰の返事を待たず、りすかは次の言葉を続けた。

「あなたに魔法を教えたのは誰ですか？」

「…………」

「…………」

――と。高峰の表情から――動揺や怯え(おび)が、ふっと、消去されたかのように、なくなっていく。「……ふふふ」と、俯(うつむ)いて、不気味な風に笑って、やがて、顔をあげ、ぼくとりすかを、見据(みす)えるようにした。

「……成程。あんたが――『赤き時の魔女』、か」

「…………」

りすかは高峰を向いたままだ。否定しないのは、もうそれは肯定のようなものだった。

「この俺を――裁きにきたと、そういうわけか？」

「……まあ――そんなところ、なの」

りすかは不敵に、そう応じた。そんな中、ぼくは急速に理解する。そうか――そうだ。仕掛けられていたのが魔法式だったから、『犯人』はすぐそばにいなければならないと思い込んでいたが――常時現場のそばにいなければならないと、思い込んでしまっていたが――根底、その、電車の運転士だったならば――『事実』が生じるそのとき正に、『その場』に現れることができるじゃないか。正に――測ったようなタイミングで、ぴったりと。一秒――微妙な数字ではあるが、電車の速度もそのときには落ちているだろうし――早口で呪文を唱えれば、通過するその寸前に、『真空』の召喚は、可能だ。

「理解できたみたいね、キズタカ」りすかはぼくに言う。「そう――ベストポジションはキズタカのいた位置でも二番ホームの正面でもないの。一番の真のスイートスポット、もっとも『よく』四人が飛び散るさまを目撃できるのは、そう、『電車の運転席』――そこからならまず間違いなく、一部始終を目撃できる」

「だ――だけど」ぼくは高峰を窺(うかが)いながら、りすかに言う。「目的は――なんなんだ？　折角(せっかく)魔法を使っているというのに――結果として業務上過失致死の罪に問われ、職を失い、社会的責任を取らされているじゃないか。今だって、こんなところに入院して――」

「社会的責任？」

高峰が、口を開いた。

「それがどうしたというんだ、一体。俺はな――小僧。一度でいいから、電車で人を轢いてみたかったんだよ」

　分不相応な暴力を手に入れた人間がやることと言えば、古今東西いつでもどこでもただ二つ。その暴力によって『上』を打ち崩すか――その暴力によって、『下』を蹴散らすか。『蹴散らす』というその予想自体は的中してはいたが――高峰幸太郎。この男の有した『暴力』は『魔法』ではなく『電車そのもの』だった、ということか。人と衝突したときのことを全く考慮されていない鉄の塊。ぶつかれば紙クズのように人を五体ばらばらにふっ飛ばしてしまう未曾有の暴力、暴力の象徴。その『暴力』を行使する『手段』として――あくまでもただの手段として魔法を使用した、ということなのか。頭の中ではそのように理解が進んでいくが、だが、『そんな馬鹿な』という思いをぬぐいきれない。電車で人を轢いてみたい――その気持ちが理解できないのではない。それは、スポーツカーにのって時速二百キロを出してみたいというような種類の感情の延長線上にある、理解可能な感情だ。むしろ、『魔法を使って人を殺してみたい』『魔法を使って人を線路に落としてみたい』なんて幼稚な感情よりはずっと高度で、しかも、分かり易い。分かり易いから――分かり易い。そうか――ものが決められたレールの上を走る物体である限り、いくら本人が『電車で人を轢いてみたい』と願っても、魔法を使いでもしなければ、自分の運転する車体に、都合よく人間を飛び込ませることなど、できるわけがない。犠牲者のあの四人に、やはりリンクは欠けていたわけだ。なるほど——分かり易い。その部分を取り上げて否定するつもりはない。あの唖然とした表情が、望みを達成できたがゆえの放心だったとしても——ぼくはその放心がゆえに、こんな病院に収容されることになったのだとしても——ぼくはその回答を、『分かり易い』と納得しよう。だが——だが、そのために、高峰は他の全てを失ってしまっている——職も、人生も。それじゃあやっぱりほとんど——『自殺』のような、ものではないか。先に——続いていない。そこまでして『蹴散らして』——どうしようというんだ。それとも、鉄道会社に辞表を出したのは、目的を果たしたからだと、そういうのか？　今まで何十年も運転士を続けていたのは、『電車で人を轢きたい』という欲求、それだけのためだったとでも——そういうつもりなのか？　だがぼくのそんな疑問など、高峰は気付きもしないように「あんたの噂は聞いているよ——『赤き時の魔女』」と、りすかに、再度、向かうのだった。

「県外で魔法を使う者を片っ端から『裁いて』いる——『魔法狩り』のりすか、だろう？」

「魔法使いは『法』では裁けない——だから『魔法』で裁くの。そういうもんでしょう？」りすかはじりっと、一歩前に寄って、言う。「それより興味あるのがわたしなのは——『それ』、誰から聞いたの？」

「さあ――…………ねぇ！」

高峰は咆哮のようにそう怒鳴ると、両手を天井に向けて掲げた。その刹那、病室内に異変が起こる。ぼわっ……っと、その白き壁が――床が――そして天井が――窓に至るまで、四方八方埋め尽くさんばかりに――そこに『魔法式』が、浮いたのだ。りすかが顕したものではないので赤くはない、むしろ無色透明の、空気のような風のような、立体的構造。ぼくは高峰を見る。高峰はいっそ狂的な笑みを浮かべていた。今まで何度も見た――狂った笑み。ぼくはこのとき、遅まきながら確信した。この男が――『犯人』、魔法の行使者である、と。魔術を悪用するものは――例外なく、この手の笑みを浮かべるものなのだ。

「魔法……『式』！」りすかが己の迂闊さを悔いるような、しまったというような声で叫ぶ。さすがに動揺した風で、大人しぶっていた言葉遣いが崩れる。「待ち構えていたのか！　そのためにこの病室で、貴様！　駄人間風情がわたしを嵌めようというのか！　思い上がりにもほどがある！」

「確かに俺はしょぼい駄人間だが――一週間もあればこれくらいの仕事はできるさ！　喰らうがいい、『赤き時の魔女』！」高峰は天井に向けていた両の手を、りすかに向けて焦点を合わせた。「まぎなぐ・まぎなぐ・えくらとん　こむたん・こむたん――」

「はんっ！　遅い、鈍間が！」

呪文の詠唱を始めたのを見て、りすかがカッターナイフを取り出し、一瞬で刃をむき出しに、高峰に向かって飛びかかった。そう――それが魔法使いの、ありとあらゆる魔法使いに共通する、最大にして最高のどうしようもない弱点。呪文の詠唱中は――どうしても無防備になってしまう、ということ。神や悪魔そのものでもない限り、呪文の詠唱の義務からだけは、逃れられない。同じ魔法を使う場合、高レベルの魔法使いは低レベルの魔法使いよりも詠唱時間が多少は短くはなるものの、それでも限りなくゼロに近付いたところで、決してその数字はゼロにはならない、間隙ができる。だから魔法を本当に安全に行使しようと思えば、チームを組むか、魔法陣を使うか――りすかのように、体内にほとんど無欠の魔法式を組み込むか、しかない。この決して狭くない病室内にくまなく魔法式を描き込んだところで――それでも、まだ詠唱すべき呪文の手続きは残されているのだ。『真空召喚』、停止している線路上の空間ではなく、縦横無尽に動くりすかを相手に座標を定めながらというのだから、その手間を含めて恐らく数秒ほど――そしてそれだけあれば、カッターナイフで高峰の喉元を切り裂くのには十分過ぎる――

「……あれ？」

かくん、と、りすかが、前に向かってつんのめった。勢い余って、くるりと、その場で回転してしまう形になる。

「……て、あの、ちょっと――」

「あ」

助けを求めるようなりすかの目に、さすがにぼくも気付く。ぼくとりすかは、強固な手錠によって『固定』されていた。りすかがどれだけ素早く動こうとしたところで、もう一人のぼくがこうして停止している以上、互いの腕の長さ以上に移動できるはずもなく――あっ……ていうか、こんな、こんなくだらないことで……

「……まぎなぎむ――てーえむ！」

詠唱が、終了した。

「えっと、ごめん――」

謝るぼくの声が届いたかどうかは分からない。りすかは高峰の呪文詠唱と同時に、四方八方、天井から床から、壁から窓から、四方八方から生じた真空刃によって――切り刻まれた。切り刻まれた、切り刻まれた、切り刻まれた。腕が飛ぶ、飛んだ腕が二つに分かれる、分かれた二つが砕かれる。脚が飛ぶ、飛んだ脚が二つに分かれる、分かれた二つが砕かれる。頭が飛ぶ、飛んだ頭が二つに分かれる、分かれた二つが砕かれる。まるでミキサーにでもかけられたかのごとく、ぼくの目の前で、水倉りすかはすり潰されていくかのように、一瞬で、その原形を失った。原形――そう、正に原形を失う。影も形もなくなったとでも、いうほかないだろう。唯一、サイズがあってなかったゆえに最初の衝撃で脱げてしまい、難を逃れたのだろう、飛ばされた三角帽子だけが――今、床に落ちる。ぶらん、と、手錠がぼくの左腕に垂れ下がった。相手側の『固定』先がなくなったのだから、当然だ。さすがチェンバリンの労作というべきか、あれだけの真空刃の嵐にあいながらも傷一つついていない。だがそれでも、どんな丈夫な手錠でも『固定』できないということはある――もうりすかには腕もなにもないのだから。りすかはただの赤き血液となって――部屋中に、飛び散らされた。

天井が、床が、壁が窓が、ベッドが、高峰幸太郎の身体が、そしてぼく、供犠創貴が――真っ赤な鮮血に、染まる。正に、辺り構わず吹き飛んだという形。全てが赤く、赤く、赤く、赤く――――――――――――――――――

「ひ、ひひゃ、ひゃははははは！」高峰は――狂ったように、笑った。狂的な、狂想の笑み。「な、なんだ――ちょろいぜ、あれが『赤き時の魔女』だって！　一瞬じゃないか――まるで相手じゃない！　この俺の方がずっと圧倒的だ！　あの四人をぶっ飛ばしたときもばっちりサワヤカ気持ちよかったが――成程これも悪くない！　一週間苦労した甲斐(かい)があったというものだ！　努力して魔法を手に入れた甲斐があったというものだ！　努力が報われるって、なんて素晴らしいのだろう！」

「…………」

「は、はははははは——こうなれば、わざわざ人生を捨てるまでもない——もっと楽しくなる！　こうなれば、こうなれば今すぐにでもこんな病院退院して、この魔法を使って、俺は、俺は、俺は——」

「…………」

やれやれ——いつまで待っても、『俺は』に続きがない。ま、そんなもんだろう。電車で人を轢くくらいのことが、人生最大の目的だった男の言うことだ。その目的は普通に較べて確かに高度だが、驚かされ、意表をつかれこそしたものの——ぼくを当惑させるという偉業を達成するには十分だったものの、どう考えてもやはり、人生と引き換えにすべきほどのものではない。その行為は、全く『未来』に繋がっていないからだ。全く、やれやれ、である。ぱん、とぼくは手を打った。高峰の哄笑を遮るように。実際、その音で、高峰は——多分すっかりその存在を忘れていたのだろう、ぼくの方を見た。ぼくは続けて、ぱん、ぱん、ぱん、と、手を打ち続けた。それは、まあ一応、称賛の拍手のつもりだった。

「……何の真似だ？　どういう意味がある？」

「いや、あんたを称えているんだよ——高峰」ぼくはなるだけの敬意を——この程度の人間につりあうだけの敬意を込めて、そう言った。「無論今のは、先に手錠を解いておかなかったりすかの間抜けだけど、そんなことは関係ない。あんたがりすか、『赤き時の魔女』を吹っ飛ばせたという事実が、肝要なんだ」

「……なんだ？　お前は」不審そうに――高峰は、探るように、ぼくに質問する。「お前も、やはり、魔法使いなのか？」

「ぼくはただの駄人間（できそこない）さ。どんな易しい魔法だって使えない――同じ駄人間でも、あんたのような『魔法』使いとも違う。属性（パターン）は『風』、種類（カテゴリ）は『召喚』――魔法式に頼っているとはいえ、大したもんだね。実際、誰から教わったんだい？」

「――答える必要はない」

「なあ高峰。あんた、ぼくの奴隷（どれい）にならないか？」ぼくは言った。出来る限り、精一杯の誠意を込めて。「あんたの魔法、今の今までぼくは何だかんだ言いつつ軽く見ていたんだけど……それは過小評価だった。大したもんだよ。だが惜しむらくは、それでも暴力と言えるほどの質量を有していないことだな」

「…………？」

「ぼくが求めているのは核爆弾に匹敵するクラスの暴力なんだ。人を四人殺せる電車の暴力とも、少女一人をなます切りにできる風の暴力とも違う――最低でも一度に数百万と殺せるレベルでないと、戦力としては数えられないからね。ほんっとう、『魔法』ってのも、実際大したことないよね——スプーンでも曲げてろってんだよ……」

肌にりすかの血を感じながら、赤い視界の中、ぼくは言う。「……でも、『塵（ちり）も積もれば山となる』。あんたのその魔法、ぼくが使ってやるよ。高峰幸太郎、あんたはぼくの駒になれ。あんたの人生に目的を与えてやろう——人を電車で轢くとか、そんなチンケな目的じゃない、人生と引き換えにするだけの価値がある、潤いのある豊かな目的というものをね」

「な、な、な……」

「どうやら高峰、あんたは目的のために手段を選ばない、自分の人生すらもなげうって構わないと思っているようでもあるし——あんたにはぼくの手下になる素養がある。あんたのその『能力』はこんなよくわからないところで消費させるべきものじゃない——勿体ないにもほどがある。あんたは力を持ってはいるが、使い方を全然分かっていない——だから、だからこそ、あんたをぼくの奴隷に選んでやる。あんたはぼくのために消費されろ。ぼくに、従え」

「ふ、ふ、ふ、ふざけるなあああああああああぁ！」

高峰は——怒鳴った。

「き、貴様、貴様、こともあろうか、恐るべきことに、『魔法使い』を『使おう』などというのか！」

「その通り。ぼくこそが、『魔法使い』使いだ」ぼくは一歩下がって、腕を組んで壁にもたれた。これから起こる現象を考慮すれば——これくらいの位置にいないと、危険だ。「りすかに会って、そうなると決めた。魔法使いなんて言っても、奴ら全然魔法を使いこなせていやがらない——まるで、駄人間(できそこない)と同じだ。両者仲良し、駄人間(できそこない)と半魔族。だったら仕方ない、ぼくが使ってやるしかないだろう。ぼくが使ってやらなきゃ誰が使ってやるって言うんだい？」

「こ、子供の——人間の考えることではない！」

「それがどうした、ぼくは子供で人間だ！　さあ高峰。もう一度訊くぞ、これが最後だ、高峰幸太郎。ぼくに幸せにしてもらえ」

「——全身全霊お断りだ！　貴様も確実に切り刻まれろ、身のほど知らずの小僧が！　まぎなぐ——まぎ……」

　そこで——そこで、さすがに、高峰も異変に気付いたようだった。天井から、壁から、窓から——床に、ぽたぽたと、垂れてくる、りすかの赤い血液。その量が——一人の小柄な少女のものとするのには、あまりにも多過ぎるということに。床に落ちていた血液は——その赤き血は、もう、ぼくのくるぶしのあたりまでを、ひたひたに満たしている。白いスニーカーと、白い靴下が鮮血に染まる。天井から床に落ちる血は——既に、雨のようだった。髪も濡れる。ばちゃ、ばちゃ、ばちゃ、ばちゃ、ばちゃばちゃ……ばちゃばちゃばちゃばちゃばちゃばちゃ。

「な、な、なんだ、これ……」

「非常に惜しいな。非常に恋々たる気分だ、非常に口惜しい。あんたの『魔法』、扇風機代わりにいいなあと思ったんだけど……ま、じゃあ地球環境には申し訳ないが、ぼくはクーラーで我慢することにするか」ぼくは挑発の一言を言い終えて、見せ場を譲ることにした。「じゃ、あとは好きにやっちゃっていいよ——水倉りすか」

『こ　こ　ろ　え　た！』

声が——響く。もう床を浸す血液は、ぼくの膝の辺りにまできている。ぼくは半ズボンなので、脚の肌に直接、りすかの血を感じる。生ぬるく、まとわりつくように、ぬめぬめと、撫でられるような、りすかの赤く深い血の水海。部屋中に飛び散った血液が全て、まるでそれ自身が意志をもった生物のように、ずずずっとその肌を這って、床に広がる赤き血の水海を目指して飛び込んでいく。ばちゃ、ばちゃ、ばちゃ、ばちゃ。自殺のように飛び込んで——混沌のように這い寄って——秩序のように集合し——

「ど、どう……どういうことだ！　あ、あいつは死んだはずだ！　俺が殺した！」

「水倉りすかをなめんなよ。あいつはこのぼくが『駒』として、唯一持て余してる女だぜ」ぼくは腕を組んだ格好のままで言う。「どんなに強く吹き荒んだところで

『風』で『水』が砕けるものか。飛ばされ散っても『水』は『水』——波紋も残さず元へと還る。まして水倉りすかは水倉神檎の愛娘(まなむすめ)だぜ。神とも悪魔とも呼ばれる、あの伝説の魔法使い——『ニャルラトテップ』の称号を持つ神類最強の大魔道師が織り込んだ魔法式の具現のような存在！　まるで悪質な冗談だ！　切り刻んだからどうした、死んだが何だ！　ぼくのりすかは貴様如き駄人間が逆立ちしたって存在を消去できる魔女ではない！」

『そ　の　——　通　り　だ！』

そして展開された血の海の中から——またも、声が、響く。唸るように、渦巻くように震撼する。

『のんきり・のんきり・まぐなあど　ろいきすろいきすろい・きしがぁるきしがぁず、のんきり・のんきり・まぐなあど　ろいきすろいきすろい・きしがぁるきしがぁず、まるさこる・まるさこり・かいぎりな　る・りおち・りおち・りそな・ろいと・ろいと・まいと・かなぐいる　かがかき・きかがか　にゃもま・にゃもなぎ　どいかいく・どいかいく・まいるず・まいるす　にゃもむ・にゃもめ——』

『にゃるら！』

永劫のように長き詠唱が終わると同時に――血の水海から、にゅうぅっと――女の腕が、飛び出てくる。ぼくの膝までの血量だ、まだ人が一人沈めるような深さではない――だが、そんなことは関係ない。そんな半端な常識で測れるようなものではない。その手は海に浮いていた帽子を探しているようだった。手探りでその三角帽子を見つけ、そして――一気に、水中から、『彼女』は姿を現す。それに伴い、床を満たしていた血液がずずずずぅっと、潮が引いていくかのように、その嵩（かさ）を低くしていく。当然だ――『彼女』の肉体を構成しているのはこの『血』。血液こそが、その血液に刻み込まれた魔法式こそが――水倉りすか、自身なのだから。

「はっ、……………………はっ、はーっ！」

りすかは――笑った。それは――誕生の、笑い声だった。凡百の駄人間とは違う、誕生と同時に泣いたりはしない――りすかは、誕生と同時に笑うのだ。今はもう、あの、さきほどまでの十歳児の姿ではない。その十七年後――二十七歳の、姿。背は高く、線は細く、しなやかな、ネコ科の猛獣を連想させる体格に――美しき風貌。赤い髪、赤いマント。鋭角的なデザインのベルト、手袋、ボディーコンシャス。燃え上がるような赤い瞳に、濡れたような唇（くちびる）。そして、これだけは変わらない、左手に構えたカッターナイフに――赤き三角帽子。帽子のサイズが――ぴったりと、似合っている。

「……おはよう、りすか」

　ぼくは呟いた。渋々と苦々しい思いで、呟いた。これが——これこそが、りすかがぼくの『手に余る』、最大の理由だった。りすかの父親、水倉神檎はりすかの『血液』にある仕掛けを打った……一定以上の血液が流れ出た——簡単に言えば本体が、死の危機に陥った際自動的(オートマチック)に発動する——本体の生命の停止を発動条件にした『魔法陣』。そう、水倉神檎は『魔法陣』を、りすかの、魔法式が織り込まれた血液内に仕掛けたのだ。条件が満たされれば自動的に発動するその魔法の内容は『リミッターの解除』とでもいうのだろうか。水倉りすかの相対的時間を一気に十七年分進めるという、そういうとんでもない内容の魔法だ。十七年——およそ六千二百日分の時間を『省略』する。今のりすかの最大魔力、その約六百二十倍の魔力を込めた魔法陣。魔法式で魔法陣を組むという非常識。十歳のりすかにはとても不可能な魔法だが——『ニャルラトテップ』、水倉神檎なら、その程度の仕掛けは余裕で打てる。つまり——水倉りすかはたとえどれだけ血を流しても、永劫回帰、何度でも死ねるのだ。それが父親の愛情という名の庇護(ひご)なのか、欲望という名のエゴなのか、ぼくには判断ができないけれど、しかし、それでも——

「はははは——あーっはっはっは！　おっはよーございまーっす！　……ん。何か、声が、おかしいな……」りすかは、その長くなった指を、自分の口の中に突っ込む。「なんだ……べろが全然短いじゃん。ふん——ガキモードんときに一週間分、二人分時間を飛ばすのに、魔力（けつえき）使い過ぎたか……おい、キズタカ」

「なんだい？」

「左手の親指、もらうぜ」

言うよりも早く、りすかはその位置からカッターナイフを振るった。数メートルの距離を挟んでいるというのに、そんなこととは関係なく——ぼくの左手の親指が、ごっそりと根元のところから、切断された。

「ぐ……」痛みはないが、さすがに自分の肉体が切り落とされるのは、たとえ何度目になっても慣れることなく、生理的にきついものがある。からん、と手錠が抜け落ちる。ぼくは右手で左手を押さえて止血をし、地面に落ちた親指を、りすかに向けて蹴り飛ばした。「……ほれよ」

「さんきゅー……と」その指を拾い、切り口を自分の顔の上に、捧げるようにする。ぼたぼたと流れ落ちる血液は——全て、りすかの、口の中に。絞るように、絞りとるように、りすかはぼくの血を飲む。切り口から血が落ちてこなくなると、りすかは、「あぐ」と大きく唇を開き、その指を咥（くわ）えこんでしまった。しばらく口腔（こうこう）内において咀嚼するように、その指を文字通り骨の髄までしゃぶり尽くして——最後に、「んべっ！」と、真っ赤な舌を、示した。「かーんせい！　パーフェクトりすかちゃん！

かっこいーぃい！　美しい赤！　じゃんじゃじゃ――っん！」

「…………………」

啞然と――そんな様子を、高峰は見つめていた。やれやれ、本当に駄人間だ。ひょっとして本当に『赤き時の魔女』があんなものだと思っていたのだろうか？　だとしたらしょぼ過ぎだよ、あんた。自分に都合のよい現実しか認めようとしない取るに足らない虫けらめ。お前如きの『火』を消すことすらできそうにない『魔法』ならば、ぼく一人でも対処できるさ。その『風』の魔法は勿体ないが――ま、使えない駒なんざ手元にあっても邪魔なだけだ。

「忠告しておくけど――その姿になってしまえば、もうりすかは、さっきまでみたいに、猫(ネコ)かぶってないぜ。一体何があったのか知らないけど、十七年後、りすかの奴、随分と好戦的な性格になってるみたいだから。何回未来を『改革』してもそうなんだよ。性格ってのは、記憶や思考とは何の関係もない肉体の問題みたいでさ――要するに、物理的な神経回路の構造と脳内麻薬の作用だから、かな。その意味じゃフィジカルもメンタルも似たようなものだね」

「的確な忠告だなあ、キズタカ」一歩踏み出すりすか。「さあその忠告を受け取ったところでどうするのかな、『風使ぃ』――」

「まぎなぐ・まぎなく・えくらとん　こむたん・こむたん――」慌てて呪文の詠唱を

始める高峰。もう手枷はない、この詠唱中に高峰を攻撃すれば勝負は一瞬で決するが——りすかはそれをしない。のんびりと、ゆっくりと、高峰のいるベッドに向けて、歩んでいる。「まぎなむ・まぎなぎむ——てーえむ！」

そして——詠唱終了。四方八方からりすかに向かって真空刃が飛び——飛んだが、しかし——刃によってりすかの身体が切り刻まれるところまではさっきの繰り返しだったが——切り離された身体がすぐに液状化し、元の位置に戻ってしまうのが——先刻とは違う点だった。切り刻んでも切り刻んでも——切り刻んだところから、元へと還る。

「な、な、な……」

「キズタカ。説明してやればぁ？」

「……十歳のりすかには『時間』を『進める』——『飛ばす』、『省略する』魔法しか使えなかったが——」ぼくは左手からの出血を押さえたままで、言われた通りに説明する。「基本的に二十七歳のりすかは十歳のときとは別物だ。肉体が、そして血液が、十七年分、成長している。己の時間を『停止』させることなんて——お茶の子さいさいなんだよ」

『停止』している以上は——絶対に、何があろうとも死ぬことはない。傷つくこともなく壊れることもない。何もない。変化しない絶対的な『停止』とは、そういうこと

だ。時間、時間、時間、時間、時間、『時間』。

「そ、そんな――」高峰の焦燥は、もう極点まで達しているようだった。「も、もう一回――まぎなぐ・まぎな――」

「だーかーらぁ！　蛞蝓の如く極めて著しく鈍いっつってんだろーが駄人間！　一生二進法歌ってろ、歴史において何の価値も持たないゴミがっ！　わたしが十六進法の三十二ビートで貴様を物体に還元してやっからよぉーお！」そこで一気にかけよって、りすかは高峰の、その貧相な老いた肉体をベッドの上に叩きつける。右手を心臓の辺りに当てて、そのまま力技で押さえつけた。いくら肉体が大人になっているとは言っても、相手は男だというのに、軽々と。そして左手ではカッターナイフを構えた。「はっはっは――っぁあ！　部屋中にこんな落書きかまして、頭イッてんのかてめーは！　こーゆーのをなあ――無駄な努力っつーんだよ、駄人間！」

「ぐ、ぐ、ぐ――」高峰は呻く。何とか抵抗しようとしているようだが、腕も、脚も、見えない鎖にでも拘束されているかのように、自由にならないらしい。「ぐぐぐぐぐぐぐぐぐぐぐぐ――」

「よっく憶えとけ駄人間！　天才は百パーセントの才能だ、努力なんざしねーんだよ！　貴様のような雑魚がする悪足掻きこそが努力だ、精々一生努力してやがれ！」

『きちきちきちきちきちきちきち！』と、カッターの刃を一気に全部むき出すりすか。「さあ、魔女裁判の時間だぜ——わたしが貴様を裁いてやる！　生きるか死ぬか、二者択一だ！」

「ぐ、ぐぐぐぐ……」

「てめえ如き駄人間に魔法を教えた阿呆は、どこのどいつだ？　正直に教えれば、命だけは勘弁してやるぜ。ま——二度と魔法が使えない身体にはなってもらうがな」

「ど、どうして」

「ん？　何が『どうして』でーすーかー？」

「どうしてあんたは——そうやって、県外(ソト)で魔法を使う魔法使いを……裁くんだ？　俺達は——俺達は、同胞じゃないか」

「貴様如き駄人間が高貴なわたしを同胞と呼ぶか！　無礼にも程があるぞ、ならず者が。は——しかし、そりゃ、まあ、そうだな——『父親探し』ってのも確かにあるが——」りすかはぼくの方を向いて、嘲笑的ににたりと笑って見せた。ぼくは、何も言わない。「——貴様を殺すのは貴様一人によって魔法使いのイメージが損なわれるのを防ぐためだよ。県外(ソト)の人間(テメエ)にゃあイマイチ理解しがたい話だろうが、てめえ如き駄人間が魔法使いの代表だと、魔法使いの全てだと思われるととてもとても困るのだよ。腐った蜜柑(みかん)は捨てねばならない。魔法使いが『危険』な存在だと思われると、わたし達は困るんだ。今はまだ『城門』で遮られている程度だが——いざとなれば、あいつらは、何のためらいもなく、長崎に核を落とすだろう」

「…………」

「わたし達は――わたしの『同胞』は、二度と核を落とされたくねーんだよ。だからてめえらみてーな駄人間や、その駄人間に魔法を教える外道魔道師に存在されると困るんだ。魔法使いってのは魔女ってのは、無害で優しくきゅーとな愛らしい存在であるってことをアピールするためにゃ、貴様のような落ちこぼれに存在されちゃ困るんだ」

「く……そ、そんな理由で――そんな理由で――」

「さあ、わたしは寛大にも答えてやったぞ。だから貴様は卑屈に答えるがいい。貴様にそのくそったれた魔法を教えた魔道師の名前は、なんだ？」

きらり――と、カッターナイフが光を反射する。りすかはもう何も言わず、高峰をじっと、睨(にら)みつけていた。高峰は、数秒だけ、逡巡(しゅんじゅん)するように沈黙して、そして、やがて、答える――あの、狂的な、笑みと共に。

「ク、ク、ク、クソ喰らえだよ、魔女(ビッチ)」

「いい解答だ、駄人間！」

カッターの刃がくるりときらめき、胸においたりすかの右手ごと――高峰の心臓を刺し貫いた。「ぐ、ぅう！」と高峰は呻いたが、恐怖が開始するのはこれからだ。りすかの右手と、高峰の心臓が、共に血を流して『同着』しており——そして、カッターナイフによって『固定』されている。そして——始まる。高峰幸太郎の、残りの一生が。残りの一生が、一瞬で——始まる。始まり、終わる。

「が、が、あああああああああああぁ！」

ビデオでいうところの『早送り』をされているかのように——高峰の身体が、どんどんと加速度的に干からびていく。『老化』を通りこして、早くもミイラ化を始めているのだ。皮膚はかさかさになって、目玉は水分を失い濁っていき、身体の表面には動脈がくっきりと浮き出て——白髪交じりの髪が一気に総白になり、ばさばさと抜け落ちていく。一気に何十年分もの『時間』を——今、高峰は、経験しているのだ。『相性』なんて、まるで一切、考慮されずに。一方のりすかの方はと言えば——二十七歳の姿のままだ。そう——二十七歳のりすかは、その己の魔法属性『時間』にのっとって『停止』の先——『不変』までも獲得しているのだ。どれだけ時間を進めようと——りすか自身には、全く、変貌が、ない。それはもう、ほとんどの概念において『不老不死』。運命干渉系の魔法というのは、突き詰めれば、ここまでのレベルに達する極限の代物なのだ。『時間』を操作すると言うよりも、これでは最早——りすかは、『時間』そのものだ。「は、はっは、はっはっはっはっはーっ！」と、哄笑をあげながら——高峰から『時間』を——彼の『血』を、まるで吸い取っているかのように、『取り上げて』いく。

「相変らず無駄な戦い方をする奴だ――」ぼくはそんな、恐るべき時の嵐を遠巻きに眺めながら、呆(あき)れの伴ったため息を吐く。「……だがまあ、それこそが魔女、神にして悪魔の娘らしいと、言えなくもないのか」

天才は百パーセントの才能、と、りすかは言ったが、ぼくはそれは違うと思う。天才とは一パーセントの才能と――九十九パーセントの、無駄な努力だ。その意味でりすか、りすかは間違いなく天才だよ。そして、ぼくは天才でなくていい。ぼくは一パーセントのインスピレーションの他は、何もいらない。

「し――」高峰は、死の更にその先を味わわされる苦痛に耐えかねてか、最早恥も外聞もなく、命乞いするかのように、叫ぶ。「死にたくない死にたくない死にたくない死にたくない死――」

「うるせえ!」

ぱぁん――と、りすかは、高峰の胸の上においていた右手を、叩きつけた。それによって、かろうじて保たれていた高峰の、ミイラ化して乾燥しきった肉体は――砕け散った。粉々に、砕け散った。空気中に、きらきらと、高峰幸太郎の欠片(かけら)が乱舞する。

「無様なダイヤモンド・ダストだぜ」言って、りすかは、ぱちん、と指を鳴らした。

同時に、空気中に乱舞した高峰幸太郎の欠片、それに、ベッドの上に抜け落ちた彼の髪などのもろもろが、『消滅』する。『時間軸から外した』――という奴だ。「だがまあ、なかなか根性のある奴だったな。駄人間如きにしてはだが」

「……忘れてなければだけど」ぼくは勝利の余韻に浸っているりすかに言う。十歳のりすかはともかく――こちらの二十七歳バージョンのりすかは、少々苦手だった。苦手というか、『手に余る』。こんな真の意味での怪物――駒として、使えるわけがない。『強過ぎる』駒は、時として脚を引っ張る。その意味で、りすかは、ぼくにとって、りすかの父親と同じ問題を抱えているのだ。「りすか。ぼくの親指を返してくれると嬉しいんだけどね」

「……ああ。悪い悪い」

　にたりと笑って、りすかはぼくのところに近付いてきながら――酷く無造作な動作で、自分の左手の親指を、根元の辺りからびちゃりと引き千切った。ぱしゃん、と血が弾(はじ)けかけたが、すぐにその血も『停止』の作用で、元に還る。りすかは、その自分の親指を、ぼくの左手の切り口に引っ付けた。血液同士が互いに流動的に絡み合い、しばらくびくんびくんとその親指は別の生き物のように跳ねていたが――やがて、落ち着いた。動かしてみる。ぐー、ちょき、ぱー。ぐー。ちょき。ぱー。キツネ、ウサギ、イヌ。ふん。ま、女性とは言え大人のサイズのものだから、離れて見た輪郭がやや不自然ではあるが、元が不定形の液体、すぐに大きさも整って、そぐってくることだろう。

「どうも、ありがと」

「いやいや。こっちこそどうも」

「でも、どうせ殺すなら、あの駄人間から舌の部品くらい奪えばいいじゃないか」

「キズタカの血は美味いんだよ。とてもとても、相性がいい。あんな駄人間の血ィじゃあ、一人分飲んでも爪も伸びないさ。なじむなじむ、わたしにはキズタカの血が、一番よく似合う」りすかは赤い唇を歪めて、また、にたりと笑う。「それにしても、今回はお互い――完全なる無駄足って感じだったようだ。わたしはお父さんの手がかりをつかむこともできず――キズタカは、新たな駒を手に入れることができなかった」

「そうでもないよ。無駄を一つ消しただけで――無駄を消したという意味がある」

「ふふん。なるほどね。相変らずよいことをいう。しかし――この姿で会うのは、結構久し振りだな、キズタカ」

「そうだね、りすか」

「何なら、キスしてあげようか?」

「くだらねー。遠慮しとくよ。大人になるまで」

「そっか――いつもながら醒めた野郎だ。……っと。どの道、もう『時間』だな――」

とろり、と。とろりとろり――どろり、と。りすかの形が――りすかの『時間』が、崩れ始めた。ああ――一分、か。二十七歳の水倉りすかを拘束する、唯一の存在、『時間』――りすかは一分間しか、二十七歳のその姿ではいられない。高度過ぎるその魔法の、魔法式の魔法陣の、必然的な制限と言ったところか。

「じゃ、またいつか」

「ああ、またいつか」

りすかはぼくの返事に軽くウインクして――そしてりすかは、本来的に不可逆であるはずの『時間』を逆行していく。とろとろと、どろどろと、その肉体が、装いがどんどんと液状化していき――外側から内側から、どんどんと加速度的に崩れて、崩壊していき……そして、最後に残るその形は――

★　★

「しかし、まあ――あの運転士、高峰が犯人だってのは、それなりに納得がいったんだけど、しかし、どうしてりすかにはそれが分かったんだ？　先頭車両の運転席がべストな位置なのは確かにその通りだけど、それが『犯人』は二番ホームにいなかったって証拠になるわけじゃないだろう？」

「うん？」りすかは答える。「ん……まあ、そうなの」

さすがにもう魔力（けつえき）は使い果たしてしまったらしく、りすかは警察病院からの帰りは『省略』できず、ぼくと一緒に、並んで、こっそりと病院から抜け出て、最寄の駅――に向かっていた。今回の発端である新木砂駅も通っている、その沿線の駅だ。りすかは、十歳の姿に戻っている。元の姿というだけでない、絶対的な意味での十歳の姿に。三角帽子とカッターナイフ以外は、二十七歳だったときの面影（おもかげ）はまるでない。帽子もぶかぶかだ。時間の解呪（キャンセル）。十七年後、こいつはあんな美人さんになるのかと思うと、ぼくとしては思うところがないでもないが――まあ、そんなことは、別にどうでもいい。この、手錠をしゃらんしゃらんと鳴らしながら歩くりすかも、圧倒的に他人を見下す時間の女王『赤き時の魔女』のりすかも、どちらも同じ水倉りすかであることに違いない。二十七歳までにあそこまでも魔力を所有することを義務付けられているりすかには同情を禁じえないが――それだって、今のぼくには、別にどうでもいい話だ。無駄を一つ消しただけ――それでも、今回の『仕事』は、意味があったと思う。しらみを潰すためには、やはりしらみつぶしにするしかないのだ。『風使い』――手に入れれば手に入れておきたかった駒だけれど、その使い手があんな小物じゃあ、やはり使えない、だろう。となると、高峰に魔法を教えたのが誰かという問題だけが残るのだが——何の証拠もないけれど、高峰が『赤き時の魔女』の称号を知って、しかもそれを警戒し病室内に式を描いて待ち構えていたことから考えると、やはり——しかし、たとえばそうだったとして、どうして彼は——水倉神檎は、そんな真似をするのだろう？　どうせ使いこなせもしない駄人間に、魔法を与えてどうしようというのだろうか——そして彼は、己の娘が己を追っていることに、気付いているのだろうか——気付いているのだとすれば——

「時刻表、なの」

「うん？」

りすかは、ぼくの心配などよそに、大して興味もない先にした質問に、答を返してくれた。今なんて言った？　時刻表？

「キズタカが持ってきてくれた時刻表。時刻表のコピー。結局のところ、キーだったのはそれなの」

「よくわからないことを言うね」

「いや、まあ——これ教えると、キズタカ、怒っちゃうかもしれないの——そうでなくとも、落ち込んだりするかもしれないから」

「ぼくが？　そりゃどういう意味だ？」

「――ま、これこそ論より証拠なの。そうね、今日は日曜日だったし……ちょうど、時間もいい頃合だし……行って見るの」

「行く？　どこへ？」

「新木砂駅なの」

よく分からなかったが、ぼくはりすかに従った。最寄り駅まで行って、佐賀に帰るためには逆方向、新木砂駅へと向かう。二番ホームに下りた。電車の運転席を除けばベストポジションであると指摘された乗車口へと、りすかは移動した。「ここだったよね」とぼくに確認する。ぼくは頷いた。

「ねえ、キズタカ」

「うん？」

「大人になんか、なりたくないの」

「うん？　何の話だ？　いきなり」

「大人になったら、つまらないって話なの。あの、高峰さんの話じゃないけど、世の中にはつまらない大人ばっかしで――わたしの、お父さんにしたって……」

「だが、大人になれば力は手に入るぜ」

「…………」

「りすかもそうだけど――ぼくだって、そうだ。今はできないことが、大人になればできる」

「それでも、わたしは大人になりたくない」

「……わかんなくも、ないけどね」ぼくはりすかに頷く。十七年後の、ありすかの性格。好戦的で、まるで周囲を顧みない、独善的性格。だがあれは象徴的なものであって、多かれ少なかれ、誰だってあんな風になる。それがリアルに理解できてしまうりすかは——己の使用する魔法に対してはあまりにも皮肉、『成長』を嫌ってしまうものだろう。「でも、ぼくは『力』が欲しい。全てを支配するだけの力が。彼らは愚かだからこそ——ひょっとしたら本当は生きる資格がないほどに愚かかもしれない、だからこそ、ぼくのような人間が、絶大なる『力』をもってして、支配してやらなくてはならない」

「……見解の相違、だね」りすかは言う。「……犯人を運転士と断定したのは、単純な消去法なの。魔法式を作動させるためにはあの現場のそばに『犯人』がいなければならない——けれど一番ホームでは様々な障害があって無理、そして二番ホームでも無理。そうなれば、自然に解答は導き出せたというわけなの」

「いや、待てよ。二番ホームに犯人がいたって説は、別に否定されてないだろ」

「無理なものは無理なの」りすかは言う。カッターナイフを取り出して、『きちきちきちきちきちきち……』『きちきちきち……』と、出し入れする。「現在六時二十分……

か。問題の電車が来るまで、あと十二分だね。日曜日だから、時刻も同じ——と」

「はっきり言えよ。煮えない奴だな」

「キズタカ。一番ホームに行って、あそこに立って」りすかは正面の一番ホーム、その乗車口を指差す。先週、ぼくが立っていたその場所だ。「あそこからわたしが見えるかどうか、試してみて欲しいの」

「……いいけどさ」

言われるままに、階段を登り、階段を降り、反対側の一番ホームに到着するぼく。ホームを移動して、線路を二本、レールを四本挟んだその先に、りすかの姿を求める。その赤い姿はすぐに見つかった。赤という色は、基本的にどんな遠くにあったところで人間の眼でその色の種類を判断できる、唯一の色だ。だからパトカーのサイレンなどの警戒色には赤色が使用されるのだ。同じ理屈で、ぼくはほどなく、向こう側にりすかの姿を発見した。そうそう、この乗車口だ。ここで、ぼくはことの一部始終を目撃したのだ。

「えっと……りすか？」声をかけるも、こんな大きさではあちらのホームまでは届かない。「りー、すー、かー？」

ぶんぶんと、りすかは手を振った。ぼくを認識したらしい。そうだった、りすかはあまり目がよくないから、この距離では声が聞こえない限りぼくが分からないのだ。

ましてぼくは赤い服を着ているわけではない。……ということは、あれか？　二番ホームからでは犯人は遠くて『事実』の目撃ができなかった——とでも？　しかし、高峰幸太郎がどうだったかはともかくとしても『犯人』、その時点では正体不明の『犯人』の視力など、測るべくもないだろう。それとも『魔法』を使う者は視力が落ちるという、統計的な結果でもあるのだろうか？

「ねー！　キズタカー！」

向こうのホームから、りすかが叫んだ。

「楽しかったのは、今日だったねー！」

「……まあ、それなりにね」

「えー！　聞こえないー！　聞こえないのが、キズタカの声なのー！」

「い、い、い、それなりに、ね！」

ぼくも、りすかに倣って、声をあげて叫んだ。さすがに昼間とは違う、ホームにはそれなりに人がいる。少しばかり、ぼくにも恥ずかしい気持ちがあったが、まあいい。どうせ周りの連中は、馬鹿な小学生達が戯れているとしか思っちゃいないだろう。ものを考えることもできない頭部を貼り付けた下等生物の視線なんか、気にすることはない。この程度の連中に何と思われたところで、どうでもいいさ。どうせ連中、人を見る眼なんて持ち合わせちゃいないんだからな。常識を抱いて死ぬがいい。

「それなりに楽しかった、って言ったんだよ！」

「もっと楽しいのが、明日だったらいーね！」

「楽しいさ！」ぼくは自信たっぷりに答えた。「もっとどきどきさせてやるさ、このぼくが！　約束は守る、りすかの人生に潤(うるお)いを与えてやる、目的を！　りすかの親父さんだって、ぼくがいずれ見つけてやる！　長崎だって、いずれぼくがあんな『城門』とっぱらってやるさ！　だから――」

だからもうしばらくの間は、大人しく、ぼくの駒でいて欲しい。手に余ろうがどうしようが、今のぼくにはとにかくりすかが必要なのだから。そう言おうとしたところを遮るように、「うん！」と、りすかは、にっこりと笑った。

「だからずっと！　友達でいよーね！」

「…………………」

その台詞に――言葉を失ったそこに、駅構内に、放送が鳴り響く。『二番線に列車が参ります――』と、あのお定まりの放送が、流れた。ぼくはりすかに対し、何か――とにかく何か、反論や、弁明めいたものを、口にしようとしたが――ぼくがいくら大声を張り上げたところで、どうせその放送で遮られるだろうから、やめた。ふん……まあ――なんとでも、思っていればいいのだ。ぼくのことを駒と思っていようがそれ以外の何かだと思っていようが、それはりすかの勝手である。ぼくが、ちゃんと、りすかを駒だと思っていれば――そう認識さえしていれば、それでぼくはりすかを、『使える』のだから。とりあえずりすかに引っ付いていれば――通常よりもずっと、『有用』な人間、魔法使い非魔法使いを問わず、色んな人間と会える。そのメリットは計り知れない――だから、ぼくのことをなんと思っても、それはりすかの自由というものさ。ぼくは寛容だ、そのくらいの自由は与えてやろう。と、そこに――『一番線に列車が参ります――』と、先の放送と輪唱するように、重なるように、そんな放送が――こちら側のホームで、鳴り響いた。輪唱――？　そうだ、そういえば、あのときも――『――危険ですので――』『危険ですので――』『――黄色い線の』『黄色い線の――』『内側まで――』『――内側まで』『――お下がりください――』『――お下がりください――』――あのときも！　輪唱！　ぼくは時計を確認する。六時――六時、三十二分！

「――りすかっ！」

ぼくは顔を起こし、りすかを確認しようとしたが――もう、それは不可能だった。二番ホームには――もう、車両が、速度を伴って入ってきていて――その車体が、壁になってしまって――ぼくは、りすかの、あの赤い姿を、目視することが、できなかった。

「……あ、あ――」

　している内に一番ホームにも電車が一瞬遅れで、入ってくる。進行方向が逆で、この位置だから――時刻表に記載されている時間が同じだったところで、一瞬、こちらの側が遅くなるわけだ。成程――これなら、確かに、二番ホームから――『事実』の瞬間を『目撃』することは――不可能だ。先頭車両が、ぼくの前を通り過ぎた。線路に飛び込もうなんて気は微塵も生じなかった。そんなことをするはずもない。ほどくして、また、輪唱が始まる。『二番線の――』『一番線の――』『列車が――』『列車が――』『発車し――』『発車し――』『ます――』『ます――』。向こうの電車が、少し早く動き出す。先頭に並んでいるぼくが電車に乗らなかったので、後ろにいた駄人間達がぼくを避けるように、車内へと乗り込んだ。ドアーが閉じて――こちらの電車も発車する。がたんがたんがたんがたんがたんがたん――

「りすかっ！」

　ぼくは再び、そう呼びかけたが――向かいのホーム、ぼくの正面には――誰もいなかった。そこから何かが『省略』されてしまったかのように、もうそこには誰もいなかった。今さっき向かいのホームで電車を降りた人達が、変な名前を叫んだぼくに一瞬だけ注目したが――すぐに、自分の時間へと、彼らは帰った。ぼくは何だか、してやられたような気分で、右手で頭をかく。怒っちゃうか——落ち込んじゃうか。確かにそうだな……いくら目の前には人の壁があり、その壁であった四人が五体ばらばらになったとはいえ——そして、それから一週間が経過してしまっていたとはいえ——向かいの電車の存在を、忘失してしまっていたなんて。『魔法』の事件だと思って、ぼくとしたことが不覚にも焦ってしまったか。いや、自分が疑われるかという焦りが——いや、全部、言い訳だ。やれやれ、これからは人間だけでなく、無機物もしっかりと観察することにしなくちゃな。無機物の使い方も、これを機会に勉強してもいいかもしれない。そんなことを思いながら、ぼくは自分の左手を見た。ぼくの左手。数時間程度しか経過していないから仕方のないことだが、まだなじみきっていない親指が不自然な左手。その不自然な左手が、にたりと、嘲(あざけ)るように、笑った気がした。

さもありなん。

今や半分以上、ぼくの身体はりすかのものだ。

《Subway Accident》is Q.E.D.

第二話　影あるところに光あれ。

「影谷蛇之（かげたにへびゆき）——犯人が、あの人なの」

水倉（みずくら）りすかは乾いた食べ物を好まない。これは本人の好みというよりは体質の問題であるのだが（何でも談によれば、りすかは水分だけで一年は生きていけるが、水分なしでは二日で死ぬらしい）、とにかく乾物系の菓子など目にするだけで顔をしかめるし、この間ぼくの家でせんべいを出したときなど、霧吹きで湿（しめ）らせてから食べたほどだ（湿ったせんべいはなかなかおいしいと言っていた）。水羊羹（ようかん）などはおいしそうにもぐもぐと食べるし、西瓜（すいか）や葡萄（ぶどう）などのフルーツ類がお気に入りの模様だ。本日、水倉りすか直属の従僕、執事のチェンバリンが用意してくれたぼくらに対する三時のおやつは、そういうわけでバナナのムースだった。りすかは並んで用意されたコーヒーにしこたま砂糖を放り込んで、こくりとそれを口にしてから「影谷蛇之」と、もう一度繰り返した。

「ナガサキじゃ結構——かなり、とっても、通った名前の魔法使いなの。知らない人の方が珍しいのが、魔道市に住んでる人じゃないのかな。『影の王国』『豚歌い』『鷲豚の輪廻』『赤豚紳士』『悪意の天才』――五つの称号を持つ怪人、レッドジャケットの男。『魔法の王国』では称号の数イコール権威、魔力の大きさを示すってことは、説明を済ましたのが最初の頃だよね？　わたしが持ってる称号は『赤き時の魔女』の一つだけだから――それだけでも凄さが分かろうってものなのが、影谷蛇之なの。そもそもわたしの称号って、運命干渉系の魔法使いだから、もらえてるのがなんとなくみたいなものだし」

「ふうん……称号、ね。それって確か、一つ持ってるだけでも、もう枠外の存在なんだろう？　そんな称号を五つ、か……そのまんま単純に考えると、りすかの五倍ってことになるけど」

「話じゃないのが五倍どころなの。五乗より凄いの」

「それはいくらなんでも大袈裟に言ってるんだろ？　……そういや、そういえばだけど、りすかの親父さんも、結構色んな呼び名があったよね。『ニャルラトテップ』だの、何だの。あの人は十個くらい持ってるわけ？」

「六百六十五個の称号保持者が、お父さんなの」

桁違いだ。イメージがおっつかない。

「だがしかし、えらく中途半端な感があるね」

「本当は六百六十六だったけれど、その内一つを、わたしが受け継いだから。六百六十五なのは、だからなの」

「——受け継いだって……『赤き時の魔女』だろ？　『魔女』って、親父さん、男じゃないのか？」

「お父さんほど高次の存在になれば、もう性別なんて関係なくなっちゃうから」

りすかは照れ笑いのようにそう言った。聞けば聞くほど、途方もない親父さんである。

「……ま、親父さんの話はひとまずいいとして……しかし、五つの称号ね——」ぼくはりすかが口にした五つの言葉を胸の内で反芻する。『影の王国』、『豚歌い』、『鷲豚の輪廻』、『赤豚紳士』、『悪意の天才』。「やけに豚関連が多いけれど、なんだろう、そっちじゃ豚は神聖な生き物だったりするのかい？　てっきりそういうのは、黒猫やら鴉やらのジャンルだと思ってたけど。それとか、あとはトカゲとか蝙蝠とか、かな」

「ううん。豚は豚なの。食べ物なの」

「食べ物か」

「おいしいの」

「おいしいか」

「でも」りすかはムースを口の中でもごもごさせながら喋る。少し行儀が悪い。「これは、気付いたのが最近なのはわたしもなんだけれど——県外(ソト)と長崎(ながさき)県とじゃ、捉え方が違うみたいなのがその言葉なの」

「うん？」

「県内(ナカ)じゃ人間に対して『豚』っていうのは尊称だから。県外(ソト)じゃ違うでしょ？」

「うーん……まあ、あまりいい印象の言葉ではないな」個人的な意見だが、馬鹿だとか阿呆(あほう)だとかよりも、言われる側としてはきつい言葉であるとは思う。主に下種(げす)野郎を指すときや、太った人を罵倒(ばとう)するときに使う言葉だが、……しかし考えてみれば下種野郎と肥満の間には何の関連もないのだから、一緒くたにするのは無体な話である。ま、どちらにしても、心地よくないスラングであることに間違いはない。そもそも人間が育てなきゃそんなに太る動物でもないし、行動原理も動物の中では中の上ってとこだろうに……。「しかし、だからといって、長崎県じゃ尊称なのかい？　極端な話だな」

「尊称というのは、まあ、大仰だったの……つまり、ちょっとした褒(ほ)め言葉なの」

「褒め言葉、ねえ」

「主に男の人の。こっちにあわせて言えば、意味になるのは、『格好いい』とか『スタイリッシュ』とかだと思うの」

「ふうん——それは、そのニュアンスからすると、単なる言語のずれってことじゃないね。むしろ同じ存在に対する認識のずれって感じだ」

「そ」りすかは頷く。「長崎県では、その手の男の人がもてもてなの」

「文化の違いか……昔の日本で瓜実顔が美人と言われていた……みたいな、ものかな」ぼくはとりあえず、分かりやすい形で理解しておくことにしておいた。と、そこで思いついたことをりすかに訊いておく。「じゃ、りすかもその手の男が好みなのかい？」

「ん？　ん……わたしは別に、そんなことはないの。そんなにミーハーじゃないのが、わたしだもん」言いながら、りすかはムースの載った皿をスプーンで指し示した。「ほら、キズタカもはやく食べるの」

「ああ……」

「砂糖をもっといれた方がいいのが、コーヒーなの。ほらほら、遠慮しないで」

「……遠慮する」ぼくはブラックのままのコーヒーを、いい感じに冷めたところで、一気に半分ほど飲んだ。苦い。チェンバリンには悪いが、どうしてもおいしいとは思えない。子供の飲むものではない。「それに、ぼくはりすかと違って湿っぽいのは好みじゃないから、ムースもりすかが食べていいよ。……で、本題に戻って……その影谷――蛇之？　そういう名前の『影の王国』が、今回の件の犯人だってか？　なんでそこまで自信をもって断言できる？　有名人だって話だけれど、普通そんな有名人が、自分の人生にかかわってくるとは思わないものじゃないのか？　それともりすかにとってそれは珍しいことじゃないっていうのかい？」

「ん……珍しいといえば珍しいんだけど——ただ、特徴を聞く限り、そうとしか考えられないって話なの。やり方も、使う魔法もそうみたいだし……呪文の詠唱がなかったんでしょう？　それほどの魔力を持った存在は魔道市にだってそうそういないし……けれど、そうなると、少し厄介なの」

「厄介というと？」

「わたしじゃ、相手にならないってことなの」

そんな弱気なことを言うりすかは久し振りだったので、ぼくはわずか以上に面食らった。しかし冗談で言っている風ではなさそうだ。それはつまり、とりもなおさず、影谷という男、その魔法使いは——言いっぷりを聞く限り、ただの人間から『魔法』使いに転じた方ではなく、生まれついての『魔法使い』の側だろう——りすかよりも、遥かに大きな魔力を有しているということを示しているのか。

「おい、りすか——それって……」

「あ、ちょっと待つの」りすかは手を伸ばして、そばにあったテレビのリモコンをつかんだ。「そろそろ大相撲の始まってる時間なの」

「……」

「九州場所、早く来ないかなー」

うっとりした風につぶやきながら、テレビの画面に集中し始めたりすかに、なんだかあまり知りたくもなかった新たな一面を発見させられながら、ぼくは一つ、嘆息した。ただの角技好きに見えないこともないが、先の話を聞いてしまえば、薄笑いを浮かべながら土俵上の力士を注視するりすかの印象は百八十度変わる。そういう視点から見れば、こころなし魔道書の写しをやっているとき以上に、楽しそうでもある。趣味の薄い小娘だとばかり思っていたが、なかなかどうして俗っぽくもあったわけだ。それにしたところで、あまり知りたい一面ではなかったが……どうやら水倉りすかに対する認識を、ぼくは少しばかり改めなければならないようだった。「やれやれ」とぼくは首を振って、とりあえず、ここまでの展開、ここまでの粗筋を、もう一度、辿っておくことにした。

別にりすかに倣った言い方をするわけではないが――在賀織絵と言えば、このぼく、供犠創貴が通う小学校内においては、それなりに名の知れた存在であり、少なくとも同級生――現五年生――の間では、誰でもが知っているくらいの有名人である。

気取った言い方をすれば『才女』ということになるのだと思う。ぼくは三年生のときに一度同じクラスになっただけという小さな接点しかもっていないが、ぼくが委員長で彼女が副委員長だったために、そこそこに話をしたし、クラスが別になったその後も、廊下(ろうか)で会えば軽く挨拶(あいさつ)をする程度の知り合いではある。どうしようもない低能達ばかりの学校内においては、それなりにマシな内面を持ち合わせているのはぼくも認めるところだったし——だからこそ、クラスが別になってからもある程度の仲を保っているわけだが——今はどうにもならない一人の子供に過ぎないが、いずれ、成長すれば、ぼくにとって有効な『駒』として機能するかもしれないと考えて、目をかけている女生徒、その名が在賀織絵である。

『供犠くんは、将来なりたいものとかってある?』

『……将来、ねえ』

『わたしは——そうだな。色んな人に幸せになってもらえるような、そんな存在になりたいな——』

『幸せ。幸せって?』

『なーんか、いい感じってことー』

なんて、いつかそんな青い会話を交わしたことが印象に残っている。無論彼女が何らかの具体的なビジョンを持って『将来』を語ったわけではないことは容易に理解できてはいたが、『色んな人に幸せになって欲しい』というその言葉は、ぼくの野心とも通じるところのあるセンテンスだったので、わずかなりとも共鳴するところがあって、強く記憶されているのだろう。りすかが長崎県森屋敷市から転入してきたのはその年のことだったが、ぼくがりすかと知り合うのはその翌年のことだったので、その時点ではぼくの『将来』も、それほど、主張を持って主張できるほどに明確なビジョンを有していたわけではなく、あまり大きなことは言えないのだが、とにかく、彼女が学年内において有名人……それも『人気者』という意味での有名人であったことに、ぼくは何の異論も挟むつもりはない。繰り返すけれど――ぼくは在賀織絵を、同級生の中では、数少ない、少しは見所のある人間であると、そう認識していた。そして――その有名人、在賀織絵が、誘拐されたのが、三日前の話である。誘拐――かどわかされた、ということだ。二つ年下、三年生の妹と二人で、買い物帰りのときだった。夕暮れ……晩方に、近い時刻、だったらしい。月明かりの下、一人の『怪しげな男』が、彼女達の前に現れて――在賀織絵を、攫っていった。妹の方は無事で、その妹が、証言者というわけである。姉が目の前で連れ去られ、道端で悄然としていたところを近所の住人に発見され――ことは公になった。誘拐事件といえば大ごとだし、連れ去られてからまだそう時間がたったわけでもない、探せば見つかるかもしれない――と、街はにわかに騒がしくなった。その騒ぎは当然ぼくのところにも届いたわけだが――その時点では、ぼくは特に興味をそそられなかった。子供が誘拐されるなんて話は、身近にはなくともそれなりによく聞く話である。あの在賀織絵がそういうものに対して『油断』するような人間には思えなかったので少し不自然には感じたが、力ずくだったのなら、大人と子供、相手にはなるまい。将来あったかもしれない『駒』が一つ未然に消えてしまったのは残念ではあったが、しかし、彼女はまだそこまで育ってはいなかったのだから、惜しむ気持ちもそれほどではなかった。それに、ただの誘拐事件なら、ぼくが動いてどうにかするような話ではない。それはぼくの父親をはじめとする、佐賀県警のお仕事である。必要もないのに他人の職分に嘴(くちばし)を挟むつもりは、ぼくにはない。しかし、今日、学校で『とある話』を聞いて、ぼくはその考え方を捨てた。と、いうより、捨てざるをえなかった。それは、現場に居合わせた――在賀織絵の妹の証言だった。下級生ということもあり、ぼくの張っている網にその証言がかかるのに二日を要したということなのだが――何でも、それは『奇妙』な話だった。その『怪しげな男』の行動、そのときの、ことの成り行きについて、である。その証言の真偽は確かに微妙ではあるのだが――というか、要領を得ないところがあるのだが、ぼくなりにまとめてみれば、それは以下のような話である。在賀織絵とその妹が二人で歩いていると、すぐ前の曲がり角からやけにかわいらしい形の自動車があらわれて――別の筋の情報によれば、それは黄色のフォルクスワーゲンだということだ――運転席が開き、中から『怪しげな男』が、出てきた。その『怪しげな男』が現れた途端、在賀織絵と妹は、『縄で縛られた』ように、動けなくなったのだという。『怪しげな男』は少し腕を動かしたようだったが、その程度で、別に、変な薬やなんかを嗅がされたわけでもないのに――まるで、『金縛り』である。緊張して、あるいは恐怖で、身体がすくんだ、なんてレヴェルではなく、恐怖で震えることすらも、妹はできなかったというし――姉もまた、そのようであったのだという。ただ、不思議なことに喋ることだけはできたようで、姉、在賀織絵の方が『怪しげな男』に訊いた――『あなたは何ですか?』と。何の修飾もない質問ではあるが、特にここで修飾する必要はない。『怪しげな男』は――へらへらと笑って（妹の言葉をそのまま使えば『気持ち悪く笑って』）――『僕は悪い悪い魔法使いだよ』――と、言った、そうだ。そして、身動きのとれない在賀織絵の首筋に手刀を当てて気絶させ――クルマの後部座席に彼女を放り込んだ。それから、動けないままの妹の方をちらりと見、『僕の姿が分かるかい?』と言い、『個人的にはとてもとてもとても惜しいところなんだけれど……特別にきみは見逃してあげるから、僕の姿をよく憶えておくことだよ――』……とだけ言って、己もクルマに乗り込み、妹を残して、走り去ったということだ。何も残さず――何も、残さず。否、正確に言えば、現場に残されていた、『奇妙』なものが、あるといえばあった。それは、ダーツなどに使われるような、小さな二本の『矢』だった――

「――あと、付け加えることがあるとすれば――『怪しげな男』と言っていた、その風体か」

その男は――安全ピンのような赤いジャケットを着た、異常に目つきの悪い、恰幅のよい、なんというか『巨大』な男だったという。『巨大』。もっともこれは小学三年生の女の子から見ての意見だ、鵜呑みにはできまいが――しかし、全てについてそれが言えるわけではない。ぼくの父親に確認をとったところ、その証言はほとんど無視されていて、動けなかったのはやはり『恐怖に身が竦んだ』からだと看做されているらしい。『怪しげな男』のモンタージュも一応作製されているらしいが――（これは、まだ見ていない。父親に頼んでみたが、今の時点では見せてはもらえなかった）、先の証言の通り、大まかなところ、または細部だけが印象に残っているばかりで、全体像は曖昧で、やはり証言者が小学三年生という点もあいまって、それも軽く見られているようだった。それは大人としては合理的な判断ではあるが、しかしぼくはそんな風には考えない。小学三年生のときにぼくが何を考え何をしていたかを思い出せば、そんなことは明瞭だった。まあ、全ての人間をぼくの基準で語るのは無茶というより酷な話ではあるが、年齢だけで全てを判断するのはよくないことである、ということだ。今日、昼休みに直接、在賀織絵の妹に会って話を聞いてみたが――話し方が少し拙(つたな)くはあるものの、姉に似て、か、聡明という印象をぼくは受けた。だから話半分くらいには、信用できる、とぼくは判断した。何より、その証言に含まれる一部――『安全ピンのような赤いジャケット』。そんなよくわからないファッション、一回聞いた限りではどんな服なのか想像もできないような衣服を身に着けるのは、『魔法の王国』の住人しかいないだろう。そういうわけで――ぼくは、りすかの家、風車をかたどったコーヒーショップを訪れたのだが。

「……ふうっ」ようやく相撲中継が終わったところで、りすかはぼくを振り向いた。なんだか、とても満足そうな顔つきである。一仕事やり終えた者の顔だった。こころなし、肌が瑞々(みずみず)しく潤(うるお)っている。「――キズタカ、お待たせなの」

「うん……ぼくもまさかこんなことで待たされるとはちっとも思っていなかったよ」そう言えば相撲のシーズンの夕方頃にりすかの部屋を訪れるのは初めてだったか。ぼくは今更そんなことに気付く自分の迂闊(うかつ)さを反省しかけたが、普通そんなことを気にする必要はないだろうので、ここでは反省する必要はないと思い直した。「それで――ていうか、もう、ぼくの方から話すことはないんだけれど……、どうなんだい？影谷ってのは、どんな奴なのか、教えてよ」

「一言で言えば、犯罪者なの」りすかはぼくに向き直った。「魔道市、ナガサキを跋扈(ばっこ)した少女専門の誘拐犯。都市伝説のような存在の魔法使いなの。属性(パターン)は『光』、種類（カテゴリ）は『物体操作』……だったかな」

「『物体操作』――念動力系、サイコキネシス系か。高度で、ランクはそれなりに高めじゃあるけれど、しかし一般的で珍しくもないね。独創性には大いに欠ける。珍しさで言えばりすかの時間操作の方がずっと勝ってるようだ」

「珍しさで言えばそうなの。でも、応用の範囲の広さで言えば――分かるでしょ？　キズタカ」

「ふむ」

それは、全くその通り。魔法の種類（カテゴリ）では、珍しい、レアであることは行動において有効であることと全くイコールにはならない。りすかの魔法は属性（パターン）を『水』、種類（カテゴリ）を『時間』とする、運命干渉系の能力で、それは己の体内（あくまで『体内』だ。外部には直接的には及ばない）の時間を好き勝手に魔力の限りにおいて自由に操作できるというものだが――未来を変革するだけの大いなる意味をもったその能力も、現在の水倉りすかでは、突き詰めたところ、類する形での空間移動、軽い負傷の治療程度にしか、基本的には使いようがない。比べて、むしろありふれた、まるでレアでない念動力系、その『物体操作』なんてのは――ま、言わずもがなってところだろう。こんな簡単なこと、どんな無能にだって説明するまでもない。要するに、なんにしても奇を衒（てら）うのはよくない、基本が大事――と言ったところだろうか。希少価値と普遍価値は、同一には語れないのである。希少で、しかも普遍な価値を持つのが、無論、一番価値があるってことなのだろうが。

「少女専門の誘拐犯ね——そりゃ、連想するわけだ」

「それだけじゃないの。言ってたでしょう？　現場に残された二本の『矢』——それって、どういうものだか、キズタカ、わかる？」

「いや。多分、警察が回収して、今もそのままだろうね。それって、何かまずいのか？　ひょっとして。うん……確かに、りすかのカッターナイフみたいな、魔法の触媒になってたりするなら——地方警察とは言え、国家権力に回収されたのは、少々まずいかもしれないね」

「ん……その心配はないと思うの。『被害』にあったのは二人で——『矢』も二本だったんでしょ？　なら、もうそれはただの『矢』。勿論、話は犯人が『影の王国』だと仮定した上だけど、その『矢』は、わたしのカッターナイフとは、また少し違うの。ん……」りすかは、腰のホルスターにささっているカッターナイフを眺めやって、それから少し首を傾げる。どう説明したものか迷っているらしい。「わたしのカッターナイフは、ただの魔力増幅装置だけど……その『矢』は、魔法陣」

「魔法陣？」

「うん。見たわけじゃないのが実物だから、ひょっとすると魔法式かもしれないけれど――統合して考えて見るに、多分、陣の方なの」

魔法陣、魔法式。概念としてそれほど区別する必要はないが、分かりやすく言えば、魔法陣は『罠(わな)』で、魔法式は『武器』。両者とも魔法使いが己の魔力を行使するための手続きを省略（つまり、呪文の詠唱の省略）を目的とした式、公式のようなもので、あえていうなら、魔法陣の方が魔法式よりも格上で、上位関係、魔法式はあくまで魔法に対する補助、術者がそばにいなければ発動しないが、魔法陣はそれ自体が魔法のようなものである。だが、『矢』という単語の印象からすれば、『罠』よりもむしろ『武器』、魔法式ではないかと思われるのだが。

「その『矢』にはね……びっしりと魔術文字が書き込まれてるはずなの。魔術文字。で、魔法陣だから、『条件』を満たして『発動』してしまえば、もうただの何の変哲もない矢に戻ってしまう。魔力自体がなくなるから、自動的に『解呪(キャンセル)』されちゃうってわけなの。だから、警察の人に回収されても基本的には平気――魔法式ではそうはいかないの。それが可能なだけの魔力を持っているのが影谷蛇之だし――つまり、証拠を残さないための、やり方なの」

「ああ、なるほど……そっか、そういうことか。『陣』は痕跡(こんせき)を残さないのか」

「わたしの血に刻まれてる『魔法陣』は、それ自体『魔法式』で構成されてるから、また話は別なんだけど……、基本的には『魔法陣』、再利用はできないから」

「へえ。複雑だ。あ、じゃあ、この前の地下鉄のときみたいに、ことを成したその後に証拠が残るタイプは、基本的に魔法式だけってことになるんだね。気付かなかった……迂闊だったな。感覚じゃ、なんとなく理解はできていたようには思うけど、そこはそれ、経験則で悟るべきところだ。反省しなければ」

「魔法式や魔法陣自体、普通はあまり目にするものじゃないから、仕方ないの。ましてキズタカは、その魔法式も魔法陣も、目視する術（すべ）がないんだから」

「かもね。……しかし、『矢』か。その手段は一つの見識だね。そっか……何も『罠』だからって、馬鹿正直に構えておくことはない。『罠』自体を投擲（とうてき）するってわけか。そう言えば、妹の証言に、腕を動かしたとか何とか、そんなのがあった……そのとき、『矢』を投げたと見るべきなんだね。しかし、りすか、その『発動条件』ってのは、一体何だ？　『矢』を投げたにしては、彼女達……姉の方は知らないけれど、妹の方は、見たところ、精神的にはともかく肉体的には、何の怪我もしていないようだったけれど」

「『彼』はね……少女専門の誘拐犯ではあるけれど、その肉体を傷つけたりはしないの。哲学があって」

「紳士か」……そういえば称号の中に『赤豚紳士』だとか、あったな。「犯罪者で紳士——やれやれ、嫌な取り合わせだよ」

「全く同意なの。で、その発動条件なんだけれど……その『矢』で、対象の『影』を、貫くこと」

「貫く？」

「つまり、影縫い」

『影縫い』。

「……魔法使いというより、それじゃ忍者だね」どうやら発動に対して呪文は全く必要でないようだし、ほとんどそのまんまである。「『影縫い』――それが、金縛りの正体か。呆れ返るほど単純だ」

「単純なほど使い勝手がいいのが魔法なの。何度も言うけれど」

「一度言われりゃ十分さ。しかし『物体操作』系――念動力系の中では、その魔法、むしろ使い勝手は悪そうな感はあるな。『固定』するだけで、自由に動かせるわけでもなし、動けなくなっても意識はあるようだし」確か、手刀でもって、在賀織絵の意識を失わせたという話だった。「それに、心まで操れるというわけでもない。その程度の奴が魔道市、ナガサキを騒がせるほどの犯罪者になれて、しかも五つも称号がもらえるものなのか？」

「だから――問題なのは、異様なまでに莫大な魔力量と、影谷蛇之の持つ、その異常性なの」りすかは困ったように言う。「その、妹さん言うところの『安全ピンのような赤いジャケット』の内側には――大量の『矢』が仕込まれてるって話なの」

「大量の？　っておい、魔法陣なんだろ？」

「そ。分かるのは、これがどういう意味かだよね？」

分かる。分かるのか。魔法陣は一つ描くのにも膨大な魔力と、時間を消費するものなのだ。だから魔法式の方がいくらか扱い易い。これもまた、『基本が大事』というところだ。その魔法陣を、大量に、しかもダーツ用の、小さな『矢』に仕込んでいるとなると――それはもう、異様であり、異常だ。

「異常なのは性格の方なの。犯罪者って言ったけど――『彼』は、結局、逮捕されてるの」

「へえ？　そうなのか？」

「四年前にね。そのとき、彼の住処から、今まで誘拐された少女達が、同時に発見されたんだけれど――死んでたのが、全員」

「……誘拐っつっても、身代金の要求があったとか、そういう話じゃないんだね？」

確か、在賀織絵の家にも、今のところ、脅迫の電話などはないということだった。

「一体、そいつの目的はなんだったんだい？」

「ん……」

「なんだ？　言いづらいようなことなのかい？」

「……少女を、変質させないこと」りすかは嫌悪感いっぱいに、そう言った。「『影縫い』で『固定』した少女を……衰弱死するまで、とっくりと眺める――ばかばかしいようだけれど、それが影谷蛇之の『目的』、誘拐犯罪の動機だったの」

「衰弱死……？　じゃ、何もしないのか？」

「何もしない。何もしない。自分の部屋に、オブジェのように飾っておくだけ。――悪趣味なのは、キズタカ……『影縫い』した相手に、『言葉を喋る』程度の自由を与えている点なの。心も支配せず、自由にしたまま。『固定』すれば普通は喋れなくなるから、ここに『彼』は無駄な魔力を割いていることになるんだけれど――分かるよね。動けない状況で、喋れるっていうことの、意味」

「……命乞い、か」

「ご明察なの」

「気持ち悪いね」

「うん」

「気分が悪い」

「だから、都市伝説」

「……怪人赤マントみたいなもんか――」『城門』で、彼方と此方に隔てられているといっても、文化に隔たりがあるといっても、そういうことは、人間の世界も『魔法の王国』も変わりはないと見える。「こっちでも、そういう下種のことは豚野郎っってるよ。意味は違えど皮肉なものだ。しかし、四年前に逮捕されてんだろ？　だったらおかしくないか？　いくらなんでも四年で釈放はされないだろ。それとも長崎じゃ、誘拐はそんなに重い罪じゃないのかい？」

「とんでもないの。なまじみんなが魔法使いだから、長崎の住人は犯罪にはとてもとても厳しいの。五つの称号保持者だろうがなんだろうが、問答無用で取り上げられるのが魔法技能免許だし……裁判の結果、しっかりと、死刑になったはずなの」

「じゃあ……」

「でも」りすかははっきりと断言した。「影谷蛇之しかいないのが、こんなことをする奴なの」

「…………」

「……ほっとけないの」なんというか――普段、猫を被っているというか、大人しく、どちらかといえば控えめで、弱気になることも少ない代わりに強気に出ることも滅多にない、のほほんとした感じのりすかにすれば――それは、随分と積極的な、決意に満ちた言葉だった。「もしも本当に犯人が影谷蛇之だとすれば――大変なことになるの」

「そりゃそうだね」少なくとも、『魔法の王国』――長崎県の評判は、がた落ちになる。魔法だろうがなんだろうが、所詮は人の集まりなのだから、中にはそういう下種野郎もいるのだろうが——その意味では、こちら側と全然変わらない、それは先刻思った通りだが——『魔法』という異形の能力を所有している下種に対して、こちら側が持つ偏見は大したものがある。愚劣な一般大衆どもにとって、格好の餌食（えじき）——騒ぎ立てるネタになることだろう。そんなことになっては、長崎県の住人であるりすかがこちら側にやってきている意味が、根こそぎ失われる。「それこそ、長崎に二発目の核が落とされかねない」

「抜きにするのがそういう打算にしても……あんなのの存在を県外（ソト）に知られること自体、長崎の恥なの」

「郷土愛のお強いことで」ぼくは言った。「しかし……それだけとも思えないね。そいつ、りすかより膨大な魔力を有しているんだろう？　正面から挑もうなんて、普通は思わないはずだ。ふん……そうだね、ひょっとして……りすか、被害者である在賀織絵と、面識があるのか？　あ、そういえば——」

「うん。クラス、同じ」りすかは答えた。「結構……親切にしてもらってたりしてたの」

「ふうん……」

といっても、りすかは名目上、長崎の住人がこちら側で生活するにあたってそれが必要な手続きであるから小学校に籍をおいているだけであって、ほとんど学校に行ったことがないはずなので（学校でのりすかの認識のされ方は『登校拒否児』である）、それほどの回数、会ったことがあるわけでもあるまいが、在賀織絵のあの性格からすると、（外面上）ぼくと同じように、りすかに学校に来るよう、色々と働きかけたという線は大いにありうる。それは考えておくべきだったか。

「知り合いだったとは知らなかったな……そうと知ってれば、ぼくももう少し早く、動いたかもしれないのに」

「三日前……ってことは、もうかなり深刻、だと思うの」りすかは言った。「もしも、ナガサキでやったときと同じように……同じようなことをやっているんだとすれば――もって、三日か四日、長くても一週間ってとこなの。……わたしなら、死ぬのが二日でだけど」

「食事も水分も与えられないってことか」

「そうなの」それに、とりすかは付け加える。「被害者の在賀さんが、この場合魔法使いでもなんでもない普通の人間だから――精神が、持つかどうか」

精神。在賀織絵は、ぼくの印象だけで言えば、子供にすればという前提つきでは、かなり強い精神力を持ってはいたが――やはり、それは子供にすればだし、ただの人間にすれば、である。魔法という概念自体、理解できているのかどうか怪しい。感じる恐怖は——桁違いだろう。

「……ぎりぎりだね」

「ぎりぎりなの」りすかは、腰のホルスターから、カッターナイフを取り出して——『きちきちきちきち……』『きちきちきちきち……』と、出し入れした。「だから、なんとかするのが……わたしでないと」

「しかし」ぼくは言う。「所有する魔法力がまるで違うんだろ？　それって、りすか、りすかで——なんとかなるのかい？　どうも、話を聞いている限り——今まで、この一年少しの間に、ぼくらが相手にしてきた魔法使い達の中でも、随分群を抜いている感があるぜ」

「…………」

「勝てるのか？」

「……勝てなくても——」りすかはぼくから目を逸らして、言った。「——やらなくちゃいけないことは、あると思うの」

「……へえ」

やれやれ——さっきまで、大相撲を見ていた少女の台詞とは思えない。これまでの付き合いから考えて、りすかは全然正義感の強い奴ではないし、倫理や道徳とも無縁ではあるはずなのだが——随分とまた、人間らしいことを言う。あるいは、人間らしからぬことをいう。これもまた……ぼくにとっては新鮮な、水倉りすかの新しい一面を見た、といっていいだろう。そしてこの一面に関しては、ぼくにとって有益な情報だ。否、りすかのことに関して、ぼくにとって知らなくてもいい情報なんてない。その意味では、先の嗜好の問題すら、知らなかったことはやはり恥じなくてはならないだろう。『駒』の能力を最大限に行使しようと思えば——その『駒』について、あますところなく知っておいてしかるべきなのだ。

「しかしりすか……それは違うぞ。勝てなくてもやらなくちゃいけないこと、なんてのはない。全力を尽くせばそれでいいとか、意思を貫くことに価値があるとか、どっちにしても後悔するならやらないで後悔するよりやって後悔する方がマシとか、そういう甘えた考えは、ぼくは大嫌いだ。やるからには、勝たなくてはならない。絶対に絶対に。本当に本当に本当に。それは鉄壁の掟だ。その掟を破る者に用意されているのは、敗北だけだ。ぼくらに敗北は許されない」

「……別に、手伝ってくれなくてもいいの」りすかはそっぽを向いたままでいう。「キズタカが手伝ってくれなくても、わたし、一人でもやるの」

「強い決意だ。しかし実力の伴っていない、結果の伴わない決意は、ただの誇大妄想で、笑われ者にされるだけだぜ」

「笑いたければ笑えばいいの」

これまた頑固でいらっしゃる。らしくないにも程がある。このぼく、供犠創貴に対してその態度はいただけないが——だが、そういう性格も、分かりやすくて嫌いじゃない。ならばその態度も、ここのところでは大目に見ておいてあげよう。ぼくは「やれやれ」とわざとらしく嘆息してから、「誰が手伝わないなんていったよ」と、言葉を繋げた。

「元々この話をりすかのところにもってきたのはぼくだろうが。ただの誘拐事件なら、在賀織絵を助けたところで一利あっても百害ありだ、目立つ真似を避けたいぼくが出張る必要はないけれど——『魔法』が関わっているというのなら話は別だ。百害あったところで千利ある、ぼくが、ぼくとりすかが動く理由には十分に足る。約束したはずだぞ？　ぼくとりすかは、お互いのために、尽力することを惜しまない——と」

「……でも」りすかは、ようやくこっちを向いた。「今回の敵は……影谷蛇之は、今まで相手にしてきたのとはレヴェルの違う——もう、キズタカみたいな普通の人間が相手にできるような——」

「誰だろうと、いずれ相手にしなければならない奴なら、早いか遅いかの違いでしかないさ。それに、りすか、忘れちゃいないだろうね？　ぼくらの最終目標は、水倉神檎、神類最強の大魔道師、りすかの親父さんなんだから——彼くらいの存在を見つけようと思うならば、五つくらいの称号の保持者なら、あっさりと楽勝できるくらいでないと話にならない」ま、『ニャルラトテップ』、水倉神檎を最終目標においているのはりすかだけであって、そこすらも、ぼくにとってはほんの通過点に過ぎないのだけれど、それをいちいち言葉にすると、台詞がいまいち締まらない。『『影の王国』なんて豚野郎、さくっと蹴散らしちまおうよ、りすか」

「——で、でも……危ないの」何故かりすかは、こっちが協力してやるといっているにもかかわらず、あまり嬉しそうではなかった。カッターナイフを『きちきちきちきちきちきちきちきち……』『きちきちきちきち……』と、少し早めに出し入れする。「き、キズタカも——ひょっとして、在賀さんのこと知ってるの？　だから、助けようっていうことなの？」

「知ってはいる。今はまだまるで駄目だが、将来、ぼくの奴隷として悪くない存在に育ちそうな気配がある、稀有な同級生だったからね。助けられるもんなら、助けておきたい」

「…………………」

「だが、そんなことすら、ぼくにとってはどうでもいいんだ。どちらに転んだところで構わない。だがね——りすか、水倉りすか、話を聞いてて、ぼくは久し振りに胸が悪くなったよ。その豚野郎——」ぼくは、コーヒーの残り半分を一気に飲み干して、それから言った。「そんな豚野郎が、よりにもよって赤いジャケットを着ているというのが、何より最悪だな。赤はりすかの色だ。それ以外の存在には、許さない」

ぼくは一旦りすかの部屋から外に出て、廊下の電話を借り（りすかの部屋にも黒電話が設置されているのだが、あれは基本的にりすか専用だ）、楓の携帯電話に連絡を取った。内容からすれば別に、このたびも父親に頼ってもよかったのだが、今回に限っては父親もまた、誘拐事件の捜査にあたっているわけで、これ以上下手に近づくのは危険だ。情報を訊くということは情報を教えるということに通じる。犯人が魔法使いであるとなれば、既に、ぼくらにとってこの事件は司直にゆだねるわけにはいかない代物になっているのである。相変わらず眠そうな声で電話にでた楓に対し、影谷蛇之という男について探るように、端的に告げる。制限時間は如何ほどでしょうと訊いてきたので、できるだけ早くと答え、電話を切る。楓はりすかなんかとは違って随分と扱いやすい奴ではあるのだが、敬語を使うのをやめろといっているその一点においてはいつまでたっても言うことをきく気配がない。ま、そこにのみ目を瞑れば、かなり使える手駒の一人だ。ちなみに楓はりすかのことを知らない。それ以前の知り合い

だ。父親もそうだが、世の中には知らない方が動きやすいということもある――影谷のことを知っているのなら、如何に忠義心あふれる楓といっても、ああ簡単には動いてくれないだろうから。恐怖心、か。どうにも度し難い感情ではあるな。ぼくはそう確認してから、りすかの部屋に戻って――それから、『影の王国』、影谷蛇之への対策を考えるための、レクチャーを受けることにした。

「とりあえず――隙はあると思うんだ」

「隙？」

「ああ。これはその影谷だけじゃなく、魔法使い全般に言えることだけれど、魔法ってのはつまりことの理を歪める法であって、ぴったりかみ合っているものを歪めている以上――どこかに隙ができる。たとえば、『紳士』と呼ばれる、その性格だね。りすかは異常と称したが、その異常も、また隙だ」

「？　どういうことなの？」

「少女専門の誘拐犯で――少女を『何もしない』で、衰弱死させたんだろう？　つまり、『影縫い』で拘束した他には、何の危害も加えていないわけだ。そう――影谷は、こっちの肉体には手を出さない」

少女専門の誘拐犯――といえば字面は固いが、要するに変態のペド野郎ってことだろう。ならばその趣味嗜好は容易に想像がつく。そして加虐趣味がないのなら――影谷はりすかを攻撃できない。りすかは当年とって十歳であって、まごうことなき少女そのものであるのだから。

「ん……そうかもしれないけど」

「なんだ？」

「いや、だとしたら、むしろまずいと思うの。だって、わたし、攻撃してもらわないと——最後の切り札が使えないの」

「切り札——ね」

水倉りすかの最後の切り札——とは、要するに、『死ぬ』ことである。己の死によって——己の死を発動条件として、体内に組み込まれた魔法陣が作動する。魔法式で組まれた魔法陣。その魔法陣に内在する呪術は、『時間』の進行——十七年分、りすか自身の時間を進行させるというものだ。十歳の姿ではまるで未完成な、時間を進めることしかできず、最大でも十日くらいの範囲でしか時間を操作できないりすかの魔法能力だが——二十七歳の水倉りすかは、桁が違う。未来は可変なので、『変身』するたび、微妙に性格や風貌が違ったりするが、非常に好戦的なキャラクターと、その能力の高さだけは一定している。時間を逆行させるのも停止させるのも、緩慢（かんまん）にさせるのも急速にさせるのも、全て意のままの思いのままだ。今まで、この一年少し、ぼくとりすかは何度か窮地（きゅうち）に立たされたことがあるが——最後の最後には、二十七歳の

『彼女』に助けてもらってきた。『彼女』と対立できる存在など、これまで皆無だったし、たとえその影谷蛇之が怪物的な魔法使いだったとしても、恐らくは『彼女』の相手にもならないだろう。足下にも及ぶまい。それほどまでに、二十七歳のりすかは怪物なのだ。だからこそ、ぼくはりすかを『駒』として、もてあましているところがある。巨大過ぎる、扱い切れない駒など、盤上においては邪魔になるだけだから。しかし、だからといって手放すには——りすかは、あまりにもレアな存在なのである。神にして悪魔の愛娘、水倉りすか。十歳の彼女と、二十七歳の彼女。さておき……しかし、である。世の中、そうそう都合よくはできておらず、当然、二十七歳の『彼女』という手段にも、いくつかの、どうしようもない制限がある。まず、二十七歳であり続けられる時間が限られていること。そして——発動条件の、『死ぬ』ときに、水倉りすかの魔力の源(みなもと)である、『血液』を——大量に放出していなければならないことだ。『敵』が攻撃してくれて、首なり心臓なりからの出血が望めるというのならまだしも、衰弱死では、とてもそうはいかない。

「まあ、いいことずくめとはいかないさ」

「それだけじゃないの。『影縫い』で動きを封じられたら、このカッターで自分で自分を傷つけることもできないから——魔法は一切使えないっていうことになるの」

「…………」

「魔法を使えないわたしは、ただの子供なの」

「……でも、『影縫い』されても『喋れる』ってんなら、呪文の詠唱は可能なんだよな？」

「ん……可能、なのかもしれないけど——でも、それについては、きっと何らかの封じ手を用意してると思うの。喋れないタイプの魔法陣を組み込んだ『矢』を別に用意してるとか、魔法陣に対して『追加詠唱』することによって、その効果を加えられるとか、ね、そんなところなの。対象物が何かしようとしたところで、『固定』されてる以上、魔法式も魔法陣も使えないなら、詠唱には、どうしても少なからず時間がかかっちゃうから。その場合、隙があるのは両方同じで、アドバンテージがあるのは、やっぱり向こうの方なの」

「ふうん」りすかの体内を流れている血液には魔法式が山ほど描き込まれているのだが、それも出血していなければ、普段は封印されている状態である。りすか自身は、あまり呪文の詠唱が得意でないと言っていた。全く、それでは本当にただの子供である。「じゃ、たとえば……りすか、りすかが『影縫い』されたとして、その『固定』された状態から『省略』、できるか？　血の中の式を使うかどうかは、とりあえず脇において、その性質として」

「ん……」りすかは少し考える。「……分からないの。ただ、印象だけでいうなら……できない……ような気がするの。わたしの『移動』は『時間移動』だから、『固定から解放されて動いている』未来がきっちりイメージできないと——時間と距離は『省略』できないから」

「そっか……じゃ、できないと考えておく方が妥当だ」ぼくは頷いた。「……しかし、その『影縫い』——仕組みがよく分からないな。『矢』が『対象物』の『影』に刺さった瞬間に発動するってこと？」

「ん……そうだと思うの」

「ふん。そうか……」なるほど、こうなってくると、相手が有名人だってのは逆に有難いな。情報が簡単に手に入る。本当のところ、なんにせよこの作業が一番大変なのだ。己を知るのはその気になれば簡単だけど、敵のことを知るのは難しい。『城門の向こうともなれば尚更だ。「理性で理解するなら——多分、その『物体操作』の魔法、『影縫い』、慣性の法則を念頭におけばいいのか。『固定』、つまりは『そこに、そのままの状態で保つ』——魔法。『少女を、変質させないこと』が目的——だと言っていたな。そのままで『固定』する能力——じゃ、たとえば、物体を空中で固定するなんてことも可能なのかい？」

「噂だと、飛んでる飛行機を固定することさえもできるって話なの。それだけでも手に負えない魔力ってことなの」

「そっか——まずいな。話半分に聞いても、そんな噂が流れるというだけで随分まずい。そこまでの効力があるとすると、思っていた以上に厄介な魔法だ。つまり、カーテンやシーツみたいなものを空中に『固定』し、『壁』を作ることもできるってことになるか」

「ん？　それ、どういう意味？　……あ、わかった。でも、それは違うの、キズタカ。その辺は、えーっと……」首を傾げて、自分の中から語彙を探しているような素振りのりすか。「そう、わたしの『時間移動』と、同じなの。わたしの操作できる『時間』って、自分の体内だけでしょう？　同じなの。その『矢』は対象物の内在、存在にのみ作用するから——カーテンやシーツ、空中に『固定』はできるけど、その『固定』はそれ以外のものには意味がないので——手で払いのけることもできるし、石が当たれば乱れるし、風が吹いたら飛ぶの」

「ふうん……ああ、そりゃそうか」そういえば、在賀織絵の妹もまた、姉と同じように『固定』されたのに、他者から救出されたん——だったか。他人からも助けられないほど完璧に『固定』されていたなら、その時点で大きな話題になったはずである。大体、そこまで『影縫い』してしまえるなら、影谷が在賀織絵を攫うことすら、そもそもできなかったことになる。考えれば分かることだった。少し恥ずかしい。「……じゃあ、ぼくとりすかが二人でいれば、お互いを助け合うことができるってことだね。その理屈なら、『影縫い』で地面に刺さってる『矢』から、自分の『影』を外せば、もう自由になれるはずなんだから」

『影』から『矢』を外せば自由になれるってのはその通りなの。太陽とかの方向が変わって影の位置が変化するだけでも解放はされるだろうし……誰かに『矢』を抜いてもらうか、あるいは自分の身体の方をずらしてもらって、影を動かすとか――でも、腕は二本あるの」りすかが万歳するように、自分の両腕を示す。右腕にかけられている手錠が、しゃらん、と鳴った。「腕が二本あれば、標的は二つ、狙えるの。二人なら、許容範囲内なの」

「だね……しかもそれは三人でいきゃなんとかなるって話でもないし。ふん。そうだね……じゃ、逆はどうなんだ？　『矢』が刺さっているところに自分の影を重ねると、動けなくなるのか？」

「『矢』が発動するのは、発動条件から辿れば『影』に『刺さった』その瞬間だから――その場合は、大丈夫。だと思うの」

「曖昧だね」

「直接知ってるわけじゃないから」

ふうん……しかし直接知ってるわけじゃないにしては、やけに詳しいような気もする。ひょっとして、先の在賀織絵の話じゃないが、りすかは影谷蛇之とも知り合いだったりするのだろうか？　考えてみたが、どうもそれはなさそうだ。じゃあ、犯罪者ゆえの有名人――というだけなのだろうか。『城門』の向こうで犯罪者がどのように裁かれるのか、そのシステムはどうにも理解しがたいところがあるが、安全のためにでも、その行使する魔法について、ことつまびらかに公表されるのだろうか。しかしそんなことをすれば、模倣犯が現れる可能性もあるし――いや、文化の違う土地のことを、こちらの常識で測ろうとするのはよくないし、何より愚かだ。牛や豚や鯨を食べる人間が、そうでない菜食主義者を理解してはならないわけではないさ。

「ま、多分、大丈夫なの」

「そっか――あとは……そうだね。その『矢』、対象は本当に問わないんだね？　人であろうと、魔法使いであろうと、物体であろうと、カーテンであろうとシーツであろうと」

「うん。『物体操作』の中には対象を『人間』に限ったものもあるけど――その場合は『人身操作』と呼ぶの――『影の王国』の場合、それはないの」

「そっか……どうせならそこを『少女』に限ってくれれば、やりやすかったんだけどな」

「そこまで馬鹿なのは影谷じゃないの」

確かに『少女操作』など、たとえ冗談でもぞっとしない。魔法の属性や種類は生来的なものではあるが、能力顕現(けんげん)のヴァリエーションは、そのひととなり、パーソナリティに負うところが大きい。もしもぼくが、ただの人間ではなく『魔法使い』だったなら、果たしてどんな魔法を使ったのだろうか、などと、ちょっとだけ不謹慎(ふきんしん)な、しかし罪のない妄想が、ぼくの脳裏に浮かんだ。

「キズタカ？」

「ん？」

「質問は以上なの？」

「いや……そうだね。あと、これは個人的な興味だけど。『安全ピンのような赤いジャケット』って何？」

「……知らないの？」

「影谷が着てたらしいんだけど」

「ん……ま、説明は簡単だけど、県外(ソト)の人間に理解してもらうように説明するのは難しいから——うん、それは百聞は一見に如(し)かずという感じなの」

「そうか……ま、そうだね」

と、言ったところで、控え目にドアをノックする音が、タイミングよく、まるで測ったように、聞こえてきた。りすかが「入っていいの」と言うと、音もなく扉が開き、向こうから、電話の子機を持った、チェンバリンが入ってきた。チェンバリンはりすか直属の執事で、風車を意匠した二階建てのりすかの家の、その一階で経営されているコーヒーショップのマスターでもある。ちなみにコーヒーショップは半端じゃなく流行っていない。「供犠様にお電話でございます」と、チェンバリンはぼくに向けて電話の子機を差し出した。ぼくは「ありがとうございます」と言ってそれを受け取ると、チェンバリンは恭しくぼくとりすかに一礼し、部屋から、またも音もなく出て行った。ふうむ――ぼくも、あれくらい折り目正しい奴隷が欲しいものだ。ぼくはりすかに目配せしてから、保留メロディを切って、電話に出た。相手は、半ば予想していた通り、楓だった。相変わらず、眠そうな声をしている癖に、仕事が速い。それに、有能で、優秀だ。影谷蛇之という男はですねェ――という切り出しから五分、楓はぺらぺらと淀みなく、その名にまつわる個人情報を教えてくれた。ぼくはそれを記憶する。ありがとうと礼を言うと、いえいえどういたしましてェ、供犠さんのお役に立ててなりよりですゥ――などと、畏まった口調で言って、楓の方から電話を切った。……しかし、敬語を使ってる割に、楓の場合、どうも『折り目正しい』という感じではないのだよな。多分、それは、それもまた、パーソナリティ、人間性の問題だろう。

「楓さんが、今の相手なの？」

「ん？　んん」

「てっきりキズツグさんに頼んだと思ってたの」

キズツグ——創嗣《きずつぐ》というのはぼくの父親の名だ。

「それも考えたけどね、彼は、やっぱり権力側の人間だから。誘拐犯が魔法使いだなんてことは告げない方が得策だろうと思ってね」

「楓さんにも、あまり深入りして欲しくはないの」

「うん？　しかし楓は使える駒だぜ」

「…………」

「なんだよ。わかるようにいえよ」

「……わかんないならいいの」りすかは何故か、やる瀬なさそうにうな垂れた。カッターナイフを、音もしない程度に弱々しくいじっている。「それで？　わかったのは影谷蛇之のどんなことなの？」

「何が分かったっていうか……住所」

「え？」

「住所が分かった」ぼくは言った。「隠すこともなく悪びれることもなく、表札掲げて、ここ、佐賀県に住んでる」

「なんと」

「ちょっと外れの方に、家を構えてる。最近どっかから越してきたらしくて、住民票も登録している、役所に届けがでていた」それなら、楓でなくともすぐに発見できるだろう。影谷も蛇之も、それほどありふれた名前ではないから、見つけること自体は容易である。「なんというか、見つけてくれといわんばかりだ」

「…………」

りすかは暫し沈黙した後、「怪しいの」と言った。

「ん……まるで、見つけてくれといわんばかりなの」

「うん。ぼくもそう思う。まるで——都合がいい」これが偶然だというのなら、それはあたかも三文推理小説のトリックだ。ご都合主義にも程がある。そして、そうでないと考えるなら、これは都合がいいのではなく都合が悪い——と考えるべきだろう。そう、つまりは——トリックなんかとは違う、魔法陣にも似た、一種の罠。「これは——都合の悪い展開だね」

「『来るなら来い』って言わんばかりなの」

「いや——嫌でも行かなきゃならんだろうな。ここまであからさまなんだぜ。警察の連中が、遠からず目をつけるだろう。だって、在賀織絵の妹が、影谷蛇之の姿をはっきりと目撃しているんだ。幼さゆえにその証言はあまり信用されてはいないようだったが、しかしその目撃証言からだけでも——十分に、辿れる。ひょっとするともう目星はついているのかもしれない。りすか。とすると——ぼくらに『時間』はないぜ」

「ん……そうだね。キズツグさんなら、きっと」りすかは言う。「絶対に……見つける、だろうね」

「…………………」

ふん。何か知らないけれど、りすかはどうも、ぼくの父親に対し必要以上の信頼を寄せている節がある。それは、今はもてあましているりすかを、ぼくが、いずれ完全に手中に収めるためには、少しばかりの障害だった。まありすかが県外に出てきた理由からして『父親探し』なのだから、『父親』という存在に対してなんらか思うところがあるというのはわからなくもないので、広い心でそこのところは許しておいてやることにするが。今のところは。

「『時間』は――ないの。それに、在賀さんのこともあるし……のんびりしてられないの。キズタカ、今何時？」

「六時二十分。そろそろチェンバリンさんが夕御飯の準備をしてくれてんじゃないかな。食べてから行くか？　それとも、食べずに行くか？」

「……今すぐいきたいところだけれど――でも」りすかは逡巡する。「このままじゃ、あまりにも無為無策なの――」

「いや、そんなことはない」ぼくは言った。「今話している内に、既に七個ほど策は思いついた」

「な、なう？」

りすかがぎょっとしたようにその赤い目をむいた。そんなあからさまに驚かなくてもいいと思う。黙って突っ立っている案山子でもあるまいし、あれだけ情報を仕入ればぼくでなくとも一つや二つ、的を射ているかどうかはともかく、対策くらい、思いつく。

「ま、そうは言っても……時間さえあればその全部を使えるんだけど、今は時間がないということだし……使える策は、精々一、二個だね。でも、ま、それで多分、十分ってところだ。十分に、勝算は立つ」

「……本当に？」

りすかはそれでも、疑い深げだった。それはもうぼくへの不信、背信といってもいくらいの用心深さだったが、しかしここは寛容に、それを影谷に対する恐怖心、くらいに捉えておいてあげよう。考えてみればりすかは、その影谷が『魔法の王国』で事件を起こしたときも、また『少女』だったのだ。いくら『赤き時の魔女』と言えど、恐怖を感じなかったわけではないだろう。

「ああ。ぼくを信じろ」

「信じてるけど……」

「影谷の住んでる住所まで、『省略』できるか？」

りすかに付き合っていると話が進まなく、それこそ時間がなくなるので、ぼくは半ば強引に話を進めた。楓から聞いて憶えた住所をりすかに告げる。『省略』。りすかの時間移動能力——それに付随する形での、空間移動能力。それを行使すれば、りすか(そして、そこに『同着』したぼく)は、一切の時間をかけずに、どれほどの距離であっても、ワープすることができるのだった。時空間の『省略』が可能なのはりすかがきちんと正確に空間座標を把握しているポイント、すなわち今まで行ったことのある場所に限られるが、現時点、十歳の時点のりすかにおける、数少ない有益な魔法の使い方といえようか。りすかは「ん……」と俯いて、『きちきちきちきち……』『きちきちきちきちきち……』『きちきちきちきちきち……』と、カッターを弄くる。腕の手錠が、しゃらん、と鳴る。

「ん……記憶にないの。多分、行ったことないの」

「そっか。じゃあ『省略』は無理——か」

「ちょっと待って」りすかは言って、本棚から佐賀県の道路地図を取り出す。索引を引いて、ページを繰る。「あ。そこは行ったことないけれど……近くの駅、最寄駅を通過したことはあるの。ちょっと無理すれば、いけるかも」

「そっか。しかし、今回はやめておこう。敵がそれだけ強大、今までに出会った中でも最強というのなら、無駄に魔力を消費するべきじゃないだろう。そんな遠くないし、電車で行こう」

「でも……」

「まあ、そうせくな。時間はないのは確かだが、だからといって勝率を無闇に下げるものではない。ことによっては——ぼくの策でも、りすかの魔力が欠けては話にならないんだから。りすかがいることが、りすかの魔法があることが、ぼくの策の前提なんだ。これくらいの距離なら、飛んだところで大して魔力も消費しまいが、いつかみたいになにかの事故があるとまずいしね」

「…………わかったの」

不満そうだったが、りすかはとりあえず、頷いた。そして、「それなら、なおさら急いで準備しないといけないの。晩御飯は抜き。途中でペットボトル買うの」と言って、椅子から降りて、ハンガーにかけていた自分の帽子を被る。サイズがあっていないので、ぶかぶかで、被るとなんだか滑稽(こっけい)な風になる三角帽子だ。そしておっとり刀(刀でなくてカッターナイフだが)で、りすかは部屋を出て行こうとする。「おい待てよ」と、ぼくはそれを引き止める。

「ぼくの策を聞いていかないのか？」

「そんなの——電車の中で聞けばいいの」

「先に有効かどうかの判断をしなくていいのか？　大事なところだろうが」

「そんなの——有効に決まってるの」りすかは振り向きもせず、答えた。「確認するまでもないの。考えてみれば、考えるまでもなく、キズタカの策が、外れるわけがないの」

「…………」

ぼくは、——多分にやりと笑って——「グッド」と、呟いた。いいだろう。いいだろういいだろう、とてもいい感じだ。その信頼があれば——敵が『影の王国』であろうと何であろうと——たとえりすかの父親、『ニャルラトテップ』だったところで——ぼく達の前に、敵はない。ぼく達にできないことなんてない。……きっと、それなり、には。

話が三文小説のようにうますぎる——あるいはトラップのように都合が悪すぎる——点について、りすかもある程度までは危惧(きぐ)を抱いているようだったが、多分、どうやらりすかはそこまで頭が回っていないようなので、より危機感を感じているというなら、ぼくの方だろうと思う。影谷蛇之についての事前知識について、さほどの差異がなくなった今なら、尚更(なおさら)だ。見つけてくれといわんばかりに堂々と『住んで』い

ることは言うまでもないとして——今回の事件の場合、考慮すべきはその被害者の選定である。ここまできて、まさか在賀織絵が『偶然』選出されたなど、よっぽど暢気な幸せさんでもない限り、思いもしないだろう。りすかは暢気というよりも気がせいているために、だから頭が追いついていないのだろうけれど——ぼくは、たとえば仮定する。在賀織絵は——狙われたのでは、ないだろうか。今回の件、ぼくは在賀織絵の妹の証言からして『この件には魔法使いが一枚噛んでいる』と判断し、りすかにことの次第を告げたわけだが——しかし、そうしなければ、りすかがこの件について永遠にノータッチだったかといえば、そうでもないだろう。何せ、在賀織絵とりすかは、今現在、同じクラスなのだから。学校には連絡網というものがあるから、いずれ、一連の事と次第を知ることになっていたはずだ。そして、いずれ知った場合——やはり、ぼくを通さなくても、その『怪しげな男』の風体から『影谷蛇之』の名を導き出しさえできれば、ちょっと役所に当たるだけのことで——簡単に、今と同じ状況にまで、到達できるではないか。これが、意味するのはどういうことか？　つまり——在賀織絵は。つまり在賀織絵は、水倉りすかの、とばっちりを食ったのではないか、ということだ。同じクラスの、少女で——それも恐らくは（ここは完全にあてずっぽの推測ではあるが）出席番号が一番だから、とか、あるいはもっと身も蓋もなく、委員長だから、とかいう理由で——標的になった、その可能性がある。この推論、理由のところ以外は特にあてずっぽというわけではなく、それなりに根拠はある。りすかはこの一年少し、『城門』を越えて（正確には『城門』をくぐって）県外に来てからこっち、父親探しのかたわら、こっちで『悪さ』をする魔法使いを、次々と狩っていい。称号でこそないが、一部では『魔法狩り』と呼ばれ、県外にいる魔法使いの間ではそれなりに有名だ。二年少し――ぼくが同行するようになってからと区切れば、一年少し。影谷蛇之のことをりすかがよく知っていたのと同様、水倉りすかのことを影谷蛇之がよく知っているという線は大いにありうる。更に、電車の車内で、ぼくが念のために確認した事項が、この仮説を微弱ながらにしっかりと補強している。それは――「四年前に、影谷蛇之、『影の王国』を逮捕したのは、一体誰か」という、確認事項だった。りすかはどうしてそんなことを訊くのかと、一種怪訝そうな顔をしてからではあったが、すぐに「わたしのお父さん――なの」と答えた。りすかの親父さん――水倉神檎。なるほど……りすかが、やけに影谷蛇之について、詳し過ぎたわけだ。少なからず……縁があり、因縁がある。こういうのは、どうも気分が悪い。嫌な予感がする、なんて言わないけれど……。先に言ったよう、こちらも策を用意しては行くものの、それでも相手が罠を構えていると分かっているところに飛び込んでいくというのは、どうにも気が進まない、少なくとも正攻法ではない奇手である感が否めない。しかし、りすかの言葉じゃないが、それでも――やらなくちゃいけない、選択肢のない場合というものも、確かにある。敗北が許されない、一度たりとも敗北が許されないのは、どんな場合でも当然のごとく大前提だが。そう、特攻するべきときは、特攻して勝つ。そんなのは常識の範囲内のことだった。さて、といったところで、今回の勝利条件は、在賀織絵の無事救出、か。話の通りなら、在賀織絵はまだぎりぎり死んじゃいないだろうし、救出できる可能性は大いにある。もしも戦闘の流れで彼女が人質に取られた場合は厄介なので見捨てるが、それ以外の場合ではできるだけ助けよう。それよりも、問題は影谷蛇之を、ぼくの駒として取り込めるかどうか、だった。ぼくは構わないけれど、今回ばっかりは、りすかが嫌がるだろうし……。ま、その辺はいつもの通り、なりゆきで判断することにするか。……などと、色々と考えたり、りすかに策を話したり、最後にあれこれ質問したり、している内に目的の駅に到着し、駅のキオスクで、りすか用の予備のペットボトルやら何やらを購入し（しかし、海を渡ることのできない『魔法の王国』の住人が水を不可欠とするとは、皮肉といえば皮肉な話だ）、そして——

「——フォルクスワーゲン、ね。そういえば、長崎県じゃあクルマってのは乗り物じゃなく、空から降ってくる災害だって聞いたことがあるが……だとすると、やっこさん、随分県外（ソト）での生活になじんでんじゃないか」ぼくは——その、一種古風な、味のある家の、備え付けのガレージに停められた、かわいらしい外装の黄色いクルマを眺めながら、言う。「こりゃもう、間違いないな」

全く——照れもせず、衒いもせず。誘拐犯は誰かと推理している警察の人たちが、こんなのではいい面の皮だ。ぼくは滅多に他人に同情などする人間ではないのだが、ここだけでは、父親のことを少しだけ不憫に思った。「ん？」とりすかの方に反応を求めたが、りすかは緊張がちな表情で、家の方を見つめるばかりだった。三階建て、南向き。辺りは、やや閑散とした、ちょっとした田舎街という感じ。門扉から家に至るまでに、ちょっと広めの庭がある。

「りすか？」

「……『家』自体には、何の仕掛けもないみたいなの。魔法式も、魔法陣も描かれてない」

「そっか。巧妙に隠蔽されてるって可能性は？」

「可能性を完全には消去できないけれど——わたし、見破るのが得意なのが、そういうことだから」りすかは、言って、門柱のところに移動する。そして、インターホンに向けて、指を伸ばした。インターホンの上には『影谷』と、やはり堂々と、真新しい表札がかかげられている。「じゃ……行くの。キズタカ」

「オッケー」

「プレイ・ゲーム」

りすかはインターホンを押した。反応はない。カメラつきのインターホンなので、こちらの姿は届いているはずだ。しかし、もう一度鳴らしても、何の反応もなかった。ほとんどありえないところではあるが、同姓同名の一般人というケースも想定できないではないので、一応の用心だったが——これで、もう用心の必要はない。ぼくらは勝手に門を開けて、飛び石を踏み踏み、玄関へと向かった。玄関の扉に、予想通り——ここまでの展開からすれば、あからさまなまでに予想通り——鍵はかかっていなかった。りすかがぼくを窺うようにする。ぼくは頷いて、促した。りすかは扉を引いた。家の中は——妙に、薄暗かった。

「薄暗い——か」ぼくはぼそぼそ声で、りすかの耳元に囁きかける。「変なコンディションだね。理屈から言えば、どんなに暗くてもそこに生じる『影』自体は本人の『影』だから、簡単に相手が不利だとは言えないが——でも、明るいに越したことはないんだろうに」

「……で、その明るい部屋が、あそこに」

りすかは、既に用意しているカッターナイフで、廊下の先を指し示す。廊下の奥から、ドアの隙間から漏れているような形の光が、何条かさしている。どうも——そういうことらしかった。「りすか。一応、腕にでも傷をつけておけ」と、ぼくの言葉を受けて、りすかは頷き、己の露出した左腕に、少し長めに、少し深めに、すぅっと、亀裂を入れた。赤い、赤い赤い赤い赤い、暗闇の中でもはっきり分かるほどに赤い血が、とろぉりと流れ出る。

「行くぞ。暗いから、念のため、片目閉じとけ。不意打ちがないとも限らない」

「うん」

そしてぼくらは靴も脱がずに、玄関から中に這入る。階段や、いくつかの扉を過ごして――目的の、この家の中で唯一光を放っている、そのドアに向かって。廊下の電気のスイッチは分からなかったし、たとえ分かったとしても、そんな不用意な行動は取るべきではないだろう。ドアにはぼくが先に到着したが、開ける役目はりすかにやらせた。さぁーっと、暗闇に、光が、爆発する。

「お待ちしていいいいいましたよ――りすかちゃん」

光の洪水――光の暗闇の向こうに――一人の、男が、立っていた。それほど……恰幅がいいという印象ではない。巨大、という言葉からも縁遠いように、ぼくには見えた。やはり、小学三年生の証言は小学三年生の証言か。中肉中背、というのが精々だろう。『恰幅』も『巨大』も、彼女と比して言えばその通りなのだし、あながちいい加減とも言えないわけだが。となると、『豚』という言葉が尊称だというあの話も、嘘ではなかったということか。革のパンツに、黒いシャツ。そして——赤い、しかしくすんだような、どうでもいい赤色の、変わった意匠の——安全ピンのようなジャケット。なるほど——百聞は一見に如かず。否、あんなジャケット、千回聞いたところで、その物形を想像することなど不可能だろう。安全ピンのような、くらいしか、こちらの言葉では形容の仕様がない。りすかもそうだが、とかく長崎の住人の趣味嗜好は理解しがたい。その、いかにも怪しげな男は——影谷蛇之は、嫌らしそうに——りすかを眺めた。そして、「お待ちしてましたよ」と、もう一度、不気味な声で、繰り返した。

「…………う」

りすかはそんな影谷に、嫌悪感一杯に一歩下がった。やはり——弱気になっている。これはよくない。ぼくがそう思ったからではないだろうが、りすかは自らを鼓舞するかのように、無理矢理、下がった分の一歩を取り戻すように、三歩、ぼくより先行した。ぼくは位置を動かず、この、相手が待ち伏せていた部屋をぐるりと見る。フローリングの部屋——と、しかし、それだけしかいうことがない。何せ、何も家具がなく、高い天井に、やたら明るい電気照明が灯っているばかりなのだ。それから、窓が全開にされていて、夜の月明かりがまんべんなく入ってくる。ぼくとりすかの影は——はっきりと、くっきりと、フローリングの床に映し出されていた。窓があるから、照明を壊しても無駄——か。天井も高いしな。曇りの日、それも真夜中を選ぶという手もあったのだが、時間の制限があるためにその策は使えなかったし——暗闇が、それほど意味はないというのは、さっき玄関口でりすかと話した通りだ。だからといって、わざわざ敵に有利な『戦場』で戦う理由は、本当はないのだけれど——しかし、これを試練と捉えれば、話は別である。そう、試練。この程度の試練を乗り越えられないようなら——ぼくも、所詮そこまでの男だったということなのだろうさ。家具がないのは、余計な影を作らないようにするため、なのかな……。

「ん？　んん？　んんん？」影谷が、そこで、思い切り不審そうに——ぼくを見た。今まで気付いてもいなかったかのように。「なんだきみは？　きみはなんだ？　どうして少年がこんなところにやってくる？　僕は少年には興味がないよ」

「ぼくは魔法使いに興味があってね。たとえそれが、あんたのような豚野郎でも、な」

挑発するようにそう応じてみたが、影谷はどうでもよさげに「ふううん」と頷いて、すぐにりすかの方に向き直った。豚がこちらでは罵言だとくらいわかっているだろうに、どうやら本当に少女以外に関心はないらしい。真性だ。

「ご招待に応じてくれて嬉しいよ、りすかちゃん——」へらへらと、在賀織絵の妹いうところの『気持ち悪い』笑みを貼り付けたままで、影谷は言う。「りすかちゃん。

りすかちゃん。りすかちゃん――ああ、やっぱり可愛いなあ。あの人の娘というだけのことはある。可愛いなあ。可愛いなあ。可愛いなあ」

「…………」

りすかが助けを求めるようにぼくの方を見た。ぼくは敵から目を逸らすなという意味を込めて、あご先で敵を指し示す。りすかは嫌々そうに渋々ながら、敵の方に視線を戻す。

「……あの人の娘――って」りすかが、勇気精一杯とばかりに、影谷に向けて、つたなく言葉を切り出す。「……あの人というのは……わたしの、お父さんのことを――指してる、んですか？」

「そうだよ。頭の回転が速いねえりすかちゃん頭の回転が速いねえ。ぐるぐるぐるぐるぐるぐるぐる」影谷はいう。「いいよいいよお。僕は賢い少女が好きなんだ少女が賢いのは大好きなんだ。賢いなら――賢いまま、固定してあげたいよね。固定して、その賢い言葉を、いつまでも聞かせて欲しいよね。ま、死んじゃうからいつまでもは無理だけど」

影谷から、りすかまでの距離は、およそ五メートル、といったところか。こちらからはやや遠いが――だが、血を流している今のりすかなら、詠唱なしで、いつでも『省略』できる。タイミングさえ見誤らなければ、ではあるが……。

「目的は――何なんですか」

「んん？」

「在賀さんを――攫った、理由。いえ、それだけじゃなく――県外(ソト)に、犯罪者のあなたが堂々と住んでいる理由。いえ――死刑になったはずのあなたが、どうしてここにいるのか、その理由。そして……目的は、何なんですか、と、訊いたんです」

「理由も目的もきみだよ、りすかちゃん。きみに決まっているじゃないかりすかちゃん。きみ以外に僕に何の理由と目的があるっていうんだい？」

影谷は即答した。それはどこか、嬉しげな表情だった。本当に――見ていて、気分が悪い男だ。利用する分には構わないが、絶対に身内に欲しくない。手下にするにしても使い捨てだな、とぼくはこのとき判断した。

「あの、織絵ちゃんだっけ？　きみをおびき寄せるために攫ってきたあの子も、なかなか可愛くて一級品なんだけどねえ、いやあ駄人間でも少女はやっぱり少女だよねえ、でもでも、やっぱり女の子はナガサキ産だよねえ。ナガサキの女の子はダブルエスランクだよ、ダブルエス」

「……わたしは森屋敷育ちです」

「あっはっはあ。どうでもいいんだよ、んなことお」豪快な風に――影谷は笑った。

「ああ、カッターナイフを構えているね？　可愛いなあ。けれど、僕に襲い掛かってくるのは少し待ってくれないかい？　一応、これも、『仕事』なんでね――」

『仕事』？　その言葉に、ぼくも、そしてもう今にも動き出そうとしていたりすかも、まだ影を縫われたわけでもないのに、動きを止める。

「ちゃんと、メッセージを伝えないと――僕があの人に怒られちゃうからね。あの人に怒られるのはごめんだよ、ごめん。えーっとね、りすかちゃん。お父さんからのメッセージだよ――」

お父さん――水倉神檎。ぼくにしてみれば『やはり』という感じだし――りすかにしてみれば『まさか』という感じだろう。今まで、二年少し――県外(ソト)に来てからずっと探っていたその名に――りすかは、遂に、正に遂に――突き当たったのだ。

「ふふ、顔色が変わったね？　可愛いなあ――」

「お父さんは！」

りすかは――怒鳴った。

「お父さんはなんて言った！　勿体(もったい)ぶってないでさっさと言いやがれこの下郎！　身分卑(いや)しき貴様如き死罪人がこのわたしに言葉をかけられるだけでも有難く思え！」

まずい――正気を、失った。弱気よりも、それはまずい。影谷は、その反応はむしろ予想通りと言わんばかりに、一層気持ちの悪い、生理的に嫌悪感を抱いてしまうようなへらへら笑いを浮かべ、「可愛いなあ」と言った。状況からして、意図的に挑発しているわけではないのだろうが——この魔法使い、りすかと相性が悪過ぎる。
「あの人が言った通りの反応だ——あっははあ、賢い女の子が馬鹿になる瞬間も、悪くないなあ、今『固定』してしまいたいなあ——しかし、そうもいかないか」
途端——影谷が、初めて、真剣そうな表情になった。正確には、表情を消しただけなのだろう。それは、意外にも、やや端正（たんせい）ともいえる、整った顔立ちだった。この豚野郎をしても、わざわざ居住まいを正さねばならないような言葉を——これから、口にするのだろう。つまり、水倉神檎からの——メッセージを。

『り、す、か』

影谷の口からの言葉は、影谷の声ではなかった。

『俺の、邪、魔、に、な、る、な』

奇妙な——邪悪にして神聖な——

『も、う、い、い、から、そ、ろ、そ、ろ、森、屋、敷、に、帰、れ』

混沌が這いよってくるような声音だった。

「――以上」

と、声が、影谷のものに戻った。表情も、気味悪くへらへらしている、例のものに戻っている。

「以上が、お父さんからの、りすかちゃんに向けての愛のメッセージ、でーしーた、とさ」

「――それだけ？」

りすかは、やや拍子抜けしたような、期待外れを隠そうともしない感じに、一歩、身を乗り出した。

「他には……何も？」

「可哀想だけど、可哀想で可哀想だけど、これだけだよ、りすかちゃん。りすかちゃんりすかちゃんりすかちゃん」

「……必要もないのに名前を呼ばないで」

「あっはっはあ」影谷は哄笑する。「正確に言えばもう一つ、もう一つだけ、あるかなぁ――ないかなぁ――あるかなぁ――」

その言葉に、りすかは、惹かれるように、更に一歩、踏み出した。それが――罠だった。そっちに寄ってしまった段階で、もう、事前に腕を傷つけてきた意味はなくなる。それは、その手は、先に手を打たれた場合には、対応の仕様がないのだ。『省略』はあくまで、先の先を取る場合の手法なのである。先手を取られては意味がない。だが、りすかはそれに気付かない。気付こうともしない。

「も、もう一つって、なに――」

「メッセージを伝え終われば――」

「――あとは僕の好きにされろ、だってさ！」

影谷蛇之の――右腕が、動いた。

「じっくりと愛でてあげるよりすかちゃん！」

りすかは、はっと気付いたように、今更反応しようとするが――そんなの、もう遅い。遅過ぎる。魔法式が織り込まれていようがなんだろうが、ダーツの『矢』よりも早く魔法を発動させることなど、りすかには不可能である。いくら、りすかの血液の中に織り込まれている魔法式が、かの水倉神檎直々のものだったとしても、りすか自身の魔力が、それに十分な応対をできないのだ。りすかの血液に刻まれた魔法式、そのためにちょっとした魔法なら呪文の詠唱すら必要もないというその特性も、精神の集中までのタイムラグが、そのロスまでがなくなってしまうわけではない。魔法はこのような『不意打ち』に非常に弱い。精神集中、精神力がものをいう『技術』だから、それが乱れれば——乱されれば、対応できるわけがない。否、少なくとも対魔法戦においては、対応は、させられた方の負けなのだ。

「——っ！」

その『矢』は——りすかの影があったところに、深々と、突き刺さった。フローリングの床に——縫い付けられた。『影縫い』——影谷蛇之、『影の王国』、『豚歌い』、『鷲豚の輪廻』、『赤豚紳士』、『悪意の天才』の、魔法。『魔法の王国』、長崎県においての、犯罪者——『影縫い』。

「しかし——やれやれ」

ぼくは、嘆息いっぱいに言った。

「さっさとそこをどいちまえ、りすか」

「……ごめんなさい」

りすかは、本当に申し訳なさそうな声でぼくにそう謝ってから——一歩、後ろに下がった。『矢』は……りすかの影から、外れる。

「……なっ⁉」

影谷は——驚いたようだった。信じられないといったように、りすかと——そして久方ぶりに、ぼくの方を、順番に、そして交互に、首を振っているように、見る。

「説明は……まあ、するまでもなしか。これこそ百聞は一見に如かず――だし」ぼくは――右手に持った、さっき駅のキオスクで買ってきた懐中電灯の光の先を、影谷の足元辺りに向けた。「いや、最近のキオスクは、何でも売ってるよね――興味深いや」

「……か、かいちゅう……でんとう？　だと？」

「それが格好悪くて不満なら、別にレーザービームと呼んでもいい」ぼくは光の先を、くるくると回して遊んで見せた。「対象の『影』に刺さった時点で発動する『魔法陣』……だったら、その影を消しちまえばいいんだよな。単純な話だ、簡単な話だ、実に明快、実に明瞭。特に影の全てを全部を消す必要はない、『矢』が刺さる、そのポイントだけ、こうやって。こんな風に」

「き――貴様は――誰だ」

「ぼくは供犠創貴。みんなを幸せにする者だ」

「く――く。く、く、く、く、う――」

影谷は……顔を真っ赤にして、唸る。まるで、ぼくの言葉が届いているようにも思えない。これでは、どうもどうやらで、交渉の余地はないな。『影縫い』。こんな簡単な回避法があるのは『隙』も『隙』、隙だらけもいいところだが、しかしりすかとも話した通り、『物体操作』は応変が利きやすい使い勝手のいい魔法だ。手に入るものなら手に入れてもよかったが——下種は所詮下種か。

「ならばっ！　そっちが単純な話ならこっちも単純な話だっ！　小娘同様、貴様の動きも封じるまでだろうが！」影谷は叫んで、今度は腕を両方、同時に振り上げた。それぞれの腕に、一本ずつ、『矢』を構えている。「僕の腕は二本あるんだよっ！」

　そして——二本の『矢』が、発射されるが——

「下種の上に馬鹿かあんた」

　ぼくは、後ろ手にしていた左手を前に出した。

「ぼくの腕だって二本ある」

　りすかの影に刺さった一本の『矢』と——ぼくの影に刺さった一本の『矢』。それぞれに、ぼくはそれぞれの手にもった懐中電灯で、光を照射する。これで、これだけのことで、無効化できる——ま、仕掛けが単純な以上クリア条件も簡単、そういうことなのだろうが、事前に準備が必要なことではあるし——今回は、やはり敵が有名人の犯罪者、前科もちであったことが、ぼくらにとって幸いしたというわけだ。

「ぐ、ぐ、ぐ——」唸る、というより、軋(きし)むような、影谷だった。「き、貴様——少女でもない癖に——なんだ貴様は！　どこの魔法使いだ！　通っている学校と出身地を言え！　何年生だ！」

「ぼくはただの人間だよ。魔法なんか使えない。近所の小学校に通っていて五年生ではあるけど、そんな個人情報には何の意味もないだろう」ぼくは言う。「ぼくは人間で、ただの人間だから――魔法に『対応』できるんだよ、『影の王国』。あんた達魔法使いとは違ってな」

それが人間のいいところだ――とぼくは結んだ。

「ぐ、ぐぐ――に、人間がっ！」

「ありがとう。そこそこの、褒め言葉だ」

「ぐ、ぐ、ぐぐぐ――」

影谷は今にも、乱射せんばかりに何本か矢を構えているが――それが無益だということは、何よりも『矢』使いの、魔法行使者である影谷自身が一番よくわかっていることだろう。馬鹿でなければ、たとえ馬鹿であったところで、理解せざるを得ないだろう。どんな頑張っても、矢は二本ずつしか投げられないし、影に『矢』が刺さるその瞬間だけ、そこに影がなければいいのだから、ぼくはいくらでも懐中電灯を動かせる。りすかの影の場合に至っては、刺さってから対応してもそれで間に合うのだし、加えて、影谷のように、『腕を振りかぶる』みたいな、大きな動作は必要ない。リストを少し動かせばいいだけである。この時点で、いきなり懐中電灯の電池が切れでもしない限り、影谷蛇之の魔法は完全に封じられたことになる。そんな経験は初めてなのだろう、彼の顔色は、もう赤くなっているとかいうより、ただ単に鬱血しているだけのようにも思えた。ふん――精神的に、随分と脆いな。こりゃまあ、魔法陣に頼らなくてはならないわけだ。このペド野郎め。

「ふう」りすかは――安心したように、吐息した。「ん……それで、影谷さん。在賀さんは――無事なんでしょう？　あなたは、あなたは最低の誘拐犯だけど……人間に対し物理的な危害だけは、絶対に加えない人、『紳士』のはずだから。お父さんから――そう聞いています」

「……二階に」

「はい？　聞こえません」

「二階に――いるよ」影谷は、ぼくらから視線を外し、床を見つめながら……ぼそぼそと、言った。「二階の一室に、『固定』……している。元々、りすかちゃんが来れば――解放する予定だった」

「へえ」これはぼくの相槌。

「……僕だって、県外の司直に身をゆだねるつもりはないからね。故郷に核を落とされるのは――僕だって、御免だ」

それは――意外な言葉だったが、しかし、ひょっとすると、あるいは意外ではないのかもしれなかった。『魔法の王国』の住人——決して海を渡ることのできない、ある意味で、あらゆる意味で『閉じ込められた』魔法使い、彼らにとって……核は、それほどの脅威なのかも、しれなかった。

「在賀さんを——解放して、いただけますね?」

「ああ……最初から、そのつもりだった——」

——と。

「——けれどだがもうやめた!」

影谷蛇之は——両腕を掲げた。

「ジェントルマン、いーち抜ーけたーぁあっ!」

『矢』の動きは——腕の振りと、そして、目線で読む。相手がサングラスでもかけていれば、その難易度はあがるが、在賀織絵の妹からの事前情報からしてそれはないことは分かっていたので、『矢』の軌道を読むこと自体は、多分可能だろうと、最初からぼくは踏んでいた——しかし、それは、あくまでも『動き』を読むという、その一点においてのみだ。これは魔法における『未来視』などにも通じることらしいのだが——たとえ分かっていても、それに全て『対応』できるとは限らない。見切るのと避けるのとでは、またレンジが違うのだ。『影』を狙ってくるのならまだしも——ぼく自身を、狙われたりすれば。

「――ずがっ！」

両腕の、肘の辺りに……それぞれ、深々と『矢』が突き刺さり――ぼくは、手に持っていた、懐中電灯を、床に落とした。からんからんと、両方とも。その懐中電灯を狙うかのように、ぼくの肘から、血がびちゃびちゃと、同じく、床に落ちる。完全に、動脈がやられていた。痛みも……激しい。急所を確実に貫かれている。

「あっはっはあっ！」

続けて――更に、影谷は二本の『矢』を投げた。実のところ、ここにも、一応、チャンスはあった。攻撃を受けたのはぼくであって、ぼくでしかなく、りすかは全くの無事だったのだから――先の瞬間に影谷のところまで『省略』していれば、それで勝負はついていたのだ。それなのに、こともあろうに、りすかは――ぼくの方を見ていた。戦いの最中だというのに、余所見をしていたのだ。さすがにすぐに気付いて、りすかは影谷の方に向き直るが――その一瞬が命取り――りすかの影に、先に一本『矢』が刺さり、そして、もう一本、左手で投げた方の『矢』が、ぼくの影にと刺さる。――『影縫い』……金縛り。ぼくは――動けなくなる。思考はできるが――全く、身体が、自分の意志では、微動だにしない。微動だにできない。これが……これが、『固定』か。りすかも――また、同様のようだった。形勢は、ここに至って、完全に、逆転した。

「あっはっはぁ――あっはっはっははあ！」影谷の……不愉快な、大いなる哄笑が、部屋の中に響く。「ざまあかんかんっ！　僕をなめるからそういうことになるっ！　駄人間のクソガキが、駄人間が、駄人間如きが、この僕に偉そうな口を利きやがって！　駄人間駄人間駄人間っ！　僕は何があろうともう絶対に貴様を許さないぞ、そのまま出血多量で死ねっ！　いや、死なさない、治療してやるっ！　貴様は僕に嬲（なぶ）られて死んでいくのだっ！　一生っ！　貴様は死ぬまで死んでいけっ！」

「……紳士、と聞いていたが」ぼくは、かろうじて――喋る。喋る自由のみは、話の通り――与えられているようだった。「随分と、分かりやすくもたやすく、堕ちるところまで堕ちたものだな」

「馬鹿が！　思い上がるな、それは少女が相手の場合に限ってだ！　いや、それすらももうやめだ！　りすかちゃん！」

影谷はりすかを、まるで睨むような目で――否、獲物を捕らえた肉食獣のような目で、ねめつける。身体が動きさえすれば、りすかはびくっと震えていたところだろう。

「きみを僕が最初に傷つける少女に選んであげる」

「う……」嫌悪感あらわなりすか。しかし、動けないりすかは、その嫌悪の対象である影谷から目を逸らすことすら許されない。「う。ううう」

「嬉しいだろう！　はは、二階の織絵ちゃんだって――もう僕に歯止めはないっ！

核問題なんて知ったことかっ！　僕は――僕はどうせ、『箱舟』に乗って――」

「僕はどうせ、九州から出て行けるんだから！」

その言葉に――今までの全てが吹っ飛ぶほど――腕の痛みなんて感じられなくなるほどに――ぼくは、吃驚した。恐らく、りすかもまた、同様だろう。何だって――『魔法使い』が『九州』から『出て行ける』――だって？　『城門』どころの、話ではなく？　そんなことは――そんなことが、できるわけがない。荒唐無稽な冗談だ。魔法使いは海を渡れない、弱い者なら川や湖すら越えられないというのに。何を言っているんだこの男は。本当に頭がおかしくなったのか？　発狂したとしか思えない。このぼくでさえそんなことは考えたこともない。まともな神経をしていれば、思いつくことすらできない発想だ。仮に、仮にを百回重ねて仮に――考えられるケースがあるとすれば――そんなことを、可能にできる、そんな存在があるとすれば――水倉神檎。みずくら――しんご。彼しか、――神類最強の、魔道師くらいしか――

「――りすか」

ぼくは――りすかに向けて、言った。振り向くことができないので、りすかは影谷の方を――哄笑を続ける影谷の方を向いたままで、「何」と、短く応える。声が固い。ぼくがこれから言うことを、言われるまでもなく、分かっているのだろう。

「手段を選んでる場合じゃなくなった」

「………………」

「作戦その1は失敗だ。ならばしょうがない、作戦その2を実行しよう」

「……え、えっと。あの――」りすかは――それでも、口ごもるようにする。「ちょ、ちょっと待って」

「待てない。腕から血を流していたところで『固定』後での『省略』は、やはりできないようだしね。魔法そのものが封じられるわけではないようだが……予想通りだが……。『魔法』に対抗するためには、りすか自身の魔力操作法が、どうやら足りないようだ」

未来をイメージする力、か。課題だな。

「でも――で、でも、えっと」

「時間がない。さっさとやって」

「あ、あのね」りすかは、しかし尚も食い下がる。「も、もう少し考えて欲しいの。キズタカなら、きっともっといい作戦を、他に思いつけると思うから、それは最後の、とっておきの手段ってことで――」

「既に最後の状況だ。折角とっておいたものをここで使わなきゃ、いつ使うんだよ

——あんな策」

「で、でもね、でもね——」

「その辺にしとけよ、りすか」

　ぼくは言った。

「調子に乗るな、誰にものを言っている。誰に口を利いている。誰のせいで失敗したと思ってる。勘違いするな、調子に乗るな。ぼくがやれって言ったら黙ってやったらいいんだろうが。ぼくはお願いしているわけでも命令しているわけでもない。伝達しているんだよ——持ち駒。ああ、それとも——まだ躾が足りなかったのかな……」

「一度殺されたくらいでは、何も分からんか」

「……ひ、ひぅっ！」

　りすかが——おびえたような、聞こえるか聞こえないかの小さな悲鳴をあげた。やはり『影縫い』されているので、全く動けないが——動けていれば、頭を抱えてうずくまっていたところだろう。

「わ、わ、わかったようっ！　わ、わかりましたようっ！　や、やればいいんでしょう、やれば……やるの、やるの、やるからさぁ……」りすかは——ぼくに向けてというよりは、己に向けてのように、そう言う。「そ、そ、そ、そんな、そんな、そんな言い方、そんな言い方、そんな言い方しなくても、いいじゃない……な、な、何よう、何よう、何よう、何よう、そんな言い方しなくてもいいじゃない――なんでむしかえすのよう、思い出したくないのに……せっかく、忘れてられたのに……ちょ、ちょっとごねただけじゃない、ほんの少しごねただけじゃない、い、いつも、いつもちゃんとやってるじゃない、わたし、ちゃんとやってるのに、や、役に、キズタカの役に立ってるじゃない、い、いっぱい、いっぱいいっぱい、キズタカのこと、助けてあげてるのに、わたし、わ、わたしがいなかったら、キズタカだって困る癖に、う、う、キズタカなんて、キズタカなんか、わ、わ、わ、わたしがいなかったら、な、何にも、で、できない癖に、……それなのに、そ、それなのに、意地悪、意地悪、意地悪、そんな言い方、しなくてもいいじゃない……」

「……言い過ぎたよ。ごめん」

ぼくは、とりあえず、謝っておいた。ぼくに対する幾らかの勘違いな暴言が混じっていたが、そこは聞き流してやるのが優しさというものか。ぼくが何もしないのは当たり前じゃないか。しかしまあ、精神の安定を得るためには必要なことなのだろう。……しかし、これこそ、やれやれだ。全く、くだらないことを言わせやがって。思い出したくないのはぼくの方だって同じだというのに。それこそ――胸が、悪くなる。

「あん？　さっきから貴様らは一体何を言っているんだい？　命乞いのやり方か？　はっはー、駄目駄目駄目！　命乞いはしなくちゃ駄目だけど絶対に許しませんっ！　相談も駄目っ！　命乞いは個性が大切なんだからっ！」

「……そんなんじゃないの」りすかは、深く沈んだ声で言った。「ほ、本当——わたしだって——痛くないわけじゃないのに……カッターナイフ使わないと、痛みは全然減らないのに……、全然、普通と同じに痛いのに……人にやられるのと自分でやるのとじゃ、全然違うのに……そんなことする魔法使いなんていないって、こないだ確かに言ったはずなのに……、絶対文化の違いとかじゃない、何でこんなこと、させるかな……」

「はあ？　何を言っているんだいりすかちゃん？　りすかちゃんりすかちゃん、りすかっちゃ〜ん？　いったい、この僕に対して、何をしようって言うんだい？　何をしてくれようっていうんだい？」

「……『自殺』」

りすかはそう言って——

「あ——」

と、大きく口を開け、

「————んっ!!」

舌を、嚙み切った。

「な、な、なななっ!?」影谷が、りすかのその行為に目をむく。「な、何をしやがってるんだ貴様はぁ!?　こいつはびっくり！　し、舌を……舌をだとぉ!?　舌なんか嚙んだら――痛いじゃないかっ！　少女ともあろう存在が舌をなくして一体全体どうするってんだ！」

「だから、自殺だよ。聞いてなかったのかい？」

ここは解説が必要だろうと思い、ぼくは言った。微塵も動けないので、解説するその姿は、やや間が抜けてはいるだろうが、ま、それはどうしようもないとして。ぼとり、と、嚙み切った自身の舌の先端が、りすかの足元に落ちた。なんだか可愛らしい、生物みたいな舌だ、と思った。しかしそう思う間こそあれば、その舌は、溶解するように崩壊し、ただの、血の一塊になる。りすかの本体の側はといえば……ふむ、どうやら電車の中で指示した通り、ちゃんと、血が漏れ出ないよう、唇をしっかり閉じているらしい。しかし、この構図――正面からりすかを見ずにすむのは、助かるな。多分、今のりすかは――見れたものでは、ないだろうから。

「ひ、ひ、ひいいい！」そして……その『見れたものではない』りすかを、正面から見る羽目になった影谷は、恐慌を来したような声をあげる。「や、やめろ、やめろ、変質するな――変質するなあ！」

「自殺――しかし、『矢』で固定されていれば、普通は自殺は不可能だ。何せ、自分の意志では動けないんだからな。ただ、ただな、影谷蛇之。あんたの魔法には隙がある。それは――今ぼくがそうしているように、『喋れる』って一点だ」恐慌している影谷には構わず、ぼくは解説を続けることにした。りすかが完全に『変質』するまでには、終わらせておかねばならない、『時間』がない。「喋れるってのはさ――要するに、口を動かせるってことだろ。顎と唇と歯と舌とを、動かせるってことじゃないか――ならば」

そう、ならば。

「舌を噛み切って死ぬことはできる」

「な、ななななー――」

「それも、舌を噛み切れば――腕に傷をつけるなんてよりは比べ物にならないほどに、大量の血が流れるからね。りすかの魔力の源が『血液』だってことくらい、りすかの親父さんを知っているんなら、分かってるだろう？　だからこそ『固定』の能力のきみを、親父さんは派遣したんだろうけどね――」

恐らくは――捨て駒として。

「――さて、まあそれにしたって、『固定』されていることには違いがないんだが――流れ出る血のその理屈は、もう『固定』からは外れてる。そうだろう？　生きたまま固定する以上、血の流れを止めるわけにゃいかないんだから。ぼくの両肘の血も、この通り止まらないようだし……ああ、ちょっとくらくらしてきたな。閑話休題、つまり……動けないってのは、単純に動けないってことじゃなくて、要するに随意な部分が動けないってだけなんだよな。何一つ思い通りにならないということ。反射行動もある程度は制限できるようだが——完全に『固定』できるわけじゃない。だから『省略』はできないとは言っても——呼吸はできるし瞬(また)きもできるし——心臓だって動いてる。どっくんどっくんどっくんどっくん。どっくんどっくんどっくんどっくん！　影谷蛇之。結局、あんたの敗因は、あんた自身の悪趣味だよ。あんた自身の下種さが敗因だ。流れ続けるぜ、流れ続けるぜ、どんどんどんどん流れ続けるぜ、りすかの血液は流れ続けるぜ……りすかの体内にある本来は収まり切らないほどの莫大にして膨大な血液、その水量を、全て身体に貯めれば、全て身体に向ければ、当然——」

　後ろから見ていても、腕や脚が、どす赤く、変色している。そして——りすかは、一瞬、ゴム風船のように、膨らんだ——ように、見えた。そして、膨らみ過ぎた、膨張限界を超えた風船は、当然——

「破裂する」

　りすかの矮軀(わいく)が——粉々に、爆(は)ぜた。サイズのあっていなかった帽子が天井高く吹っ飛んで、部屋が、決して狭くないこの部屋が、一面、一気に真っ赤に染まる。赤く、赤く、赤く、尚赤く、尚々、赤く、更に、もうどうしようもなく――影谷のつまらない赤色のジャケットなどまるで見えなくなってしまうかのような輝ける赤が、天井を床を壁を窓を、真っ赤に真っ赤に染め上げていく。もう、りすかの身体は――そう、この言葉は、やはりここで使うべきものだ――影も形もなくなった。そして、ぼくもまた、『影縫い』から、解放される。りすかの大量の血液が、床にささっていた『矢』を、どこかに流し去ってくれたのだ。そう、これもまた、策略の内。最後の――手段。とっておきの作戦。部屋中を赤に染めてもそれでもまだ飽き足らず、血の水海は更にその体積を増やしていく。一体どれほど量があるのか、何ガロンなのか何十ガロンなのか、もう考えることすらできない。血液特有のぬめりやてかり、そしてきらめき、その立ち込める匂い――影谷が『影の王国』ならば、ここはまるであたかも血の王国だ。魔力に対するには――魔力か。水倉りすかの魔力ではなく――水倉神檎の魔力。一種空しくなってしまうような話でもあるが、ま、そんなところだろうよ。

「ひ、ひぃいいいいい……」

影谷は――動いた。『矢』を投げようとしたのではない、今の、液体状態のりすかには、狙おうにも狙うべき影そのものがないのだ。だから彼の狙いは、ただ単に、闘争ではなく逃走だった。そう、彼は知っている。水倉神檎を知っているならそのこともまた、よく知っている。この先、一体何が起ころうとしているのか。今から何がどうなって――そして、自分がどうなってしまうのか、を。だから彼にできることといえば――もう、逃げることだけだ。どれだけ膨大な魔力を有していようとも、己の悪趣味ゆえに、その顕現を『影縫い』なんてものにしてしまったのが本当にあんたの敗因だ、影谷蛇之。そして、ぼくは――あんたには、逃走を許さない。

「う、う、うう……!?」

影谷は――一歩踏み出したところで、その動きを止めた。というより、ぼくが、その動きを、止めてやった。左腕に刺さっていた『矢』を抜いて、影谷の影を狙い、それを投げたのだ。右腕にも『矢』は刺さっていたので、その痛みに邪魔されて外すかもしれないという危惧はあったが、しかし、影のどこに当ててもいいというのなら、ダーツなら、父親につき合わされたことが、何度かあるのだ。これは体力や腕力ではなく、メンタルな角度からのスポーツなのだから、それならぼくのお家芸。……ま、スコアじゃ父親には負けたんだけどさ。

「ひ、ひ、ひぃぃぃぃぃぃ……」

影を『固定』され、影谷は、恐怖に震えることすら許されず――今まで自身が少女になしてきたのと同じように、何をすることも許されず――ただ、恐怖に震える声を、漏らすばかりだった。

「そうせくなよ、『影の王国』――付き合い悪いぜ。折角なんだ、最後まで見ていけや」

ぼくは右腕に刺さった『矢』を抜いてから、影谷に向けて、言う。勝利宣言の言葉を、口にする。

「少女もいいが――女（オンナ）もいいぜえ？」

『いいこと言うじゃん!?』

声がして――そして……部屋に、呪文が響き渡る。誰にも、どうすることもできない魔法が――今、始まる。影谷は、もう、悲鳴すら……おののきの声すら、発することができない。これが、これこそが、どうしようもない――桁の違い、とでも、言ったところか。

『のんきり・のんきり・まぐなあど　ろいきすろいきすろい・きしがぁるきしがぁず、のんきり・のんきり・まぐなあど　ろいきすろいきすろい・きしがぁるきしがぁず、まるさこる・まるさこり・かいぎりな　る・りおち・りおち・りそな・ろいと・ろいと・まいと・かなぐいる　かがかき・きかがか　にゃもま・にゃもなぎ　どいかいく・どいかいく・まいるず・まいるす　にゃもむ・にゃもめ――』

『にゃるら！』

そして――血の水海から『彼女』の右腕が現れた。右腕だけで終わるはずもない、部屋中の血液がその一点に集中していき、渦を巻くように、天井の血も壁の血も窓の血も床の血もまるで意志を持っているかのように、おどろおどろおどろおどろおどろおどろ、集結していく。否、意志を、まごうことなく持っているのである。血の一滴一滴が――水倉りすか、彼女、自身なのだから。

「――っははっはっはっははっは――！」

そして――彼女は、笑いながら完成した。赤い髪、赤い瞳、ボディーコンシャス、腰にカッターナイフのホルスター、高いヒール、大胆に露出された肌、瑞々しい熟れ切った肉体、長い手脚、そして――最後に、彼女は床に落ちていた帽子を、脚でひょいっと拾い上げ、そのまま頭に被る。

「お久し振りっ！　つーかお待たせいたしました！　大変長らくご無沙汰しておりました、魔法少女水倉りすかちゃん夜の成人バージョンどうでしょう！　わたしは美しいわたしは美しい、そーかそーかそうですかぁ、そーかそーかそうですかぁ！　愛と正義と機関銃！　大人の魅力！　はーはっはっはっは、超おかしい、抱腹絶倒、りすか姉さんいけてるッ！　うっふぅん！　って、あらあらまあまあ。また声がおかしいじゃないのよ。これじゃ台無しじゃないですか」

「……最初に腕につけた傷が、時間が経ち過ぎて凝血し、結局無駄に終わったからね。その分、舌だか喉だか、欠けてんだろ」ぼくは、りすか――に、言った。ふむ……なんだか、今まで見てきた成人バージョンと、そのノリが微妙に違うな。意味がわからないほどテンションが高い。未来はどうしたところで可変だし、いつもいつも、りすかの『変身』『成長』は、その度ごとに少しずつその状態、個性に多少のズレはあるものの、今回はそのズレが誤差の範囲内をやや超えているきらいがある。とはいえ、どうズレたところで、りすかの本質的な、好戦的性格のところに、変わりはなさそうだけど。……つまり、りすかはどう転んだところで、ロクな大人にはなれないってことなのだろうか？「だが、今回はぼくの血液を分けてはやれないぜ。どころか、ぼくはこのままだと死んじゃうんだから、なんていうかできればこっちがなんとかして欲しい。それに痛くて痛くて敵(かな)わん。助けとけ」

「何。キズタカが死ぬのはまずいね。それはまずいまずいまずいじゃないのよ。キズタカはおいしいんだから、まずくちゃ駄目じゃない。キズタカが死ぬのだけは阻止しなくっちゃ。おっと………これくらいなら、身体ちぎるまでもないじゃないのよ」

りすかは——影谷のことなど、ちらりとも気にせず、ぼくの方へと歩いてきた。そしてぼくの傷口——まずは左腕の肘のところに、がぶりと、噛み付いた。吸血鬼のように血を吸うのではない——その逆だ。りすかが口を離すと、左腕の傷は治っていた。続いて、右腕にも同じ処置をする。失ってしまった血液はどうしようもないが、とりあえず、これで肉体の方は回復したというわけだ。『回復』——つまりは傷口の血を触媒に『同着』させて、ぼくの『時間』を、進めたか戻したか、したのだろう。

「うふん。美しいお姉さんにありがとうは？」

「ありがとう」

ぼくは感情を込めずにさらりとそう言って、りすかに背を向けた。さっき影谷に向けてあんなことを言っておきながらなんだが、ぼくは大人のバージョンのりすかが、少しばかり苦手だった。普段、子供の姿のりすかに対してとっている対応を、どう変えたものか分からないからというのが、概ねのところの理由である。それに、二十七歳になって莫大な魔力を自由自在に手にいれているりすかは、本当に——手に余るの、だから。中でも、今回のりすかは、今までで二番目くらいに苦手とする『未来のりすか像』だった。ううん。寸前に、本来不要なはずの脅しをかけたのがまずかったのだろうか。未来には、運命には、『時間』には、何が影響するか、分かったものじゃないからな。

「じゃ、分かってると思うけど……あそこにいる豚野郎が敵だから。好きなように料理しちゃって。ぼくはその間に二階へ行って、在賀織絵を助けてくるから」

「ん、んんんー？　あれあれ。見ていかないでいいの？　りすかおねーさんのマジック・カーニバル」

「いいよ。下種の死に様なんて見たくもない。寝てもないのに目が腐る。自業自得ってんだっけ……そういうの。あ、そうそう……これも、分かってるとは思うけど、あいつ、影谷蛇之、りすかの親父さんのことについて、色々知ってるみたいだから、聞き出すといいよ。五つも称号を持ってるってからもう少し期待してたんだけどとんだ看板倒れだ、折角出張ってきてもらってなんだけど、もうぼくが、『影』、縫いつけて、既に動けなくしてるから、簡単に聞きだせると思う」

「え、えええええー？　いやぁあん」

りすかはその凹凸の激しい身をくねくねとくねらせながら、影谷の方に視線をやる。影谷が息を呑む音が、ここまで聞こえてくるかのようだった。もう、多分、『影縫い』も必要ないくらいだろう。ここまでお膳立てを整えてしまえば、その圧倒的格差の前に、『魔法使い』なら、己の敗北をすぐに悟るだろうから。対応、させられた時点で、それは負け。ま、精々、死のその先を、たっぷりと味わわせてもらえ、『影の王国』。

「じゃ、任せたよ」

部屋を出て行こうとするぼくを、「ちょっと待ってよぉ、キズタカちゃぁん」と、りすかは引きとめる。りすかは、ホルスターから取り出したカッターナイフの刃を、『きちきちきちきち！』と、むき出した。

「じゃあ、わたしはこれから、動けない、抵抗のできない、でも命乞いだけは思いのまま存分にできるあの男を相手に、悲鳴だけは思いのまま存分にあげられるあの男を相手に、パパのことを聞きだすためという大義名分つきで、やりたい放題し放題、たっぷりと拷問（ごうもん）をしなくちゃならないってことになるのぉ？」

「明察な理解だが——嫌なのかい？」

ぼくは振り向く。りすかはうっとり笑っていた。

「——すっごく、最高楽しそうじゃないのよ」

階段を昇って二階へ行き——在賀織絵の『固定』されている部屋、こちらの言葉でいうなら誘拐後、監禁されていたその部屋を見つけるのには、そんなに時間は必要なかった。二階に部屋は二つしかなかったし、最初に開けた部屋に、その彼女は、いたからだ。偶然ではない。電気のついている部屋は、一つしかなかったのである。三日もあった、昼もあれば夜もある、晴れの日もあれば雨の日もあった、電気は、多分つけっぱなしにしているのだろう。と、いうより、雨戸が閉まっていた。一応、近所の住人に対して、拉致（らち）監禁行為が露見しないようにするための、最低限の細工といったところか。

「あ――、あ、あ、く……供犠くん？」

彼女は、ぼくをとらえて――発声した。それこそ、声がかすれて痛んでいた――多分、水も食料も与えられていないのだろう――が、間違いなく、ぼくの見覚えのある、在賀織絵だった。目も、力に欠けてはいるが、光が、しっかりと宿っている。天井の照明によって生じている彼女の影に、『矢』が刺さっていた。そして、少し離れたところに、ソファが一つ。多分――影谷がここに座って、『固定』されている在賀織絵を、とっくりと、眺めていたのだろう。想像するだけで吐き気のするような光景だった。

「ちょ――く、くく、供犠くん、そ、その『矢』を抜いて！」在賀織絵は、ぼくに向かってそう言った。気丈な声だった。「よ、よくわからないけど――その、なんか『魔法』で――こんなことといっても信じてもらえないと思うけど、でも本当で――長崎の、『門』の向こうの人が、わたしを――その――な、なにいってるか、わからないかもしれないけど、とにかく、変な、術みたいな――」

説明するその言葉はまるでつたなく、支離滅裂ではあったが――どうやら、状況は全て、把握しているようだった。なるほど、聡い。ぼくが思っていた以上に、ぼくが考えていた以上に、ぼくが予想していた以上に。あの影谷が自慢げにぺらぺらと吹聴したという可能性はあるが、それにしたって、自分の常識の外側を、そう簡単に受け入れて、それに対応することができるとは。『対応』――それこそが、やはり、人の強さであるらしい。

「……しかし、てっきり目隠しでもされてるものだと思ってたよ。目隠しくらいはされていると思っていた。手錠でもかけられて、縄で縛られて。拉致監禁、なんだから」

「い、いいから供犠くん――」

「分かった分かった。悪い。慌てないで」ぼくは手を伸ばして、彼女の影から『矢』を抜いた。あっさりと。「はい、これで、自由になったかな」

「あ」

途端、かくん、と彼女は崩れ落ちた。そりゃそうだ、多分三日間、ほとんどの間、立ちっぱなしだったのだろう、足の筋力が本来なら持つわけもない。まして彼女は、気丈であっても聡くあっても、小学五年生の女の子なのである。

「た――助かった……、のかな」

「みたいだね。おめでとう」

「供犠くん……ひょっとして、わたしを助けに来てくれたのかな……？　くれたんだよね？」

「どうしてそう思う？」

「だって……」在賀織絵は言う。「く、供犠くんって……なんか、タダモノじゃなさそうって、そんな感じ、してたから……」

「ふうん……奇遇だね。ぼくも、きみをそんな風に見ていたよ」……そして、それは今、確信に変わった。ぼくの本質――ではなくとも、その周辺に対し、わずかなりとも、気付いている者が――学内にいたなんて。あの小学校も、根底、捨てたものではないな。「うん……一応、きみを助けにきた、そのつもりだよ」

「あ……そうなんだ。そうだったんだ。そうなのか」在賀織絵は、そこで、何故か嬉しそうに、恥ずかしげに微笑(ほほえ)んだ。「供犠くん――あの、えっと……なんていうか、わたし、ちょっと今混乱してて、アレなんだけど――でも、供犠くん、本当に、わたしなんかのために……ありが」

別に、彼女はここで自分の名前を名乗ろうとしたわけではないだろう。ただ、彼女の言葉はそこで止まった、停止した、永遠に。その先に一体何といおうとしたのか、ぼくには分からない。興味もない。知りたくもないし、知ろうとも思わない。とにかく、彼女の言葉はそこで止まった、停止した、永遠に。それだけの話だ。喉に『矢』が深々と刺さって――尚喋り続けるためには、在賀織絵は、あまりにも人間でしかなかった。

「ふむ。腕が全快なら――これくらいの精度で、コントロールできるか。いや、それ以前に、距離が近過ぎたな。この距離ならたとえ豚でも当てれる」ぼくは、声に出して、確認した。「悪いね、在賀さん——ぼくはきみを本当に助けたかったんだけど……でも、あまりにも未熟で未完成なきみにはまだ、魔法についての云々や——ぼくの野心を知ってもらっちゃ困るんだ」

目隠しされていると思っていたし——もっと精神的に衰弱していると思っていたのに。手抜かりが多過ぎる、あの下種は。杜撰過ぎる、がさつ過ぎる。五つの称号を持ってようがどれだけの魔力を持ってようが、根本が下種では、度しがたいな。やれやれ、本当のところ、あの下種の死に様を後学のために見ておくのも悪くなかったが、こっちに先に来てよかったというものだ。用心深さ——と、いうか、このような一種の謙虚さは、やはり、目的を持つ人間にとって、不可欠だという証左といえよう。

……しかし、非常に非常に残念だ残念だ、在賀織絵。惜しいにも程がある。どうして世の中にはこうもそれなりでないことが起こってしまうのだろう。こんなことにさえならなければ、きっときみは、将来、それも近い将来、楓と並ぶくらいには、ぼくの優秀な手駒になれただろうのに。何て不運なんだ、とてもついていない。在賀織絵はばったりと後ろに倒れ——そのまま、もう、二度と、起きなかった。即死、って奴らしい。肉体的にも、精神的にも、やはり、かなり弱ってはいたのだろう。ぼくは彼女に近付いて、まぶたを、そっと、閉じてあげた。ついでに軽くお別れのキスでもしようかと思ったが、死体相手にそんなことをするのは気味が悪いのでやめた。

「……キズタカっ！　在賀さんはっ!?」

していると、後ろから閉めておいた扉が開いて、りすかがやってきた。もう、元の、子供の姿に戻っている。一分、たったのだろう。一分あれば（『彼女』なら）影谷から色々聞き出せたことだろうが——しかし、りすかはぼくにそのことについて質問することも許さない剣幕で、「あ、在賀さんは、無事だった!?」と、自分の質問を繰り返した。

「……見ての通りだよ。遅きに失した」ぼくは横にどいて、りすかに道を作ってやった。「既に、影谷によって、殺されていた。ついさっきらしい」

「……え」りすかは——ぼくの言葉を信じられないように、倒れている在賀織絵の身体に、崩れ落ちるように近寄って——その生死を、己の目で、確認する。「——そ、そんな……だって、影谷蛇之が、少女を、女の子を、傷つけるはずが——」

「さっきぼくを攻撃したのを見ただろ。所詮、奴はプライドなんてまるでない、品性に欠けた下種野郎だったたってことさ。インターホンを押したのがまずかったな。ぼくらが……というか、りすかがここにやってきて撒き餌（まえ）としての必要がなくなってしまえばあっさり殺したんだ」ぼくは、吐き捨てるように付け加えた。「——下種野郎が。信じられない。吐き気がするぜ」

「……う、ううううう——」

すると、りすかは――水倉りすかは、

「う、ああああああああんっ!!」

在賀織絵に、しがみついて――号泣した。

「わ、わたしが――わたしのせいで！　ま、巻き込んじゃった――わたしのせいで――わたしの責任で！　在賀さん――在賀さん、在賀さぁん！」

「…………」

りすかは、流す涙さえも、赤い。そのことを、ぼくはこのとき、初めて知った。りすかはまるでぼくのことなど気にもせず、恥も外聞もなく、泣き喚く。わたしのせいで、わたしのせいで、わたしのせいで。わたしが悪いんだ、わたしが悪いんだ、わたしが悪いんだ――繰り返す。人間らしさ――か。きっと、ここで、こんな風にりすかが悲しんでいることは、正義感や、倫理や道徳とは、やはり、関係ないとは思う。多分、りすかは、今、ただ、悲しいから泣いていて、悲しいから、悲しんでいる。その、赤い涙を見ながら――ぼくは、やっぱり赤はりすかの色なんだよな、と、そんな、場違いなことを、考えていた。

「りすか――そんなことは……」ぼくは、そんなりすかに、何らかの慰めの言葉をかけようと思って口を開いたが、寸前のところで、その考えを変える。「……まあ、確かに、りすかがぼくの伝達に、もっと迅速に対応していれば――こんなことにはならなかったかもしれないな。治療が、間に合ったかもしれない」

「う――」びくん、とりすかが、震えた。そして、一層強く――喚いた。もう、それは、言語を形成していなかった。「――――――――――ッ!!」

そんな馬鹿な話はない。影谷が戦闘前に在賀織絵を殺していたなら、あそこでりすかがぼくの伝達に忠実だったところでそうでなかったところで、まるで関係ないし、あの程度のロスは、戦闘の間であっても、それほど大したミスとも言えない――そもそも、真実は、全く違う場所にあるのだから、まるっきり、ふざけた戯言もいいところである。だが、りすかは、その程度にさえ頭が回っていないようだった。可哀想ではあるが、今のその悲しみは、あのときぼくに忠実でなかったことの、ペナルティの一つだと思ってくれ。

「……一階にいるよ」

これで少しは扱いやすくなってくれればいいのだが、しかし、やはりそんな、痛々しいりすかの姿は見るに耐えかねたので（ぼくには、影谷のような悪趣味はない）、聞こえているか聞こえていないか知らないが、ぼくは一応そう言って、部屋を出て、階段を降り、先ほど、影谷と戦闘をした、さっきのフローリングの部屋に戻った。床のあちこちに小さな穴があいているだけで、部屋は綺麗なものだった。リフォームされたような、そんな有様だ。塵一つないし――死体一つない。ただ、壁のところに、一着、影谷が着ていた例の服——赤いジャケットが、取り残されていた。りすか、大人バージョンのりすかが、遣り残しのようなヘマをやるとは思えないので——これはきっと、わざと残したのだろう。ぼくは近付いていって、そのジャケットを手に取る。ジャケットの内側には——りすかの言っていた通り——ダーツの『矢』が、大量に、ストックされていた。十本……十三本、か。まだ未使用の、ぼくの右肘に刺さっていた分を合わせて、十四本。ふうん……これは、ありがたい。ぼくは、あの、ちょっとズレた感じの、未来のりすかに感謝した。この『矢』には、魔法陣が描きこまれている。魔法陣なら、ただの人間であるぼくにでも自在に使える、先ほど、影谷に対してそうしたように。数に限りがあるとはいえ、これからの戦いにおいて——この『矢』はきっと、役に立ってくれることだろう。

「……しかし……釈然としないものが残るな」

今回の件——収穫はあったが——不安要素が大量に残った。すっきりしない、ここまですっきりしないのは初めてである。百害あって千利、とは、とても言えそうもない。千利は、確かにあったかもしれないが……それだって……そう、最後の最後まで、都合がよ過ぎた、といえるのだ。都合が悪すぎて——やはり、話がうま過ぎた。舌を噛み切る、という、『影縫い』に対するあの攻略法は、まるで最初から備え付けられていたかのように、うってつけのそれだった。これでは、まるでゲームじゃないか。パズルのような、くだらない推理小説のような、ゲームじゃないか。勝利条件というよりは、そう、むしろ、クリア条件。誰かに――験されているような、試験のような、そんなイメージ。影谷の魔法の隙を見つけたというよりは、もとから用意されていた『道』を見つけたと、そんな印象を受けざるを得ない。最後にこうしてアイテムを手に入れることができるところまで、まるで演出されたかのように感じてしまう。ただ、ゲームだとしたら……誰が、一体ゲームマスターだというのだろう？

……そんなの、考えるまでもないか。だが、仮にぼくの考えている通りだとすれば――水倉神檎、『ニャルラトテップ』との邂逅も、そう遠くない日になるのかもしれない。ぼくらは、今日、徹底的に――踏み込んだのかも、しれない。りすかは水倉神檎を追っている――父親を、探していて、見つけた後にどうしたいのかは、まだ曖昧なようだ。ぼくはできることなら、りすかと並べて、水倉神檎を手中に収めたい、それが無理なら、とりあえず打破しておきたい――どちらにしても得るところはあるに違いない……それがこちらの立場。そして、ここに至り、どうやら彼は、己が娘を……どういう形にしても、認識、したらしいし、それに――『箱舟』。聖書よろしくの箱舟計画――か。くだらない。冴えないネーミングセンスだ。影谷は、そうなるとやはり捨て駒だったのだろうから、どれほどの情報を握っていたものか怪しいものだが――いよいよ、ぼくとりすかの、物語が、下積みを終えて――動き出そうとしている。まだとても手駒がそろっているとは言えないこの状況で動き始められると、ぼくとしては少しばかり困らないでもないのだが――しかし、それもまた、一興。罠があるなら、自ら飛び込んで、打破してやるさ。好き嫌いはいうまい、少々刺激があった方が、道行は退屈じゃないってものだ。ぼくは退屈したくて夢を見るわけじゃない。スリルくらいの彩りの存在を認めてやらないほどに、狭量ではない。危険に身を任せて快楽を得る趣味はないが、安穏な道ばかり選んでいては切れ味が鈍る。ぼくは、影谷蛇之、『影の王国』の遺産である、そのジャケットを身にまとった。身長があっていないので、ぼくが着るとコートみたいになってしまうが、なるほど、自分で着る分には、随分と着心地のいい服だ。中身重視だったのか。こういう合理性は嫌いじゃない。よし、もらっておいてやるとしよう。……さて、それではこれからの対応を考えるため、二階に戻って、りすかから、影谷から聞き出した情報って奴を、教えてもらいに行くか。在賀織絵の死体の始末もさせなければならないし……いや――あの調子じゃ、まだ、赤い涙を流して、悲しみ続けているかもしれないな。ならば、もう少しだけ間を置いた方がいいか。……ふん。しかし……在賀織絵を殺したのは他に選択肢のない仕方のないことだったとはいえ――やっぱり、罪のない無関係な人間を殺すというのは、どっか気分が悪いな。知り合いだったとなると尚更だし、まして己が目をかけていた存在となると、もう言い表しようがないほど、胸がなんだか重くなる。何故だかしらないが、今回は特にそうだ。こういうメンタルなところは、ぼくにとって弱点だ、克服しなければ。人を殺したところで、ぼくはあんな影谷みたいな下種とは違う。己の正しさを信じていないと——それこそ、本当に豚野郎だ。己の正義、己の正しさ。それを失えば——ぼくはただの最悪の人間失格に堕す。そんなことでは、とても、水倉神檎と向かい合うことなどできないだろう。神や悪魔と向き合うには——後ろめたさを一切持たない、自分なりの正しさを所有する他ないのだ。今、この瞬間、一番迷惑を被っているのはぼくであるということを、決して忘れてはならない。そこは、そこだけはきっちりと固めておかないと、将来的にフェイタルな問題として決定的な禍根を残すことだろう。とはいえ、こればっかはぐたぐたした精神論でどうにかなるような話ではないので、石を積み上げるように、地道に数を重ねるしかないのだが、……だがしかし、ひょっとして、ぼくはそのたびに、りすかのあの、赤い涙を見る羽目になるのだろうか。

それを思うと少しばかり憂鬱（ゆううつ）だった。

湿っぽいのは、好みじゃない。

《Shadow Kingdom》is Q.E.D.

第三話　不幸中の災い。

このぼく、供犠創貴が、一体どのような手段をもってして『赤き時の魔女』、水倉りすかを口説き落としたのか——そんな疑問を誰かから投げかけられたとき、多分、ぼくは返答に窮することになる。それというのも、ぼく自身、彼女に対して向けた言葉の一体どれが彼女の心を動かしたのか、全く見当がつかないからだ。あえて考えてこなかったことをあえて考えてみたとき、ぼくに確かに言えることがあるとすれば、ぼくがりすかを目の前において、五時間にわたって、ずっと、その時点で使用可能だったあらゆる語彙でもって、誠意をもって彼女に語りかけていたというその事実だけ——あまりにも言葉を尽くし過ぎて、もう、彼女に何を言ったのかも、今やよく憶えていない。そのくらいに、あのとき、あの場所におけるぼくは、必死だった。なんとか、『赤き時の魔女』、生まれて初めて出会った魔法使いを、ぼくの手中に収めようと、ぼくの持ち駒の一つにしようと、水倉りすかを、供犠創貴に繋ぎ止めようと、必死だった。初めて会った魔法使い。初めて会った魔女。綺麗な赤い髪にとろんとした赤い瞳、湿った感じの赤い唇。サイズの合わない帽子を被り、カッターナイフを携えた少女。簡単に折れそうな細い腕。簡単に折れそうな細い首、簡単に折れそうな細い腰、簡単に折れそうな細い脚。小さな手のひら。右腕の手錠がしゃらんと音を立てて鳴り、カッターナイフをきちきちきちと音を立てて鳴らせ——そして、つたない言葉で、ぼくに対して——頷いてくれた、彼女。応えてくれた、彼女。性格はなんとなくプリミティブ、どこか一次元違う場所を見ているかのような、かみ合わなさが特徴。穏やかなようでいて、簡単に気が張ってしまう。根っこのところでは、荒い気性も隠し持つ。水倉りすか、神にして悪魔の娘——『赤き時の魔女』。そう——それでも、しかし、最初の頃は、まだ、このぼくは疑問に思っていたはずだ。りすかに対し、不信や不審を抱いていたはずだ。そう——だって、ぼくの方に彼女を必要とする必然はあったところで、りすかの側には、ぼくを必要とする必然があったとは、言いがたいからだ。その後一年間——二人で一緒に、同一の目的に向かって、ぼくは彼女を助け、彼女はぼくを助けた。数々の困難を、まあぼくにとっては困難というほどのものではなかったが、それでも数々の、困難めいたものを、二人で、一緒に乗り越えてきた。だからだろう、いつからか、ぼくはそれを当たり前ととらえてしまっていた。同じ目的に向かって邁進していると隣にいる者との間に強い連帯感が生まれ、その感情を馬鹿みたいに信じてしまうというのはありふれた話であり、そんな陳腐な感情とは一線を画してはいるだろうものの、供犠創貴のそばに水倉りすかがいることと、水倉りすかのそばに供犠創貴がいることの意味を、ぼくはいつの間にか、同じものだと看做してしまっていた……履き違えていたのかも、しれない。だとすれば、あまりにも愚かしいではないか。そして遂に、りすかの目的である、りすかが『城門』を越えて、彼女にとっては異国でもあるこの佐賀県へとやってきたその目的、『父親探し』、その入り口にまで辿りつくに至って——ぼくは、すっかりと忘却してしまっていたというわけだ。うっかりしていたとしか、それはいいようがない、あまりにもぼくらしからぬミスだ。そう……そう、なんだよ、な。いったいどうして——りすかは、これまで、ぼくに従ってくれていたのだろう。どうして、ぼくの言葉に応えてくれていたのだろう。一体ぼくはどうして——どのようにして、水倉りすかを、口説き落としたのだろうか。あの、忘れがたい、ぼくにとって出発点ともいうべき、あのときのあの場所での出来事を——あの、本来なら記念すべき五時間のことを、忘れてしまっていた。忘れた——あるいは、少しだけ——意識が前を見過ぎたか。このぼくが、焦り過ぎていたとでも——いうのだろうか。無論、そのことについて、特にこれといった後悔などない。供犠創貴に後悔などありえない。この一年と少しの間、ぼくとりすかは、想定しうる限りにおいて最大限の成果をあげてきた。だからこそ、『父親探し』、水倉神檎の尻尾を——とまではいわずとも、その『影』（これはまた皮肉な比喩（ひゆ）で出来過ぎで、気分の悪い話になるが……）の先をつかむまで、辿り着くことができたのだ。普通ならこうはいくまい。りすかだけでは十年かけてもこうはいかなかっただろうし——これは非常に謙虚な物言いになってしまうが、ぼく一人でも、恐らくはこうはいかなかっただろう。ぼくは、魔法も使えないし、体力もない。いや、そう、だからこそ、ぼくはりすかを必要としたのだ——そこは、順序を逆にとらえてはならないポイントだ。それこそ、本末転倒というもの。目的のための手段は、ぼくの本質とは何も関係がないのだから。必要だからこそ、必然。そしてまた、りすかにも、ぼくが、必要というなら必要であったのだ——だが、それでも、それは決して必然ではなかったのだ。それなのに、彼女は、思いの外、あっさりとぼくを受け入れた——ぼくの提案にのってきた。慣れない県外（ソト）の『案内人』としての、手足としてのぼくが必要だったのだろうと、てっきりそう思っていた。ぼくにとってりすかが目的達成のための『駒』であるよう、りすかにとってぼくは目的達成のための『駒』なのだろうと。そんなとりあえずの理解をしていた。しかしぼくにとってりすかは初めてあった魔法使いではあっても、りすかにとってぼくは初めてあった県外人ではなかったはずだ。りすかにとって、『案内人』がぼくである必要は、少なくとも最初の最初には——ぼくの誘いに、ぼくの言葉に応じたその時点では、何もなかったはずなのだ。

「一緒にいることに慣れちゃっていた、か」

そうそう……。確か、『友達』って言ったのだった、りすかは。いつだったか、そう、地下鉄の事件のときだったか、りすかはぼくのことを、そう呼んだ。友達。友達。くだらない、あまりにもくだらない。本当に馬鹿馬鹿しい、と、ぼくは思った。どうでもいい、と、ぼくは思った。しかしまあいい——と考えた。りすかがぼくをどう認識していようと、ぼくがりすかを、道具だと、持ち駒だと、そう認識していれば——それでよかったわけだから。だから、りすかが一体、ぼくをどう思っていたかなんて、そんなことはあまりにも当然過ぎて——考えてもみなかったのだ。信頼とか、忠誠心とか、そういうものや、あるいはそれに似たものさえあれば、それ以外のところは何でもいいと思っていた。大目に見ようと思っていた。実際、それでよかったのだ。それで今まで、何不自由なく、ぼく達はやってきて、やってこれたのだから——それでよかったのだ。それでいい内は、それでよかったのだ。

「……悪手を打ったつもりはなかったけれどね」

特に皮肉を込めてでもなくそう呟いて——ぼくは足を止めた。買ったばかりの靴なので、いまいち歩いていてもなじまない。微妙な違和感が、足の裏にある。今学校で流行っている新製品のシューズだった。靴紐が太過ぎて結びにくいし、足首まであるような窮屈なデザインの靴はぼくの趣味ではないのだが、周囲にあわせるのもそれなりに（あくまでそれなりに）大事だと思い、つい昨日、父親にねだって買ってもらったのだ。しかし——周囲にあわせるとは言っても、学校の、あの低能どもが、一体どのような意図をもって、こんなシューズを履いているのか、ぼくには分からない。いや、これに関しては、分からないというほどではない。奴らの行動を見て、分析すれば、すぐにでも分かってしまうことだ。だけど——考えたことはなかった。分かる必要も考える必要もなかったからだ。実際、学校の連中に関してはそれでよいのだと思う——在賀織絵が行方不明のまま見つからないという事実を前にしても、まだのほほんと日常生活を送り続けられるような、あんな鈍感で無神経な連中の気持ちなど知りたくもないというのが偽らざるぼくの本音だ。だけれど、水倉りすか。彼女がどう考え、何を思ってきたのか。ぼくのことをどう考え、ぼくに対して何を思ってきたのか——それに対し、これまでぼくは、あまりに無頓着過ぎたと、あるいはこの現状を見れば、そんなことをいう者もいることだろう。そんな風に見えてしまったとしても、この場合だけは、諦めざるをえないのかもしれない。

「諦める、ね……好きになれない言葉だ」

ランドセルから財布を取り出した。たまたま脚を止めた場所が、老朽化したビルのそばに設置された、自動販売機の前だったのだ。別に意図したわけではないが、丁度さっき、水分を摂取し損ねたところだった。百二十円。今日は随分風が強かったので、ランドセルの開け閉めに少しだけ難儀した。自動販売機の真上に見える、ビルから張り出している形のテナントの看板も（何の会社かもわからない、大した意味もなさそうな横文字が記されている）、その風でがたがたと揺れている。硬貨を二枚、自動販売機に投入した。百円玉の残りが少ないな、と思ったところで、ランプが点灯する。ジュースの列が上中下と三段。ペットボトル……半リットルも飲むのはまず無理として、さて、どれを飲んだものか。そうだな、コーヒーにするか……りすかの店でチェンバリンが淹れてくれるものとは違って、缶コーヒーなら、ぼくの舌でも十分に許容できる範囲内の飲み物であるわけだし。一旦そうは思ったものの、缶コーヒーは全て一番上の列に並んでいた。あのボタンまでは背伸びをしないと届かない。ここで背伸びをしてまで喉を潤したいのかどうかというのはかなり複雑な問題だ。それはいささか、プライドに欠けている行為であるように思われる。まして、背伸びをしてもなお、万が一の確率ではあるが、ボタンに手が届かなかったりしてみろ。恐らくそのときぼくは敗北者の気分を余すところなく味わう羽目になる。欠けていようがどうしようが、そのときぼくのプライドは粉々に粉砕されること、間違いがない。しかし一度飲もうと決意した缶コーヒーを、そんな軟弱な理由で諦めることこそ、あるいは敗北と呼ばれるものなのかもしれない。実質的に敗北を避けることができたところで、その心根は、既に敗北者と同一のそれと化すのだ。一度覚悟したことをやり遂げられない、それを心が折れたといい、それこそが、敗北という二文字の意味なのだから。

ぼくはたとえ刹那の間でも迷いを感じた自分を恥じ、歯を食いしばって、目的のボタンに向けて、す、と、手を伸ばし――

「…………っ！」

――たところで、そのぼくの、頭上を通すように、一本の指が、ぼくの目標としていた缶コーヒー、その隣のボタンを、押した。がたん、と、すぐに、缶が取り出し口へと落ちてくる。もう、それはもう、どうにも取り返しがつかないことだった。ちゃらんちゃらんちゃらんちゃらん、と、お釣りの落ちてくる音が、八回。音でわかる、十円玉八枚。もっとも、百円硬貨二枚を入れたお釣りで八枚落ちてくるのが他の硬貨のはずもないが。ぼくは――振り向かなかった。振り向くまでもない。その、包帯がぐるぐるに巻かれた手首は――見覚えのあるものだった。それも、ついさっき、見たばかりの手首だったから。

「……長崎県じゃあどうなのか知らないけれど」ぼくは意図せず、自然に、低い声で言った。「『城門』からこっち側では、人の頭の上に腕を通すのは、最大限の侮辱に匹敵するんだぜ」

「――それは失礼」対して、如何にも平然とした、子供でもあやすような、そんな声で、包帯の手首は応じる。「けれど、きみの身長なら、ひょっとすると背が届かないんじゃないかと思ってね。目測する限り、絶対に確実に百二十パーセント間違いなく無理そうに見えたものだったから、ついつい親切心を出してしまったというわけさ——供犠創貴くん」

「限りなく余計な世話だ」

「つんけんしてるね——誰にでもそうなのかい？」

「……跡、つけてたのか？」ぼくはあくまで振り向かず、質問にも答えず、自動販売機から缶を取り出した。それは、コーヒーはコーヒーでも、ブラック無糖タイプのそれだった。「……弁償しろよ。ぼくが欲しかったのはこれじゃあない。隣のヤツだ」

「そいつは悪かった——と謝罪してもいいところだけれど、生憎とこちらは確信犯でね。まあ、どうしても弁償しろというならそれもやぶさかではないけれど、きみが隣の缶を狙っていたのはよく分かっていた——けれど缶コーヒーというのは大体が砂糖の塊みたいなものだから、お勧めはできない。どうしても缶コーヒーを飲もうというのなら、無糖以外は外道だね」

「それも、余計なお世話だな」

振り向きざまに、ぼくは包帯の手首に、ブラック無糖タイプの缶コーヒーを思い切り、顔面目掛けて、投げつけた。受け止められるかどうかは半々くらいだと思っていたが、そいつは、あっさりと、ぼくの投げつけたブラック無糖タイプの缶コーヒーを、キャッチした。

「……弁償はいらない。奢ってやるよ」

「そりゃどうも。嬉しいよ。供犠創貴くんは気前がいいね。俺は生まれてこの方、誰かにものを奢ってあげたことなんて一度もないよ。多分これからもないだろう」包帯の手首——水倉破記は、何食わぬ顔でにやりと笑って、プルタブを起こした。「さて、供犠創貴くん。もしもきみが現在のところ暇をもてあましているようなら俺と少しお話をしないかい？　君と話をしたくてしたくてしょうがないのは俺なんだよ——じゃあ、ないな。俺は今、きみと話をしたくて話をしたくてしょうがないんだよ、だ」

★　★

水倉りすかと連絡が取れなくなった。とはいえ、そもそもりすかは元々がかなりの登校拒否児で、学校には滅多にやってこないような奴だから、学校で会えないのはそれは当然なのだけれど——そういう話では、勿論ない。所用あって——というか、訊きたいことがあって、りすかに電話をかけたのだけれど、何回電話をかけても、りすかのところにまで繋がらなかったのだ。どれだけ連絡を入れても、執事のチェンバリンから「お嬢様は只今体調を崩しておられ……」だかなんだか、そんな感じの返答があるばかりで、それならと、りすかの部屋に引いてある直通ラインに電話をかけてみても、いつまでもベルが鳴り続けるばかりだった。最初は、まあそんなこともあるかと思っていたけれど、あまりにそんな状況が続くので、たまりかねて、直接りすかの自宅（風車をかたどったデザインで、一階がコーヒーショップ、その上が住居になっている）を訪ねてみたのだが、それでも、チェンバリンから門前払いを食らった。丁寧な口調ではあったが、絶対に譲ろうとしないその態度は、正しく執事そのものだった。「お嬢様は只今体調を崩しておられ……」だ、そうだ。無理矢理押し入るほどのこともないかと思って、そのときも、ぼくはそのまま退いた。しかし、そんなことが、更に三日、続いた。電話で連絡が取れなかったのが一週間なので――連絡が取れなくなって、今日で、十日目だった。ことここに至り、さすがにぼくは不審に思い始めたので――ある意味、そう、心配になったというのもある――今日こそは、たとえ四十度の熱で臥せっているのであっても、と、気合を入れて、学校が終わってすぐ、クラスの連中への挨拶もそこそこに、ぼくは、四度目、直接、コーヒーショップへと向かったのだった。

「相変わらず面倒をかけてくれる……」

道中、そう呟くぼくの声に、いくらかの苛立ちが混じっていたことは否定できない。りすかがぼくに会おうというときは、『省略』というとても簡単な手段があり、りすかの意のまま思いのままと言えるわけだが、魔法使いにあらざるぼくの身としては、そんな横着ができるわけがないので手段が徒歩に限られる（無論、りすかにしたって、そうそうぼくのいる場所……座標まで『省略』なんてことをされては都合が悪いので、緊急事態以外ではそういうことは禁じている）。しかしこの場合『面倒』というのは、そういう具体的な手間隙のことを指して言っているわけではない。それというのも、ぼくには、りすかが『体調を崩している』その原因というものが、大体のところで予想がついていたからだ。恐らく——というよりも十中八九、『影の王国』、影谷蛇之（かげたにへびゆき）というあの豚（ぶた）野郎と、そして、在賀織絵が命を失った、あの事件。連絡が取れなくなったのはあの事件から直後のことだから、これはほぼ、間違いないだろう。あの事件で——りすかは、赤い涙を流して、泣いていた。在賀織絵を助けることができなかった己（おのれ）を責めるように。死んでしまった在賀織絵を哀れに思って。思いの限り、泣き叫んでいた。ぼくはあれほど、感情をむき出しにしたりすかを見たことがなかったので、在賀織絵の死に対するりすかのあの反応はかなりの予想外ではあったのだが——それがこんなにも尾を引くものだとは思わなかったので、今のこの事態は、少々意外で、そう、面倒であるとしか、いいようがなかった。まあ、今のところ、何も、この九州内において、ぼくやりすかがかかわるべきであるような事件が起っていないからいいようなものの——しかし、こういう問題の処理は、事件が起ってからでは遅いのだ。そしてそれとは別に、ぼくが在賀織絵を助けるために場を離れていたそのときに、りすかが影谷から聞き出したはずの、水倉神檎についてのあれこれ——『箱舟』計画についてなど——を、まだぼくは聞いていない（『所用』、訊きたいことというのは、つまりそれだ）。もったいぶるような話でもあるまいに、どれくらい『体調を崩して』いるのだか知らないが、全く口が利けないというほどでもないだろう。それでも、りすかが在賀織絵の死について、かなり衝撃を受けたということはぼくにも理解できていたので（何故なら、それはぼくだって、同じ種類の感情を抱いてはいるからだ）、これまで大目に見てきたが……、いい加減、ぼくも我慢の限界だ。ぼくは長い視点を持った気の長い人間ではあるが、無意味に待つことに意味を感じたりはしない。だから今日は、チェンバリンがどう言ったところで、無理矢理二階にまで押し入るつもりだった。そのための策も、いくつか考えてきている。場合によってはりすかに活を入れるような言葉をぶつけなければならない。人を励ますなんていうのは、ぼくの柄ではないのだが——一人の人間の死、くらいで、そうそういつまでも落ち込んでいられては困るのだ。

「いらっしゃいませ」

『営業中』の看板がかかった自動ドアが開くのを待って（例によって、マットを思い切り踏みつけるという動作が必要だったが）、店の中に這入ったところで——ぼくはやや、拍子抜けした。カウンターの向こう側に、いつも通りにチェンバリンがいて――それに向かい合うように、カウンター席に、水倉りすかが、座っていたのだ。椅子が高いので、細い脚がぶらぶらと、所在なさそうに揺れている。りすかはぼくに気付いて、ぎょっとしたように、眼を見開いた。

「あ、りすか――」

意外な展開だったのでぼくは驚き、一瞬、声をかけるのを躊躇（ためら）ったが、しかしすぐに思い直し、とりあえずりすかの名を呼んだが――それに少し先行する形で、りすかは椅子から飛び降りて、ぼくに背を向けた。逃げる気だ、と、すぐに察する。だから、ぼくはりすかが一歩を踏み出す前に、

「待てっ！　りすかっ！」

と、声を張り上げた。つかみかかるまでもなく、それで十分だった。りすかは動きを止めて――如何にも渋々といった緩慢な動きで、座っていた椅子に戻った。椅子の高さからすれば、よじ登ったとでも表現するべきか。ぼくはそれを見て、静かに頷（うなず）き、自動ドアの前から離れ、りすかの右隣の席に座った。背負っていたランドセルを、更に隣の席に置く。りすかを見た。りすかは俯きがちに、ぼくを見てはいなかった。……なんだか、よくわからないが、気に食わない態度だ。確かに顔色に優れないところがあるようだが、取り立てて体調が悪いという風には見えない。

「……供犠様」

チェンバリンが、沈黙を埋めるように言う。

「何か、お飲み物は?」

「ああ……えっと、それじゃあとりあえず」

「いらないの」

りすかが、ぼくの注文を遮った。

「チェンバリン。下がって」

「……しかし、お嬢様。そろそろお時間が——」

「いいの。構わないの」りすかはチェンバリンに、やや語気強く言う。「時間なんて概念が酷く些細な問題なのが——このわたしなの」

「……畏まりました」

りすかの、有無を言わせない口調に、チェンバリンは恭しく礼をして、ぼくに対しても「それでは失礼します。ごゆっくり……」というようなことを言い、カウンター内にある木製のドアの向こうへと、姿を消した。りすかはそれを見て、椅子から再び飛び降りて、自動ドアへと向かい、看板を『営業中』から『準備中』へと、裏返し、そして、また、椅子まで戻ってきた。

「……客に、飲み物くらい出してよ」

「…………」

「これでも、ぼく、結構疲れてるんだけどね。五時間目の体育は、マラソンだったことだし。脚に乳酸がたまっているんだろう。ったく、一日の終わりにそんな競技を持ってこられても挨拶に困るよ」

「…………」

「まあ、だからってここでコーヒーを出されても、ある意味とどめみたいなものか。メニューにオレンジジュースでも加えてくれれば、この店ももう少し繁盛(はんじょう)するんじゃないかと思うけれど」

「…………」

りすかはぼくの言葉に応えない。なんとなくではあるが、やや、気まずい感じの空気だ。ぼくはりすかのことを心配して、家にも帰らずランドセルを背負ったまま直接こっちにやってきたというのに、どうしてこんな気まずい思いをさせられなくてはならないのだろうか。ぼくがいくら話しかけても続く沈黙に、さすがに、気分が僅(わず)かながらもささくれだってくる。これでは、学校の無能の連中を相手にしているのとまるで変わらない。いや、どうしてだか、あの連中を相手にしているときよりもずっと、ぼくの心は穏やかでないそれになってくる。

「おい……りすか。いい加減に、何か……」

「き、キズタカ、が」

りすかが、ようやく、口を開いた。その声音は、まるで消え入るような頼りのないもので、心なし、震えているようだった。

「キズタカが――在賀さんを、殺したの」

「………………」

まあ――そうだな、気付くよな、そりゃ。論理的にものを考える能力を持ってさえいれば、簡単なことだ。あのときぼくが言った言葉があらかた不自然だという事実に気付くのは、そんなに難しいことではない。いずれいい時機が来れば、ぼくの方から告白してもよかったくらいの、どうでもいい些事だ。しかし、それはあくまで客観的に物事を測った場合であって、当事者であるりすかが、主観的な視点から、在賀織絵の死についての真実に気付くのはそれなりの難易度があったはずなのに……あそこまで精神が錯乱した中での出来事を、そうまで冷静に読み解くことができるとは――しかも、この感じじゃ事件の翌日には既に気付いていたと思われる――やはり水倉りすかは、ぼくの見込んだ通りの魔女。頭が回る。さすがだ、と、素直に褒め称えるべきだろう。

「……答えて欲しいの」

「ん？　ああ……うん。まあね」ぼくは一瞬、否定することも考えたが、しかしまず誤魔化し切れないだろうし、特に誤魔化すほどのことでもないと思い、頷いた。「彼女、色々と知るべきでないことを知ってしまったから——しょうがなかったんだ」

「——キズタカは、どうして」りすかは、ここでもまだ——ぼくを見ようとしない。全てを拒絶するように、己の手首の手錠に視線を落としている。「どうして、そういうこと——したの？」

「どうしてって——だから、彼女が、知るべきで」

「どうして、そういうことができるの？」

「…………」ふん。やれやれ——ここ十日間、りすかがぼくのことを避けていたのは、ただ落ち込んでいたというだけでなく——そういう理由か。「言うまでもない。目的のためだ。ぼくとりすかの、」

「わたしは！」

りすかが、叩きつけるように、怒鳴った。

「わたしは、そんなこと、望んでないっ！」

「…………」

「分かってないっ！　わたしは——そういうことをさせないために、こっちに来てるんじゃないかっ！」ここで初めてりすかはぼくを向いて、赤い瞳で、ぼくを睨みつけた。「そ、そ、それなのに——キズタカがそういうことをして、ど、ど、どう、どうするのっ！　な、な、何が――目的なのっ！　わたしは、そんな目的、も、持ってないっ！　一緒に、しないでよっ！」

「りすか……」ただならぬその剣幕に、ぼくは不覚にも、言葉に詰まった。「……だが、りすか。だからといって――ここまで、何の犠牲も払わずに、ぼくらは歩んできたわけではないだろう。死んだのは在賀織絵だけじゃない。あのときの『敵』であったところの『影の王国』、影谷蛇之だって――生きた命だったことに変わりはない」

「でも、あいつは」

「あいつは『魔法使い』だったからいいっていうのか？　じゃあその前の、高峰幸太郎は？　あいつは、元を正せばただの人間だったぞ」

「……でも、あの人達は――『悪い人』なの」

「ふん。随分とまあモラリストだったんだな。知らなかったよ」ぼくはりすかを、強く、睨み返す。「『悪い人』ならば殺してもいいというのか？　犯罪者ならば殺してもいいというのか？　人殺しならば殺してもいいというのか？　豚野郎ならば殺してもいいというのか？　――りすかがどういう基準で動いていたのか知らないけれど、ぼくはそうは考えない。高峰や影谷を含むあいつらが、善人だったか悪人だったかなんて、ぼくには一切関係ない。ぼくにしてみれば、あいつらを殺したのは、単純にあいつらが目的を中心に世界を観測したとき、邪魔であり障害であったからに過ぎない。

あいつらのパーソナリティは、根源的なところでは関係ない。その意味では、高峰幸太郎も、影谷蛇之も、在賀織絵も、ぼくにとっちゃあ同列だ。りすかに責められるようなことではないよ」

「………………」今度はりすかが、少しの間、沈黙する。唇を嚙み切らんばかりに、口を閉じていた。「き……キズタカ、は」

「なんだよ」

「……これまでも同じようなことを——してきたの？　わたしと出会ってから——ううん。わたしと出会う前からずっと、そんなことを、そんな価値観の下で、行為と当為を、繰り返してきたの？」

「言ってる意味が通じないな」

「……在賀さんが初めてだったのかどうか、わたしは、訊いているの」

「随分、こっちの言葉がうまくなったね、りすか」恐らく——ここ十日ほど、頭の中で、何度も反芻した言葉ばかりなのだろう。つまり、疑いでなく——りすかは、確信していたというわけだ。「大したものだよ——その分なら……」

「こ……答えて、よ」りすかは言う。「キズタカが、あ、あんな風に、わたしを騙したのは——あ、在賀さんのことが、……初めてじゃないの？」

「そうだ」

　ぱあん――と、小気味よい音が、誰もいない店内に、高らかに響いた。その余韻が、ぼくの頭の中に残る。残響する。しゃらんしゃらん、と、りすかの右腕の手錠が、少し遅れて、音を鳴らす。反射的に閉じてしまった眼を、ゆっくり開いて、りすかを確認する。ひょっとしたら、また赤い涙を浮かべているかもしれないと思ったが、そんなことはなかった。気丈に、ぼくを、睨んでいる。だが、真っ赤に顔を上気させて、息も、酷く荒かった。的確な言葉が出てこないようだった。それはぼくもまた、同じだった。言葉がない。直截的な暴力に訴えてくるとは思わなかったので、正直なところ戸惑ってたというのもある。無論、ぼくもそれなりに修羅場をくぐっている。他人に殴られたのが初めてだなんて、かったるいことをいうつもりはない。だけれど、りすかにはたかれるというこの状況は――全く、想定してさえ、いなかった。

「う……ど、どうして」

「…………」

「どうして、キズタカはっ！」

　右腕を、返すように、りすかがぼくの、反対側の頬を狙う。けれど、二回目となれば、もうぼくにとってそれは不意打ちではない。ぼくはその右手を、手首のところで受け止めて、反対側の手で、りすかの頬を打ち返した。「ひぅっ！」と、りすかが怯んだところで、椅子から降りて、つかんだ手首を引っ張って、りすかも椅子から引き摺り下ろす。そして、そのまま手首を吊り上げた。

「『どうして』もこうしてもあるかっ！　言っただろう、それは、ぼくとりすかの、『目的』のためだって！『目的』、『目的』、『目的』だ！　それでおしまいだ、それ以外には何もない！　何の犠牲も払わずに目的を達成しようなんて、子供みたいなことを言うな！」

「こ――子供なのっ！　わたしも、キズタカも、どっからどう見ても子供じゃないっ！」

「なんだよ――なんだよ、それは！　馬鹿にするなよ！　それとも所詮、口だけかっ！　そこまで使えないか！　水倉神檎を見つけようって、あのときに聞いたりすかの決意は――ただ言ってみただけか！『目的』が、確固たる目的があるんじゃなかったのか！　ぼくらの目的は――」

「わたしの目的じゃないっ！　そんなのはわたしの目的じゃないっ！　一緒にしないでって言ったでしょう！　キズタカの目的でしょう!?　キズタカはそう言って、わたしを利用しているだけだもんっ！」

「だから、ぼくの目的じゃなく――」

「キズタカはっ！　どうしてっ！」

りすかは目を閉じて、叫んだ。

「どうして――少しだって、わたしの気持ちを考えて、くれないの？」


「――そこまでだ」

思わず振り上げたぼくの手が――後ろからつかまれた。最初は、チェンバリンかと思った。しかし、カウンターからその裏へと姿を消したチェンバリンが、後ろからぼくの手をつかめる道理はない。だが、それにしたって、自動ドアの開く音などしなかった。店の中に誰もいないことは、さっき、確認している。そうでなければ、りすかだって看板を『準備中』になど、裏返したりしないだろう。だが、今、確かに、ぼくの腕は、何者かにつかまれていた。ぼくは、そっと――恐る恐る、後ろを、振り向いた。

「いいのは喧嘩だけど暴力がよくないのは女の子に――じゃあ、ないな。喧嘩はいいけれど、女の子に暴力はよくない、だ」

背の高い――赤い髪をした、男だった。特徴的なデザインの学生服を着ている。中学生には見えないから――高校生か。『奇妙』なことに、ぼくの手首をつかんでいるその右手も、反対側の左手も、細い包帯が、ぐるぐるに巻かれている。酷く白い肌に、酷く細い眼。優しげな表情で、ともすると、女性のようにも見えてしまう。薄い唇で、にっこりと、微笑する。唇の色は、鮮血のように赤い。そして、彼の瞳もまた――赤かった。

「……あんた、誰――」

「お兄ちゃん！」

ぼくを押しのけるように、強引に、緩んだぼくの手を振り払って、りすかは、ぼくより一歩、前に出た。そして、りすかはそのまま、その、学生服の男の胸に、まるで体当たりをするように、飛び込んだ。ぼくだったならその体当たりの勢いで後ろに倒れてしまっただろうが――学生服の男は、それだけの衝撃を、全部まるまま、平然と、受け止めた。そして、男は、ぼくの手首を離して、胸に顔を埋めたままのりすかを、長い両腕で、包帯が巻かれた両手で、そっと優しく、抱きしめるようにした。

「お――お兄ちゃん！　お兄ちゃんお兄ちゃんお兄ちゃん！」

「こらこら。はしたないよ、りすか。お友達も見ているというのに――」と、男は、ぼくに目を向けた。そして、相変わらず、微笑したままで、ぼくに言う。「えーっと……初めまして。りすかのお友達かな？　水倉破記というのは、俺です――じゃあ、ないな。そうそう。俺は、水倉破記といいます、だ」

「……供犠創貴……えっと……です」

ぼくは、名乗りながら、ここに至ってようやく——どうして、この三日間、部屋にこもりっぱなしだったりすかが、今日に限っては、一階の店に降りてきていたのか——先のチェンバリンの態度にしろ——その理由に、思い当たるのだった。それが、りすかにとってぼくを避けることよりも大事なことだったという事実にも。ぼくは——りすかに押しのけられた感覚を、じっくりと——噛み締めていた。それは、何故か、平手打ちよりも、ぼくの体内に、残響していた。

★　★

「『お兄ちゃん』なんていってもね——俺は神檎さんの息子ってわけじゃないんだよ。りすかとは、従兄妹(いとこ)の関係でね。神檎さんの兄貴の、息子なんだ。ま、俺の親父は若い内に死んじゃったから、りすかとは兄妹(きょうだい)のように育った時期があるっていう、それだけの話でね」缶コーヒー、ブラック無糖タイプを飲みながら、水倉破記は、ぼくにそんな、いちいち訊いてもいないことを説明する。「きみのことは、さっきりすかから色々と聞いてきたよ」

「そりゃどうも」ぼくは、百円玉二枚で新たに購入しなおした缶コーヒー（無論、ブラックでも無糖でもない奴だ）を飲みながら、水倉破記に応じる。「……りすかのそばにいてやらなくていいのか？　ぼくが言うことじゃあないが――りすかは今、精神が少々、揺らいでいる。あんたみたいな人がそばにいてやった方が――」

「うん。そう思ってこそ、チェンバリンも俺に連絡をくれたんだろうね――ちょっと学業に勤しんでいる間にりすかが県外に出てたなんて、これはお兄ちゃんもびっくりだ」

「……なんだ。知らなかったのか」

「んー。だね、ひた隠しにされていたらしくてね。チェンバリンがまあ、なんっつーのか、『緊急事態』だと判断したんだろう。忠実なる執事の独断専行、って奴さ。まあ正しい判断だね。あんなに我を失ったりすかを、俺は初めてみたよ。昔から、芯のところじゃあまえんぼさんだったけれどね」

「あまえんぼ……」

風が――更に強くなってきた。吹きすさぶように。ぼくの髪も、水倉破記の髪も、その風に、なびく。だが、お互い、そんなことには――構わない。

「もっとも――」水倉破記は、どこか含みのある流し目で、ぼくを見た。「そばにいてやるのが俺の仕事であるとは、思えないな。ひょっとしたらだけれど、それは多分、きみの仕事だったんじゃあないのかい？　供犠創貴くん」

「……さっきのやり取り、聞いてたんだろ？　なら、そんな台詞が出てくる頭の回路が理解不能だな」ぼくは空になった缶を、自販機の横に設置されていた、ゴミ箱に捨てる。「ぼくのことを聞いたって……あの調子じゃ、どうせ愚痴や悪口だっただろ？」

「ふふ。まあ確かに、随分と派手に喧嘩していたようだけれど——子供の内はよくあることだ。気にすることはない」

「……聞いた風なことを言うなよ」

「不機嫌そうな顔だね。それに、目上の——とは言わずとも、初対面の人間に対する言葉遣いもなっていない。きみは誰にでもそうなのかい？」

「愛想の悪さは父親譲りだ。それこそ、今日初めて会った奴にごちゃごちゃ言われる筋合いはないな」

「それは失礼。それはきみの言う通りだね。……俺くらいの歳になるとまともに人と向き合うことができなくなってね。妥協することばかり折り合うことばかり憶えてしまう。我慢がきいてしまうんだね。その意味じゃ、きみもりすかも立派なものだ」

「あんたも、そんな歳には見えないけれど」

「十八歳。この学生服からも、今年で卒業だ。きみたちからみれば、もう立派なおっさんだよ」飲み干したのだろう、コーヒーの缶を、ぼくと同じように、ゴミ箱に投げ入れる。「コーヒーに砂糖は必要ないってくらいにね」

「……甘いのが苦手なのか？」

「いや、そういうわけじゃない。むしろ、甘いものには眼がないんだけれど。でも、なんてのか、俺、体質的に太りやすくてね。きみくらいの歳の頃にゃあまるまるとした肥満児だったよ。ま、その後ダイエットに成功したけれど、今でも油断はできない。糖分はなるだけ控えるようにしているのさ」

「あれ？　長崎県じゃ、太ってるのが格好いいと聞いたけれど？」

「…………………。……そんなわけないだろう。変なことをいう子だな……」水倉破記は、呆れたように、ぼくを見た。「なんだそりゃ。りすかから聞いたのかい？」

「えっと……つい先日、影谷蛇之ってのを相手にしたときに……」

ぼくは、どうせ隠すようなことでもないと思い、その辺りの経緯を説明する。全てを聞き終わったところで、水倉破記は、なお一層呆れたように、嘆息した。

「……動物になぞらえるのは、確かに敬意の表れだ。動物や植物は人間よりも、より『魔性』を理解しているとされているからね。しかしそれはあくまで全般的にいえることであって、『豚』だけが特にあがめられているというようなことはないよ。それはりすかの勘違いだ」

「勘違い……」ていうか、やはりか。「でも、りすかは、相撲が好きだったみたいだけど……」

「それは、単にりすかの好みの問題だ。長崎県の住人が全員そうであると思われては困るよ。誤解だ、誤解。北海道の人間が全員スキーがうまいとか、京都の人間が全員八ツ橋を主食としているとか、そこと同列に並べられかねないくらいの勘違いだよ」

「…………」

りすか一人が特殊な趣味の持ち主だったらしい。

「まあ、そう――勘違い。勘違い、さ」

水倉破記はもったいぶった風にいう。

「己の価値観が世界の価値観と同一であるという思い込みがゆえの勘違い――ってヤツだ。世界には、感じることも知ることもできない裏っかわがあるという事実、これがほんとの感知外(かんちがい)――なんちゃってね」水倉破記は自分の台詞に自分で笑う。「そういう意味でりすかは全然、子供だよ。そして――きみもね。供犠、創貴くん。『魔法使い』使い」

「…………」

「きみは今まで、りすかと共に数々の魔法使いを打破してきたそうじゃないか――しかし、そんなことで、我らが『魔法の国』を、理解したと思ってもらっちゃあ、困るんだ。きみは何も知らないし、きみは何も、分かっていない」

「……どうかな」ぼくは水倉破記を睨みつける。「果たしてそうなのかどうか――あんたのその手で、試してみるか？」

「この手で？　俺のこの手で？　そりゃあ悪くないかもしれない。試してみるのも、一興だ。しかし、少なくとも俺に言わせれば、試すまでもなく、きみは、魔法の怖さを体験したことは――一度もないね」水倉破記は、ぼくの挑発に応じる様子もなく、今までと何ら変わらない調子で続ける。「きみはひょっとしたら、これまで、りすかと共に歩んだ一年間、散々死線を潜り抜け、修羅場を体験してきた気分でいるのかもしれない。きみからは、それを感じる」

「……？　『感じる』？　『感じる』とは？」

「とぼけなくたっていいさ――それとも、知らないのかな？　きみの身体からは、りすかの匂いがする」

　りすかの――匂い。

「より正確に言うならば、きみの血に、りすかの血の匂いが混じっている……とでもいうのかな。普通の奴ならとても感じ取れないようなレベルではあるが、これでも、俺とりすかは血縁なんでね。その気になって集中すれば、その程度なら分かる。俺はきみから、りすかの存在を感じ取れる」

「…………」

　ふうん……。成程、そういう仕組みだったのか。その仕組みは――りすかからは聞いてはいなかったが、そういうことだったか。だから、ぼくが店を出てからそれなりに時間があったにもかかわらず、水倉破記はぼくを見つけることができた——ということらしい。跡をつけていたわけでは、なかったのだ。

「つまり、それはとりもなおさず、きみはりすかから、血を分けてもらったことがある——ということだ。そうしなければならないほど、生命に損傷を負った経験があるということだ。その経験こそが、その一年の経験こそが、きみにとってはいまや『自信』となっているのだろう——『いい経験をした』くらいに、きみは思っているのかもしれない」

水倉破記はそこで大袈裟に、首を振った。

「が——まだまだ、きみは全然、魔法というものを分かっちゃいない。きみが分かったつもりでいるのは——魔法の、ほんのうわずみだ」

「…………生憎だが」

ぼくは、そんな水倉破記に応える。

「ぼくは昔っから大体、こういう人間だよ。『魔法』とかかわったことで自分の考え方が変わったとか……りすかと付き合うようになって何か新しい自分に目覚めたとか……そういうことは、ない」

「そうとは、とても思えないがね。それに——供犠創貴くん。きみは、りすかの怖さも、まるで分かっちゃいないんじゃないのかな？　りすかは、あの水倉神檎の娘だよ。そんな彼女の頬を叩くなんて——俺から見れば、とても正気であるとはいえないよ」

「……ほっとけよ。関係ないだろ」

「関係はあるね。りすかは俺の妹だ」おっと、と、水倉破記は言い直す。「妹のような存在だ、か」

「そんな細かいところをわざわざ訂正するなよ。まるで後ろ暗いところがあるみたいだぜ、お兄ちゃん」

「……いいねえ。俺が決して嫌いじゃないのはきみのような子供だよ——じゃあ、ないな。俺はきみのような子供は、決して嫌いではないよ、だ。俺のガキの頃を思い出す」一瞬だけ不快そうに眉（まゆ）を顰（ひそ）めたが、しかし、すぐに水倉破記は、表情を微笑に戻す。「ねえ、供犠創貴くん。そんなきみにこんな俺から、一つ、相談があるんだけど」

「なんだよ。相談だか何だか知らないが、言いたいことがあるなら、まあ、聞いておいてやるさ」

「りすかを長崎に連れて帰ろうと思うんだ」

「…………」

「考えたら分かるだろう？　無茶だよ。あの子一人で、神檎さんを探し出そうなんて。あの人は『魔法の国』長崎県の人間が総出になって、それでも見つけ出せないような大魔導師なんだから。さっき話した『血縁』のアレにしたって、『血縁』じゃあ、『そこにいる』のはわかっても『どこにいる』かはわからない。当然、神檎さんは『隠形（おんぎょう）』の術を使っているだろうし。あの人が隠れるつもりになっちゃあ、誰も見つけられっこないんだよ。よしんば見つけ出せたとしても――だからどうにかなるってものじゃない。神檎さんは、親とか子とか、そういう人じゃないんだ。いや――もう彼は、人ではなかったか」

「……連れて帰りたければ――そうすればいい」ぼくは言った。「りすかが帰りたいっていうんなら、それは仕方のないことだ。ぼくに無理に引き止める気はないよ」

「冷たいね。友達だろう？」

「持ち駒だ。ここまで物語が進めば、もう、りすかがいなくなっても、ぼく一人でも、目的地にはたどり着けるさ。多少、時間はかかってしまうだろうけれど、そういう場合も想定していなかったわけじゃない。元々、駒としても持て余し気味だったんだ。飛車が十枚も二十枚もあったんじゃ、とてもじゃないが将棋にならない」

「そこではむしろ女王（クイーン）、と例えるべきだろうね」

「ふん。それであんたは騎士(ナイト)だってか？」

「そんな寒いことは言わないさ。しかし……」

水倉破記は、どうしてか、やけに寂しげに言う。

「きみは本当に——一度だって、りすかの気持ちを考えてあげたことがないんだね」

「……必要ない。持ち駒の気持ちなんて、知ったことか」ぼくは、これ以上そこらへんに踏み入って欲しくなかったので、逆に、こちらから、質問する。「で、りすかは——なんて言ったんだ？　長崎県に、森屋敷(もりやしき)市に帰りたいって、そう言ったのか？」

「…………」

「なんだ？　まさかまだ、りすかにその話を切り出してないのか？　ぼくに先に断っておくような、そんな義理があるようには思えないけれど」

「……帰りたくない、とさ」水倉破記は、苦々しそうに言った。「正直な話、俺の誘いを、りすかが蹴ったのは、これが初めてだ」

「……ふうん」

「予想していたって顔だね、供犠創貴くん」

「別に……でも、一応、ぼくも、聞いてはいるからね。りすかがどれだけ水倉神檎——父親に対して、こだわっているか。あいつにとって、その目的が、どれだけ確固たるものであるか。そのためだけに、城門を越えてこっちに来たんだ。そして、今まで、結構な労力を費やしているんだ。いくら『お兄ちゃん』の言葉だろうと、そう簡単には引けないんだろう。……大体、『お兄ちゃん』のあんたに黙ってこっちに来ているだけで、りすかの決意も分かろうってもんだろ。あんたも『お兄ちゃん』なら、その辺察してやったらどうだ？」

「ふん。随分と生意気な口を叩くね、供犠創貴くん。まあ『城門を越えてこっちに来た』のはその通り、父親探しのためだろうけれど——帰りたくない理由は、本当に、それだけなのかな？」

「……？　別に、それ以外にこだわりはないだろうよ。小学校を登校拒否しているのも、変なしがらみを作らないためだって、そう言ってたぜ」

「勘がよさそうな割に感性は鈍いね、供犠創貴くん。それが——いつか、きみの命取りになるだろう」水倉破記は、よくわからない、見当外れっぽいことを言った。一回空を見上げて、それから、ぼくに向き直る。「単刀直入に訊こう——供犠創貴くん、きみはりすかに、何をした？」

「……特に何も」

「一体きみは——どんな美辞麗句を並べて、水倉りすかを口説き落としたんだ？」

「さあね……」ぼくは、とりあえず、とぼけているように見えるよう、両手を広げる。「大体、りすかに、ぼくの言葉がどれくらい通じているのかっていうのは、ぼくからはどうしたって観測しようがないことだからね」

「きみがりすかをどう見ているか知らないが——りすかはね、そう簡単には懐かないんで有名なんだ。気難しいガキだったんだよ。家庭環境が家庭環境だからね——俺も最初の頃、なんて無愛想な奴なんだと、憤慨していた。そのりすかが——きみには、随分とご執心の模様だ」

「……さて、何かしたかな」

しいていうなら——思い当たることがないでもない。影谷蛇之を相手にしたとき、りすかが『影の王国』相手にぐずったとき、後ろから掛けた発破(はっぱ)が、心当たりといえば心当たり……だが、それをわざわざ、水倉破記に教えてやるつもりはなかった。あれは——いうならば、りすかにとっては、心傷(トラウマ)だ。この前の、影谷蛇之とのときの様なことでもない限り、軽々(けいけい)に口にするべきではない。ぼくも、口にしたくない。そんなぼくの態度をどういう風にとらえたのか知らないが、水倉破記は、特にどうということもなく、言葉を繋げる。

「まあ——なかなかなつかない反面、一度なついてしまうと、もうベタベタでね。ドライなようでいて粘着質だ。表裏のある依存症、とでもいうのが正確なところかもしれないな。一度夢中になると——もうぞっこんだ。彼女自身の性格というよりは、その存在理由に依拠している『現象』だけれどね——」

「……どういう意味だ？」

「優れた刃物は使い手を選ぶだろう？　原理はそれと同じことだよ。元々、彼女が『製作』された理由は、水倉神檎の忠実なる『道具』としての意味が大半を占めていたからね――本来的に水倉りすかは、隷属(れいぞく)性が高いのさ。シビアにしてドライな物言いをしてしまえばね。だから――だからこそ、きみは、勘違いをしている」

「勘違い……」

「水倉神檎の娘を手近においておくことができているがゆえに――きみは、魔法使いを、なめている。魔法使いなんてものは所詮こんなものだとタカをくくっている。魔法使いの怖さを――知らない」

魔法使いの怖さ……。

「それは、あるいはりすかも、そうなのかもしれないな。『赤き時の魔女』だの『魔法狩り』だの呼ばれて、りすか自身、らしくもなく、図に乗っているのかもしれない。それは、りすかの責任とばかりはいえないが――」言い含めるように、水倉破記はぼくを見る。「影谷蛇之を打破したという、その話自体はチェンバリンから聞いて知っていたが――本来なら、そんな存在に、近付くべきですらない。何故そんな危険を犯すのか。簡単だ。単純に、好奇心が恐怖心に先行している、ただそれだけのことなのさ……。きみは、危険を、知らない。きみは、恐怖を、知らない。きみは――」

「きみは、あまりにも最悪を知らない」

「……言いたいことは、それだけか？」

「ああ。言いたいことは、これだけだ」

訪れる沈黙。ぼくは——手の内に隠し持った、ダーツの矢を、その存在を、確かめるように、握り締める。ダーツの矢。魔術文字が大量に刻み込まれた、『影の王国』、影谷蛇之の遺産。さっき、水倉破記が声をかけてくる前から——ずっと、念のために、準備していた。単なる用心ではない。水倉破記が、あの店で——りすかを抱いた姿勢で、ぼくに対して自己紹介をしたときの、あの細くも赤い眼の中に——確実に、こちらに対する敵意を、ぼくは感じ取っていたからだ。用意してある矢は二本。この距離なら——水倉破記が何を仕掛けてこようとも、十分に、対応できる。

「じゃあ——もう帰るぜ」

「いいや——もう帰さない」

水倉破記は宣言するように言った。

「きみは——自分の身でもって、魔法使いの怖さを、知るべきだ。そうして角が取れてしまえば——きみはきっと、きみはもっと、素直でまっすぐな、とてもいい子になれると思うよ」

「……もったいぶるなよ。鬱陶(うっとう)しいぞ」

ぼくは殊更、挑発するように言った。

「妹ォ寝取られてムカついてるってんなら、さっさとかかってこいってってんだよ、水倉破記――！」

「魔法使い相手にその啖呵(たんか)、本当に恐れを知らないようだね――クールなタイプかと思っていたが、意外とアツい少年じゃないか！　しかし供犠創貴くん！　きみにとっては残念ながら、俺は全然、妹を寝取られてなんかいないさ！」しかし、平然と、水倉破記は応じた。「いつだって今だって、りすかは俺の味方なんだよ――いつだってい、い、今だって！」

今……だって？　今――

「今だ！　狙えっ、い、い、りすか！」

「……………っ！　…………畜(ちく)――」

不意をつかれ――ぼくはばっと、ほとんど反射的に、後ろを振り返る。すると、そこには――そこには、誰も、いなかった。そこは、ただの空間であって――誰も、いい、いなかった。

「――生(しょう)っ……！」

「遅いね」

振り向き直ったと同時に——視界が真っ赤に覆われる。咄嗟に、ぼくは一歩下がって距離を取る——これは、なんだ？　液体——水、否、血、血液？　眼をあけてみれば——ぼくの身体、その顔面から腹部にいたるまでの上半身が——血で、真っ赤に、染まっていた。見れば、水倉破記の右手——包帯が解かれたその右手から、だくだくと、血が、流れている。その血液を投げつけられたらしいが——しかし、馬鹿な。いつの間に、あんな、馬鹿でかい——えげつない、深々とした傷が、手首に——

「ふふ」ぼくの視線に気付いたか、水倉破記は勝ち誇ったように笑う。「俺の血液もりすかと同じでね——魔法式が織り込まれている。神檎さんによってね。もっとも——りすかのように『ありとあらゆる』魔法式とはいかないし、魔法陣までは、組まれてはいないんだけれど。そして——この包帯、だ」

言いながら、水倉破記は包帯を巻き直す。すると、どうしたことか、驚いたことに——あれだけ流れていた血が、ぴたりと止まった。包帯には、血さえも滲んでいない。だが、この段階にいたっては、さすがにぼくも認識できている——その、包帯が巻かれる一瞬、一瞬だけ浮かび上がった——その魔術文字を。

「それも——魔法式か」

「俺の血液は、りすかに比べたら恥ずかしいくらい格段にレベルが低くてね——いちいち傷を作ったりしてられないのさ。まあ、もらい物にケチをつける気はないけれど……だから、その苦肉の策が、この包帯。傷口の時間を止めておく作用がある」水倉破記はいう。「だが悲しいかな、にわか知識だね、供犠創貴くん。この包帯は、魔法陣だ」

「……魔法陣の作用は、一回きりじゃないのか？」

「それも、りすかからそう聞いたのかい？　まあ、基本的にはその通りだが、別に、裏技くらいいくらでもあるさ……きみはどうやら、随分とりすかに信頼を置いているようだね。あんな子供のいうことを真に受けるなんて――きみらしくもない。りすかの知識も、随分と偏っているんだよ？　彼女は何も知らない子供なのさ。もし知ってさえいれば、そもそも神檎さんを追いかけようなんて、思いもしないはずだしね。恐怖を知らないというのは、つまりそういうこと。何も分かっちゃいないんだ。だから、俺がこうして骨を折る羽目になる。きみも、知りたいことがあるなら、チェンバリンにでも訊くのが適当だろうに」

「それ以上――りすかを侮辱するな」

「侮辱？　違うね、これは親しみの表現だ。そして、親しみの表現だからこそ――きみは苛立っているんじゃないのかい？　……しかし、それにしても、さっきの顔は見物だったぜ、供犠創貴くん。りすかから攻撃を受けるという仮定が――そんなにも意外だったか。きみには、そこまで、りすかを手懐けているという認識があるわけだ。裏切られるなんて、とても思えないほどに」

「……そりゃ、驚くさ、驚かせてもらったさ。駒が主人を裏切るなんて仮定は、ありえないからな」

「ふん。いい加減、不愉快だな」

水倉破記の表情から――笑みが消えた。

「はっきりしろよ。きみはりすかをどう思っているんだ？　駒を『侮辱』されたくらいで――そんなに怒るものなのか？　それとも、県外じゃあ、そういう考え方が一般的なのか？　ええ？」

「ぼくから何を聞きだしたいんだか知らないが――余計な口を利いてる場合ではないだろう！　こんな血を浴びせるだけが、貴様の攻撃か！」

「ああ。俺の攻撃は、それだけだ」

その瞬間だった。ぼくが、水倉破記に詰め寄ろうとした、その瞬間だった。一際強く風が吹いたと思った、その刹那――ぼくと、水倉破記との間を、狙い澄ましたかのように――物体が、高速で、通過した。視覚できなかった。上から下への風を感じたと思った次には、もう、その物体が、粉々に砕ける音を聞いた。まず下を向いてその物体を確認し――ついで、上を向く。それだけで、起きた事象は確認できた。

「…………っ!?」

自動販売機の真上に――はみ出すように設置されていた看板が、風に煽られて、外れて、落ちてきたのだ。理解し、ぞっとする。もし――これがあと一瞬でも遅かったなら、この看板は、ぼくの脳天を――直撃していただろう。

「な……これは、どういう……!?」

上に向けていた顔を、水倉破記に戻す。しかし、水倉破記は、もうそこには存在していなかった。既に、ぼくからずっと離れた場所にまで、走って、離れてしまっている。「な――！」と、ぼくが、自分の迂闊さに驚き、呆れ、慌てたところで、十分距離を取ったところで、水倉破記は、こちらを振り返って、脚を止めた。

「悪いが――これから何が起こるかは、術者であるこの俺にも予想がつかないのでね！　巻き込まれるのは御免だ、少しきみとは距離を置かせてもらう！　それから――」

そして、水倉破記は、微笑する。

「――これは別に勝負じゃない！　いうなら、俺がきみという少年を認識するための手段！　勝負じゃない、俺が一方的にきみを『試す』だけ！　降参したくなったら、いつでもそういってくれれば！　長崎に帰るようりすかを説得してくれる気になれば——俺の相談に乗ってくれる気になれば、いつでもそう言ってくれればいい！　そうすれば、すぐに魔法を解呪（キャンセル）してあげよう！」

それだけ言って——水倉破記はまた、正面を向いて、ぼくに背を向け駆け出した。ぼくは、咄嗟に、どうしていいのか、わからない。まず、足下にある、この、落ちてきた看板に、どうしても意識が行ってしまう。この看板が落下してきたのが——奴の魔法？　確かにこんなものが頭に当たっていれば怪我（けが）じゃあすまなかったろうが、しかし、それにしては、呪文の詠唱も何もなかったし——事前に細工をする暇なんてなかったはず。この——浴びせられた血、か？　これが何か——『これから何が起こるか』わからないだって？　馬鹿な——何を言っている。しかし、少なくとも——

「——ままよっ！」

とにかく、奴を、逃がすわけにはいかない。ぼくは、水倉破記の後ろ姿を見失わない内に——駆け出した。が、駆け出そうとしたところで、バランスを崩す。崩したまま、転倒してしまい、アスファルトの地面で、思い切り、身体を打ってしまった。……見れば、靴紐がほどけていた。太過ぎて、結びにくい靴紐だから……。その靴紐を、自分で踏んでしまったらしい。畜生——この大事なときに、なんて間抜けな。ぼくは片手をついて起き上がり、まず、解けていた靴紐を結び直す。顔面が熱い。どうやら、転倒した際に、鼻血が出てしまったらしい。腕でぬぐって、それから、ようやく、ぼくは駆け出す。手の内の『矢』を確認して。もう、水倉破記の姿は、豆粒のようだった。だが、まだ見失うってほどじゃない、十分に追いつける……いや、しかし、あの方向はまずい。確か、あっちには、地下鉄の駅があったはずだ。電車に乗られてしまえば、完全に逃げ切られてしまう。

「……逃がすかっ！」

『矢』のほとんどは、家においてあるので──ランドセルに入れている分も含めて、今現在、手持ちの『矢』は五本。どうやら、水倉破記の魔法は『直接攻撃型』ではないようなので──この影谷蛇之の『矢』で動きを封じてさえしまえば、その時点で決着だ。あの男──ぼくに、この供犠創貴を、『認識』だと？ ぼくを『試す』だと？ なめやがって──どれだけぼくを馬鹿にすれば気が済むんだ。りすかの兄だか従兄だか知らないが──そこまでぼくを馬鹿にして、無事で済んだ人間が、魔法使い非魔法使い問わず、一人だっているとでも思っているのか？ いいだろう、どうせしこたま機嫌が悪かったところだ、存分に叩きのめしてやる！

「──ぐあっ！」

大分水倉破記の姿が見えてきたところで──また、ぼくはアスファルトの道路の上に、転んだ。今度は、反対側の靴紐だった。また──畜生、こんなときに、鬱陶しい……！　膝が擦り剝けていて、血が出ていた。やれやれ、全身血まみれだ。長ズボンをはいてくれればよかった。顔を起こす。水倉破記の姿を探す。水倉破記は、横断歩道のところで、信号が青に変わるのを待っていた。ほとんどクルマなんて走っていないのに、律儀なことだ。『魔法の王国』には自動車がないので、そのあたりのルールを、かえって厳格に捉えているのかもしれない。なんにせよ——今がチャンス。ぼくは立ち上がる。膝の傷は、そんなたいしたことはない。ただ、鼻血が出たせいで、呼吸がしづらいのが、走る上では厄介だ。だが、この程度の距離なら、一気に詰められる。ぼくは呼吸を止めて、水倉破記に向かって、駆け出した。完全に、奴を『敵』と認識した上で。ぼくとりすかの——目的の、邪魔、とした上で。

「きみは——今、冷静さを、失っているね」水倉破記が——こちらを振り向きもせずに、信号を見たままで、さして、ぼくに向けている風でもなく、独り言のように、言う。信号の色は、まだ、赤い。「りすかに反抗されたことが、そんなに腹立たしいかい？　それとも、いきなり現れた、りすかの身内である俺に対し——嫉妬しているのかな？」

「……妄想としてもあまりにも馬鹿馬鹿しいな！」

もう少しで追いつけそうな距離に至って、ぼくが手の中の『矢』に気をやったところで、信号が、タイミング悪く、青に変わった。普通ならば、自分が来たところで

『タイミングよく』青になったというべきなのだろうが——この場合は、赤のままであってくれた方がずっとよかった。手が届きそうな、ぎりぎりのところで、また、水倉破記が駆け出す。まあいい——そもそも、あんな華奢な身体だ、そんな体力があるようには見えない。時間さえかければ、いずれ、ぼくが追いつく——と。

「——……なんだとぉ!?」

横断歩道を一気に駆け抜けようとしたところで、右から聞こえてきたクラクションの音に、ぼくは反射的に脚を止め、背中から倒れこむように、無理矢理、後退、元いた歩道へと、バックステップで転がった。受身を取れるはずもなく、これで、今日、連続で三度目の転倒だった。しかも今度は後ろ向きなので、瞬間、完全に絶息する。

「し……信号無視、だと……?」

そんな——珍しいことではない。元々、クルマの通りの少ない道だ。変わったばかりの信号なら、高速で通り抜けてしまおうというドライバーがいても、全然おかしくはない。左右を確認せずに道路を渡ろうとした、それは、ぼくの失態といってもいいだろう。だけれど——なんかさっきから、全部——歯車がかみ合っていない——まるで、全部が、うまくいかないような——いくらなんでも、運が悪過ぎるような——

「そろそろ理解してきたかな？　俺の『魔法』——」既に、横断歩道を渡りきった水倉破記が——すんでのところで、信号無視のクルマよりも先行した、水倉破記が——

無様にすっ転んでいるぼくに、横断歩道越しに、声をかけてくる。信号は、もう、早くも、赤に変わってしまっていた。これもまた――タイミング悪く。「俺の名前は水倉破記！　称号は『迫害にして博愛の悪魔』！　属性(パターン)はりすかと同じく『水』！　そしてその種類(カテゴリ)イイは――」

水倉破記の――種類(カテゴリ)は――

「『運命』だ！」

運命――運命干渉(かんしょう)系か！　それも、その系統の、そのものど真ん中！　りすかの『時間』よりも――それはある意味で恐ろしい！　しかも、確か十八歳といったか――それなら、魔法使いとして、かなり成熟しているはず！　そう――そういえば、確か、いつだったか――ぼくはりすかに聞いたことがあった！　『迫害にして博愛の悪魔』と呼ばれる――一人の魔法使いに、ついて――その恐ろしさについて！　それは、記された約束を破る者――

「み、水倉、破記――！」

ぼくは身体を起こそうとする――が、しかし、そこで、どうしてだか――身体が、ぴくりとも、微動だにしなかった。両腕に力を込めても――全然、身体が、半身を起こしたその姿勢から、動こうとしない。いや、これは動けないというよりも——『固定』されている！　『固定』されているだとぉ!?　そしてぼくは——視界の隅に、信じたくないものを、とらえた。ぼくの影に——『矢』が一本、刺さっていたのだ。そう——『影』を、『縫い付ける』ように。そういえば、ぼくは今、地面に両手をついている——さっき転倒したときに、『矢』を、手放してしまったのか！　そしてその、手放した『矢』の内一本が——不運なことに、ぼくの影を、縫いつけてしまったと——そんな馬鹿な！　いくらなんでもそんなこと——そんな偶然、ありえない！

「な、あ、ぁ——！」

だが——ありえないことは、それで、おしまいではなかった。まだ——続く。続く、続く、まだ続くのだった。再度——ぼくの聴覚を、強烈なクラクションの音が襲った。そして今回は、それに加えて——タイヤが乱雑にスリップする、そんな音まで！　『固定』されている視界の中には、まだ、この場で何が起こっているのか、何が起ころうとしているのか、その映像は入ってこない。横断歩道の向かいにいた水倉破記が、てめえの魔法だっていうのに、その意外さにびっくりしたような顔をしている、そんな図だけが、今何が起こっているのか、これから何が起ころうとしているのか、ぼくに与えられている唯一の情報だった。自分でも予測のつかない魔法——なんだっけか。そして——ようやく、ぼくの視界の端っこに、その、水倉破記も驚愕した、その映像が入ってくる。

「…………嘘だろぉ!?」

猛スピードの大型トラックが――ぼくの倒れている、ぼくが磔（はりつけ）のように『固定』されている場所に向けて、突っ込んできていた。かなり大きなトラックで、明らかに、制動を失っている。帽子をかぶった中年の運転手の、必死そうな表情が、スローモーションのように、ぼくの瞳に刻み込まれる。ハンドルの操作を――誤ったのか！　トラックから逃げようにも――ぼくの身体は完全に、『固定』されている。逃げるどころか、迎え撃つことすらできない。この窮地に――対応することができない！　水倉破記！　そして、ぼくは――

「う、ぐぐうぅっ！」

世界の終わりのような、破壊音を聞いた。

★

★

「運命干渉系？」

「うん。そうなの」りすかは、頷いた。「わたしの魔法は、分類されるのが、そういう種類（カテゴリ）なの。他には——そうね、未来視や過去視なんかも、運命干渉系なの。要するに、『定められた物語』に、積極的に関われるような種類の魔法ってことなの」

「『定められた物語』——そんなのがあるのか」

「一応便宜（べんぎ）上『ある』ってことになってるの。もっとも、わたしみたいなのがいるから、その物語も、割と可変だったりするの。あれだね、電流がプラスからマイナスに流れると考えるみたいなものなの。……まあ、運命干渉系の魔法使いなんて、レアもいいところだから、わたしも、あんまり会ったことは、ないの。そもそも、あまり使い勝手のいい魔法じゃないから、あんまりいないのが、習得しようという人自体なの」

「そうかな——運命に干渉できるって、結構いい感じの魔法に思えるけど。りすかの『時間』以外には、どんな魔法があるんだい？」

「ん……」りすかは少し考えた。「そうだね。一番よく知っているのがわたしなのは——そのもの、『運命』を種類（カテゴリ）にする魔法かな。術を打ったその対象に——不運をもたらす、そういう魔法」

「不運……？」

「なの」りすかは頷いた。相変わらず、暢気そうな感じで。「さしずめ、『記された約束を破る者』——という魔法。その人は、わたしが『赤き時の魔女』と呼ばれているのと同様に、『迫害にして博愛の悪魔』と呼ばれてるの」

「えらく長ったらしいな。センスが感じられない」

「称号は自分でつけるわけじゃないから、本人の所為とはいえないの。わたしの、親戚の人なんだけど——まあ、手に負えないような魔法使いなの」

「不運をもたらすって……へえ。なんか、魔法ってよりは、『呪い』って感じだな。『魔女』だの『魔法使い』だのらしいっていえば、一番らしいのかもしれないけれど……。具体的には、どんな風に？　適当に不運の方から寄ってくるってわけでもないだろう」

「ううん、その通り。一体何が起こるのかは、術者本人にも分からない——完全に自律型、そして非随意系の魔法。術者の意思は、あるいは精神は、そこには伴わない。とにかく、どう足掻いたところで本人の意思や意図とは何の関係もなく——不幸になる」

「酷く抽象的だな……まるで実像を結ばない」

「抽象的だから、怖いの。具体的でない分——曖昧で単純な分、どうとでも、応用が利く。応用範囲が広い魔法ほど脅威であるって、そういったのはキズタカじゃない。単純ゆえの複雑。その意味で、この『抽象』さは怖い——馬鹿みたいに応変の幅が広い。ほとんど無数に、ほとんど無敵に」りすかは言った。「最悪、死ぬの」

「死ぬのかよ」

「ていうか、死ぬまで続くの」

「……嫌過ぎるな。まあ、別に、そんな奴と会うことはないだろうから、気にするほどのことじゃないとは思うけど、知ってしまえば気になるってか、不安になるね……。そんなものが『ある』というだけで。りすか、何か対処法はないのかい？」

「ん……さあ。わたしも、使っているところはそんな見たことがないから……話に聞くばかりで」りすかは首を傾げ、カッターナイフの刃を、『きちきちきちきちき ち……』『きちきちきちきちきちきち……』と、出し入れする。「多分、術者が術を解くか——魔力を失うかすれば、自然、魔法は解呪されると思うの」

「要するに、相手の身柄を拘束すればいいって、そういうことなんだな」

「まあ、一言で言っちゃえばそうなんだけれど——『不幸』に見舞われ続けている状況の中、それがどれだけ難しいことか——キズタカなら、大体分かると思うの」

「まあ——ね」ぼくは頷く。「『不幸』の程度にもよるけれど……しかし、それにしたって、『魔法』である以上は、その対応策——都合のいい対処法が、何かありそうなもんだけどな……」

「かもしれないの。でも——」

りすかは言った。

「たとえ対処する方法があったとしても――わたしは、あの人を、絶対に、敵に回したくない――」

「……だぁあ！」

ぼくは――頭の中で、未だしつこく、ぐるぐる回り続けていた走馬灯を吹っ切るように声を張り上げて――そのトラックの下から、這い出した。周囲を見れば、さすがに結構な騒ぎになって、人が集まり始めてきている。車道の方に眼をやった。信号の色が赤だろうと青だろうと、クルマは、縦方向も横方向も、両方、停まっていた。交通は完全に麻痺(まひ)してしまっているようだ。それを確認してから、トラックを振り返れば――やはり、かなりの大型。十トントラック――といったところか。改めて、戦慄(せんりつ)する。こんなものに轢(ひ)かれていたら、ぼくくらいの矮軀(わいく)、下手をしていれば跡形も残らないところだった。しかしまあ、お陰で助かったといえば助かった――と、言えなくもない。車体がこれだけ大きかったからこそ、その車体の下を潜り抜けるように、ぼくは無事で済んだのだから。車高と車幅が、あとほんの少しでも……タイヤの円周があとほんの少しでも短かったなら、それでぼくの身体の前半分が、綺麗に削り取られているところだった。そしてどうやら、車体がそのまま後ろの壁に突っ込んだ際の衝撃で、『矢』もどこかに吹っ飛んで、ぼくの影からは抜けてくれたようだ……

「とにかく――これで、あいつの『魔法』について、分かったことがあるな」

まず……今、ぼくの身に起こっている数々の不幸は、別に連鎖しているわけではない――（でなければ、トラックの『事故』の衝撃で『矢』が抜けてしまうような、そんな種類のアクシデントは起こらない――『不幸』だけで数えるなら、『固定』はない方がいいくらいだった）。あくまで、一個一個の事象が完全に独立して、個別に起こっているだけなのだ。本当に、たまたま、偶然、運命の悪戯によって――これは、起こっていることなのだ。そして――どうやら、今のでどうやら確信が持てたが、起こる『不幸』というのは、相対的な不幸ではなく、絶対的なそれを指す、らしい。ぼくの意志がどこにあるかは――確かに、あまり関係がないと見た。とすると、そのあたりに、突破口があるか……？　とにかく、これは、この魔法は――確率的な、問題なのだ。だがしかし、やれやれ――鉄道に誘拐、それに続いて確率論（プロバビリティー）の犯罪とくれば、本当にくだらない推理小説もさながらだな。そんなのが面白いとでも思っているのか？

「…………」

ぼくは黙って、唇を引き締め、飛び散っているガラスの破片やなんかに気をつけながら、その辺りに落ちていた帽子を手にとって、被った。車体の下からはこっそりと抜け出したので、まだぼくの姿は見つかっていないようだが、それでもどんどん人が集まってくるようだし、あまり姿を見られるのはまずい。軽い変装といったところだ。この帽子は、トラックの運転手のものだが——運転手がどうなったのかは……まあ、普段の行い次第といったところだろう。帽子——ふん、また、りすかのことを連想してしまった。暗示的な……。くそ——なんだか、調子が出ない。りすかと言い合ったことが——胸に、悪い感じに残っている。気持ち。水倉りすかの気持ち。そんなのを、考えたことくらい——あるけれど、しかし、本当の意味で、と問われたら——そんなことは、確かに、一度もない。だが本当ってのは、一体なんだ？　この世界に、そんなものがあるとでも——思っているのか？　この世界に、そういう本当のものがないからこそ——ぼくが、その本当を、作ってみせようと、しているんじゃないのか。

「…………あっ！」

なんとなく、辺りに視線をさまよわせていたら——いい、いた。とっくに、この騒ぎの隙に、混乱に乗じて逃げられたと思っていたのに——道路を挟んで向かい側。地下鉄の駅に降りる階段のところに——水倉破記がいた。ぼくと眼が合ったところで、ふ、と、水倉破記は笑って、その階段を、奥へと降りる。ぼくはもう、なりふり構っていられなかった。このままでは——ぼくは本当に、『死ぬまで』不幸に見舞われ続ける。冗談じゃない。あいつを――水倉破記を、逃がすわけにはいかない。絶対に。絶対に、絶対に。身体を低く伏せて、道路を斜め向きに横断する。クルマは停まっているので、今度は、さっきのような種類の『不幸』はないはず――と頭では分かっていても、どうしても、警戒してしまう。この手の『疑心暗鬼』もまた――魔法の内か？道路を渡りきって、地下鉄への入り口へと、飛び込む。水倉破記は、折り返しの踊り場のところで、もたもたしていた。ぼくの姿を見て、水倉破記は意外そうな顔をする。あれだけの事故を放置して、ぼくがこんなに素早く行動を起こしてくるとは、思っていなかったのだろう。だが生憎――反応の速さにかけては、このぼくは、誰にも負けない自信がある。しかし、よし、それなら都合がいい。ならば、更に思いもよらないような行動にでてやる。ここで、一気に畳み掛けてやる。ぼくは飛び込んだ勢いでそのまま、踊り場で固まっていた水倉破記に向けて――身体を投げ捨てた。本来ならば、たとえ不意打ちであっても避けられないような種類の攻撃法ではないが、重ねた、畳み掛けた意外性という意味では、硬直した身体で、そうそう回避できるかどうか――

「ふっ――」しかし、水倉破記は、例によって、余裕のある、微笑をするのだった。

「言っておくが――俺の魔法は、俺に近付けば近付くほど――効力を増すぜ」

それと言葉と、どっちが先だったか――ぼくは、思い切り、全身でもって、衝突した。しかし、その相手は水倉破記ではなく――階段を下から駆け足で昇ってきた、見知らぬ、サラリーマン風の、大柄な男だった。目測していたのよりもやや近い地点で衝突したので、身体に返ってきた反動は、思っていたよりずっと大きなものだった。ぶつかった男の体格のせいもあるだろう。そのまま、跳ね返って、ぼくは階段の角のところで、背中を打つ。

「ぐ……ぐぁ……」

ぼくが呻いているのにまるで構わず、ぼくが衝突したその男が鞄の中身を思いっきりぶちまけてうつ伏せに倒れてしまっているのにもまるで構わず、水倉破記は微笑を残して踵を返して、駅へ向かって、階段を降りていく。まずい――電車に乗られると、かなりまずい。いや、落ち着け。改札口をくぐるためには、切符を買わなくてはならないはず。その手間を考えれば、十分に追いつける――ぼくは、痛む身体に鞭打って、起き上がる。大丈夫、どこかの骨が折れたとか、そういう感じはない。「うう……」と、うつ伏せに倒れていたその男が、苦しげに、顔を上げようとした。その後頭部を狙って、ぼくは、踵を打ちつけた。顔を見られるとまずい。ごつんと鈍い音がした。いい感じだ。ぼくは一瞬だけ背筋を反らせて、水倉破記の跡を追って、階段を駆け下りた。ぼくが階段を降りきったところで――だが、水倉破記は、今まさに、改札を通り抜けるところだった。

「な……んだと？」

　ぼくはその現実に、戸惑う。馬鹿な——最初から、この事態を想定して、前もって切符を用意していたというのか？　それはない、ここまでの経緯みたいなものをあらかじめ想定できるわけがない。それは奴自身が言っていたことでもあるし、そうでなくとも、今日佐賀県河野市に来たばかりの水倉破記に、そこまでの土地勘があるわけがないのだ。なら、あのトラックの事故の隙に——いや、それも違う。それもない。そんな、いくらなんでもそれだけの時間はなかったはずだ。ぼくは、『固定』が解けてすぐに、トラックの下から這い出した。逃げ出す暇くらいはあっても、切符を買って更に戻ってくるような暇はなかったはず。なら、一体——ああ、いや、そうだ。今改札機の取出口から出てきたのは、切符よりやや大きかった——多分、あれは定期券だ。そうか、どうやったのか知らないが、さっきの、踊り場のところでぶつかった、あの男——あのサラリーマン風の男がぶちまけた鞄の中身から、定期券を、盗ったんだ。魔法を使うまでもなく、その余裕はあった。人のものを盗るなんて、なんて酷い奴だ。とか言って——ああ、そういうことか、そういうことになるのか。ぼくに不幸が寄ってくる分——それと敵対しているところの水倉破記には、幸運が寄っていく、ということか。システムとしては、水倉破記の幸運もまた、ぼくにとっての不幸、ということになる——ゆえに。ぼくが、奴に近付けば近付くほど——そういうことになるわけだ。まあ、だからといって、あまり近くにい過ぎると、看板やトラックの事故みたいなのに、巻き込まれることになるのだろうが——とにかく、どうしようもない。大幅な時間のロスになってしまうが、ぼくは、切符を買うしかない。ここで改札を飛び越えるような危険な真似(まね)をしなくとも、電車には決められた発車時刻というものがある。まだ奴に追いつけるだけの時間的余裕はあるはず——ぼくは改札口を迂回(うかい)するように、券売機へと向かう。ランドセルから財布を取り出して、小銭を準備し、券売機に投入しようとする。とりあえず入場券でいい——と、券売機の小銭投入口に、百円玉が、入らなかった。表示を見れば、その券売機は『発売中止』だった。舌打ちして、隣の券売機に。投入した百円玉が、すぐに、返却口から落ちてきた。投入し直しても、同じ。何度投入しても、返却口から、百円玉は戻ってくるのだった。どうやら、この百円玉には傷がついているらしい。しかし、財布の中を見ても、あとの小銭は十円玉ばかりだった。これでは、たとえ入場券分の料金でも、料金分だけお金を入れるのに非常に手間がかかる。あ、あの自販機で、水倉破記に、コーヒーを奢って、自分の分も、百円玉二枚で買ってしまったから……って、おい、なんてせこい不幸だ！　しょぼ過ぎる！　こんな、こんな小さな不幸まで寄ってこようっていうのか!?　叫びだしたい衝動をこらえて、ぼくは一枚一枚、丁寧に、十円玉を券売機に入れた。十三枚入れたところで、ようやっと、入場券のところのランプが点灯した。まさかここで券売機が故障したりしないだろうなと身構えたが、さすがに、そんなことはなかった。ちゃんと、普通に、切符が出てきた。そんな当たり前の事実に、ぼくは酷く安心する。ひったくるようにその切符を抜き取って、ぼくは改札機に向かう。改札機を通過して、エスカレーターを駆け下りて、更に地下へ。さすが駅の構内となると、人が増えてきて、鼻血やらすりむいた膝(ひざ)やら、そして何より、ぶっかけられた水倉破記の血液やらで——注目を浴び始めたが、しかし、今はそんなこと、構っていられない。幸い、この駅は、ホームが一つしかない種類の駅だ。上りか下りかを考える必要はない——

「……って」

そうだった——今の、ぼく、に、『幸い』なんて、言葉、は——ないの、だった。ホームには、たった今、正に今この瞬間に、上りの電車が到着したところで——そして、

「おいおい——おいおいおいおいおいおいおいおいおい」

その電車から、大量の高校生が、降りてきた。

「冗談じゃ——ない」

全員——学生服を着ている。無論、デザインは水倉破記の着ていたものとは違うのだけれど——そんなこと、遠目には、判断、区別ができるわけもない。この時間——ぼくの学校は、五年生は今日は五時間で終わったけれど——高校生は、丁度今が、帰

宅ラッシュ、か……。十人や二十人では、きかない。この田舎町における、朝夕、数少ないラッシュ。完全に、人の海だ。無論女子もいるが——男子学生の方がずっと多い。これが——こんなものまでが魔法だっていうなら——そんなの……一体、どうやって、対応しろっていうんだ？　この攻撃には、いわゆる『意図』ってものがない——ただ単に、『運命』を歪めているだけ。魔法使いにしろそうでないにしろ、人の意図が入っていないものに、『対応』するなんて真似は、土台不可能なのだ。影谷蛇之の『魔法』は、水倉りすかに対して究極の相性の悪さを示したが——水倉破記の『魔法』は供犠創貴と相性が悪過ぎる！　冗談じゃない。これが——魔法の恐ろしさ。これが——水倉破記いうところの、魔法だって、そういうのか？　正しく問答無用——何をするまでもなく、ただ、血を振り掛けるだけで、これだけのことが。抽象的であるがゆえの、恐ろしさ。『二番線の——列車が、発車します——』と、そこに、構内放送。まずい——これはまずい。もし、この電車に、水倉破記が乗りこんでいたら——もう、完全に、逃げ切られてしまう。そうなれば、ぼくは——りすかの言葉を鵜呑みにすれば——死ぬまで、不幸と仲良しさんだ。ある意味、それは死神よりもたちが悪い。だが、だからといって、それは、ぼくがこの電車に乗って、それが的外れだった場合も——同じことだ。その場合、客観的に見て、ぼくはかなりの間抜けになってしまう。そして——今のぼくは、間抜けを演じさせるのが最高に似合う。甘く見ちゃ駄目だ、選んだ選択肢は、まず間違っていると考えるべきだろう。だが、その逆を選ぶといっても——それだって、外してしまう可能性が高い。確率は本来二分の一のはずなのに——現在、それはほとんど、十中八九だ。

「……こっちかっ！」

判断基準なんて、何もない。強いていうなら、その電車の車体が——赤かったことくらいだ。ぼくは、電車の中に、飛び込もうとした。逃げるものの心理とすれば、この状況、電車に乗るのが自然といえば自然なはず——なんて、後付けの理論を、頭の中で構築しているところに、

「おーいっ！　供犠創貴くんっ！」

と、遠くの方から、ぼくの名前を呼ぶ声が、聞こえてきた。見れば——ずっと離れた場所で、手を振っている、背の高い男がいた。水倉——破記だった。ぐ、とぼくは唾を飲む。間にはまだ、かなりの人数の高校生がいる。水倉破記はさっと、その高い身長を伏せて、姿をその中に混ぜ込んでしまった。まずい、また見失う——しかし、こんなところで人ごみを掻き分けるような騒ぎを起こすと、目立ってしょうがない。ただでさえ、今のぼくは、鮮血のファッションを身にまとっているというのに——とにかく、大体の基準を定めて、奴を追うしかない。

「——水倉破記っ！」

ぼくは力の限り叫んで、自らを鼓舞し、駆け出す――とにかく、ぎりぎりのところで、電車に乗らずに済んで助かった。乗っていたら、水倉破記とは永遠に、引き離されてしまうところだった。奴が声をかけてきてくれて助かった――助かった、だと？違う――待てよ。どうして水倉破記は、ぼくに声をかけてきた？黙っていれば、ぼくは電車に乗ってしまい、奴の勝利が確定したというのに――奴は労なく、勝利条件を満たすことができたというのに――手心を加えた？情けをかけられた……いや。そう、確か――りすかと、同じ？魔法式っ！

「――そういうことかっ！」

一歩駆け出したところで、ぼくは無理矢理、さっきの信号無視のクルマを避けたのと同じ要領で――バックステップで、ぷしゅーと空気が抜けるような音と共に、閉まりかけていた電車のドアーの隙間を、通過というよりはもう透過するくらいの心持ちで――飛び込んだ。そう、駆け込み乗車どころでない、飛び込み乗車。両側から閉じてくるドアーに、膝をすりむいていたためか、少し遅れた右足首を挟まれる。かなりの激痛が、走った。だが、声をあげるわけにはいかない。駅員が気付いて、ドアーを開けてしまったらおしまいだ――水倉破記が乗り込んできてしまう。ぼくは、無理矢理、挟まれた足を、車内へと引き抜こうとする。駅員に気付かれてしまってはおしまいだけれど、このまま発車されてもかなりまずい――ホーム端に設置されている鉄柵にでもぶつかれば、右足がぶっ飛ぶ。ううう、とぼくは唸る。想像以上に、ドアーの締め付けはきつい。とても、引き抜けそうにない。助けを求めた方がいいかもしれない、という考えが頭をよぎる。だが——それは、同時に、水倉破記への、敗北を意味する。そして——

「うううううううう……だぁあ！」

——そして、ぼくは、発車する寸前に、足を、車内に、引き込むことに——成功した。しかし——……しかし、やれやれ。ついてない。不幸も不運もはなはだしい。買ってもらったばかりの靴を——失った。……足首のところまである靴で助かった、といったところか。靴だけ、ホームにおいてきた形になるが——水倉破記の奴、拾っておいてくれないだろうか？　ぼくは、息を整えて、立ち上がる。挟まれた足首は、相応のダメージを受けてはいたが、それでも骨に罅が入っている程度のようだ。車内に、まばらにいた人間が（大体の乗客は、さっきの駅で降りたらしい）、何事かとぼくを見ていたが、ぎろりと睨み返してやると、みな一様に、眼を逸らした。関わり合いになるのは面倒だ、と判断したのだろう。賢明な判断だ。無論、無能どもにしてはだが。ぼくは、空いている椅子に、ぽすんと、腰掛けた。

「…………ふん」

それから、電車は駅を二つほど通過したが——何も、不幸が起こる気配はない。やはり——思った通りだ。この血は——水倉破記のこの血液は、奴本人も言ったよう、『魔法式』。『式』であるならば、詠唱はともかくとして、術者がそばにいる必要がある——術者がそばにいればいるほど、魔法は効果を増す。それは、りすかから聞いた、魔法入門初歩知識である。奇しくも、水倉破記自身、そんなようなことを言っていた。あれは、ぼくの『意表』を突いた行動に驚いたがゆえの失言だったのだろう——『近付けば近付くほど効力を増す』。ならば、離れれば離れるほどこの『魔法』の効力は低下するということにならなければ、理に適わない。横断歩道のところで、すんでのところで奴の背中に手が届きそうになったとき、自動車事故という最大の不幸が襲ってきたのに比して、奴が地下鉄のホームに降りてしまったとき、券売機のところで、やけにしょぼい不幸がぼくを襲った——その差異。あれが、推理材料といえばそれなりの推理材料になった。格好だけ見れば、ぼくが奴から逃げているみたいで気に食わないが——考えてみれば奴は終始、ぼくの眼の届く範囲内にいた。信号で待ってみたり、駅の階段のところで、逃げずにこっちを見ていたり——姿を見失ったところで電車に乗ろうとすると、あちらから声をかけてきたり。奴は——ぼくに追いかけさせなければ、ならなかったのだ。あまりに近くにいて巻き込まれるわけにはいかないが——離れ過ぎるわけにも、また、いかなかったのだ。

「だが——やれやれ。いくら距離を取ったところで、残念ながら、魔法自体が解呪(キャンセル)

されるというわけではないらしいな」服にべっとりとついた血を確認して、ぼくは呟く。これがりすかと同じタイプの魔法式だというなら——効力を失えば、跡形もなく綺麗に消えてしまうはずだ。魔法式、だから……。「ふん——それに、やられっぱなしというのも——気に食わない」

このまま逃げ切れば、あるいは引き分けといったところになるのかもしれないが、そんなのは、とても我慢がならない。どうにかして反撃に出たいところだ。無論……反撃といっても、ここで勘違いをしてはならない。いつかりすかが、魔法を数学にたとえたことがあったが——『勝負』というものは、四則混合のようにはいかない。食らってしまったダメージというのは、どう足掻いても取り返せるようなものではないのだ。やられたからやり返す、とられたらとり返す、なんて種類の発想は、勝負を打つ上で絶対にやってはならないことである。そして、それらを踏まえた上で考えて——ここで、気持ちを途絶えさせてはならない、と、ぼくは判断する。何故なら、ぼくの『血』の問題がある……水倉破記の血ではなく、ぼくの身体を流れる血液、肉体そのもの。最初のとき、ぼくのいた場所を特定したように、『りすかの匂い』から、あいつはぼくのいる場所を特定することができる……それがどれくらいの距離においてまで可能なのかは、言ってなかったけれど……。そんなに広範囲に亘るとは思えないが……、えっと、『そこにいる』のはわかっても『どこにいる』かはわからない、だっけ？　とはいえかなりな集中力が必要なはずだから、水倉破記がぼくを追ってくる上では、それだけでは決して致命的とまではいえないが……しかし、それはあくまで双方の条件が平等な場合においてのみだ。ぼくはあくまでただの人間、『隠形』の魔法など使えるわけもないし、水倉破記の『匂い』を感じ取ることも、当然、できたりしない。集中力を必要とするのならば、『血縁』以前に、まず魔法能力が前提条件なのだろうということは、いうまでもない自明だ。つまり、一方的に、あいつはぼくの場所を知ることができる立場にある。このアドバンテージは、鬼ごっこにおいては、かなり大きい。隠れんぼじゃないだけ、まだマシか……。

「さて——そうだな」

こういう場合は、まずは基本に立ち返ること……魔法使い、と、いうか、己よりも能力の優れた——もとい、『己にはない能力を持つ者』を相手にするときの、ぼくのマニュアルを、思い返しておこう。そうすることで、羊を数えるように、冷静になれる。…………。まず——状況の認識。弱い者を相手にするのに戦略はいらない、強い者を相手にしているから、自分は戦略を必要としているということを——忘れないこと。そう……大事なのは、まず、大部分における相手の勝ちを認めること。十の内、九までは、相手に取らせていい。大事なのは、最後の一つを、決して譲らないこと……。考えなければならないのは、『どうやって』勝つかではない——どこで、勝つか。別に、全体通して勝利する必要も、通算で勝利する必要もない――最終的に、勝てばいい。相手が自分にない能力を持っている以上、『相手に勝たれて当然』『相手に勝たれて普通』であることを、まず、前提とする。その『相手に勝たれる箇所』と『こちらが勝つべき箇所』とを、混交(こんこう)してはならない。勝たれるところは、勝たせていい。それは敗北とは違う。相手の勝利と自分の敗北は、決してイコールではない。つまり、自分の目的が『己の勝利』であることの、認識。決して、『敵の敗北』を望んでいるのではないということ――ここを、素人は取り違える。負かすことと、勝つこととは、全くの別物。勝つためには、相手に勝たせることも、時として重要。目の前の敵は、あくまでただの障害。決して、競争相手ではない。競争相手と認識した瞬間、焦点がそこに合ってしまう。決して、相手と対等にならないこと。相手の能力を己より上と認めても――己の存在が、相手より絶対であるということを、確信すること。

「――よし」

集中、完了。熱くなるのでもなく、さりとてクールに徹するのでもなく、ナチュラルな状態の自分が、戻ってくるのを感じる。りすかの『お兄ちゃん』、運命干渉系の魔法使いを前にして、鼓動を乱していた心臓に、落ち着きが帰ってくる。お帰りなさい。そうだな……何はともあれ、まず、ぼくの血よりも、水倉破記のこの血をどうにかする必要があるか。この魔法がかかっている限り、奴に近付くだけで、ぼくの身には死の危険が降りかかる。対策を練らなければ。もう、これだけ距離を取れたことだし――次の駅辺りで、何とかするか。既に、人目を気にする必要はなかった。血まみれの子供に異変を感じ取ったのか、この車両に乗っていた乗客は、全員、降りたか、他所の車両に移動してしまっている。ま、変装しているから、多少の騒ぎになっても、それは構わないのだが――ふん。それにしても、今日は――水倉破記の魔法のことを差し引いても、踏んだり蹴ったりだな。りすかには怒鳴りつけられるわ、過保護な従兄は現れるわ――参ったものだ。散々といっていい。

「…………」

水倉破記は――本当に、りすかを、長崎につれて帰ってしまうつもりなのだろうか。少なくとも、奴は、そのつもりでいるだろう。奴の話からすると、りすかは今のところ、それを拒否しているらしいが――そんなものは、水倉破記にしてみれば、子供の戯言（ざれごと）に過ぎないのだろう。大体、考えてみれば、奴のいう通り、はなから無茶な話ではあるわけだ。りすかは――誰がどう見ても、十歳の子供だ。魔法が使えようがどうしようが、その事実は誤魔化しようがない。確かに、最後の手段というか、無敵の『切り札』はあるものの――それにしたって、制限がある。一分やそこらの間『最強』になれるだけの魔法で、生まれたときからずっと『最強』であり続けている水倉神檎に、敵うわけがない。いくら魔道書を集めて努力したところで――『ニャルラトテップ』に及ぶわけがないと考えるのが、常識的な考え方だ。

「……だけど、ぼくがいれば」

ぼくは声に出して言う。そうだ……ぼくさえ、りすかのそばにいれば――その不可能は、可能になる。りすかの目的は、果たされる。そう思う。そう信じている。そう、理解している。水倉破記は――ぼくに対し、ぼくは魔法について何も知らない――なんていったけれど、そんなことはない。この一年、りすかと共に積み重ねてきた数々の経験は、確かに、長崎で十八年も生きてきたあの男にしてみれば、微々たるものだったかもしれないが――それでも。今日、確かに、水倉破記のこの魔法、『迫害にして博愛の悪魔』の『運命』に、翻弄されっぱなしで、改めて魔法の恐ろしさを教え込まれたかもしれないけれど――それでも。

「それでも――」

子供だから最悪を知らないなんて、言わせない。

「…………くだらねー」

窓の外が、にわかに、明るくなる。地下鉄が、一時的に、地上に出たらしい。よし――いつまでも電車に乗っているわけにもいかないし、次の駅で降りよう……次に打つべき手も、とりあえずは決まったことだし――と、思ったところで、急に、電車の速度が、がくんと、落ちた。もう駅なのかと思ったが、そんな車内放送はなかった。不審に思っている内に、電車はどんどん速度を落とし――遂に、停止してしまった。そこで、今更のように車内放送が流れる――だがそれは、勿論、駅への到着を告げる放送ではなかった。

『只今、路線上で人身事故が発生しました。そのため、この電車は、一時的に、停止します――繰り返します――只今、路線上で人身事故が発生――』

「………………っ！」

人身事故――だと！　まさか――いや、考えるまでもない、まさかと思うことがそれこそまさかだ、今ここで、こんな都合よく――否、都合悪く、偶然がありえるわけがない！　これは――『不幸』がまた、戻ってきている！　だが、どうして――水倉破記が、この電車の中にいるってことなのか？　さっきの駅ででも、乗り込んできていたというのか？　いや――それにしては、『不幸』があまりにも唐突過ぎる。車両内には、どう見てもぼく一人しかいないし――

「……ああ、そうか……その手があったか……」

ぼくは、そっと窓から、外の景色を眺めてみた。そこは、鉄橋の上だった。川が流れている場所だから、地下鉄は、一旦地上に出たということらしい。そして――その河川敷のところに一人、ぽつんと、不自然な形で――学生服の男、水倉破記がいた。

それなりの距離があるので、間違いなくその学生服の男が水倉破記なのかどうか、ガラス越し、ぼくの視力でも判断が難しいところだが——しかしこの状況。間違いないと断言してしまって、いいだろう。

「——先回り、したってのか……」

信じられない——と思うのは、水倉破記が、ここで待ち構えていたことではない。あの駅から、タクシーを飛ばせば、時間的にはかなりの余裕があるくらいだし、地下鉄が一瞬だけ地上に姿を現し、目視できるこの位置で待ち伏せをしようというのは、ごく自然な発想だ。正攻法といっていい。一番安全な方法だ。電車から降りていないこと自体は、例の『匂い』で判断できるだろうし……。そう、奴の魔法の（弱点ともいえないような）弱点としてあげられるのは、『離れ過ぎても近付き過ぎても駄目』ということ。離れ過ぎると効力が低下するし近付き過ぎると自分も巻き込まれる。故に、これはぼくもつい今まで意図したことではなかったが——たとえばこの地下鉄の車両内のような閉鎖空間に逃げ込むのが、術をかけられた者が選択するにあたって、一番マシな手段なのだ。しかし——閉鎖空間、それは閉じ込められているということでも、ある。だから、不幸の絶対量こそは減少してしまうが、離れた場所から、削るように、その閉じ込めた相手を狙う——というのは、実に正攻法だ、まるで、驚くには値しない。さっきまでのような追いかけっこをするよりは、ずっと合理的な手段

――水倉破記が最初からこの状況を狙っていたのだといったとしたら、ぼくはそれを信じるだろう。ぼくがここで、我が目を疑うくらいに信じられないのは――この期に及んでの自分の悪運だった。悪運――ああ、正しく、これぞまさしく、悪運だ。もしも――もしも、水倉破記が、前の駅で乗り込んでくるとか、次の駅だかに先回りしたとかで、車両内というこの閉鎖空間の中でぼくに直接『不幸』をぶつけてくるだけの度胸を持ち合わせていれば――本当に、次の手が、封じられてしまうところだった。ここは唯一、ぼくが打とうと思っていた次の手を――予定外にして、打てる場所だった。ぼくは、椅子から立ち上がった。

「……っと」

こけそうになって、なんとか、こらえる。見れば、また――靴の紐が、残った左足の靴の紐がほどけていて、それを、右足で踏んでいた。右足は靴を履いてなかったから、靴紐を踏んだことに敏感に気付いたというわけだ。やれやれ――これで、もう、あそこに見えているのが水倉破記でなかったところで、この河川敷のどこかに、水倉破記がいることは、はっきりした。確か――電車のドアーは、手動で開けられる仕組みがあったはずだけれど、今それを実践しても、失敗する危険が高過ぎる。それよりも、よりラジカルな手法を選ぶべきだろう――と、ぼくは、脱いだ靴に、左手を突っ込む。

「せっせの――せっ！」

そして、その靴をグローブになぞらえて――さっき覗いたのと反対側の窓を、思い切り、殴りつけた。ガラスが、派手に音を立てて、割れる。さすがに反動が大きかったし、靴下ではふんばりがきかなかったので、またもやこけそうになったが――目的は達した。左手にはめたままの靴の裏で、がしがしと、窓枠に残ったガラスを払い落とす。どうやら隣の車両には人がいるようなので、作業をさっさとすまさなければならない。大体安全になったところで、ぼくは、その窓から身体を乗り出す。さっきのトラックのときといい、こういうときは、自分の体格の小ささを、ありがたく思う――まあ、こういうときなんて、本当に滅多にないけれど。

「つ……う、ぅう」

電車の窓から鉄橋に飛び降りるのは、もう、ただの落下といっていいほどに、距離があった。腰を思い切り打った。受身はとったけれど、あまり意味があったとも思えない。普段何気なく接していると忘れがちだが、電車というのは、かなりでかい乗り物なのだ。それは――いつぞやの、高峰幸太郎の事件でも、思い知らされたことだけれど。落下。落下ね……。ぼくは、電車の中の連中に見咎められないように、そっと身を伏せて、移動する。慎重に、慎重に……いや、これからやろうとしていることを考えれば、ここで慎重になることに、それほど深い意味があるとはとても思えないが……しかしそれでも、なるべく、鉄橋の真ん中の方がいい——川は、真ん中の方が、深いような気がする。地下鉄が避けて通るくらいの川だ、どの位置だろうと深さには問題がないとは思うが……。

「…………」

つまり……ぼくが次に打とうとしている策とは、要するに——この、全身を濡らす血液を、洗い流すということだった。『洗い流す』。この血がそのもの魔法式であるというのなら——それを、物理的に、取り除いてしまえばいいだけ。ぼくとしては、次の駅のトイレででも洗い流そうと考えていたのだが——ここが川の上だというのが——ぼくにとって……最後の悪運、か。いや、さしずめ、不幸中の災いというべきか……よりによって、ぎりぎりで、本当に、ここまで追い詰められても尚——こんなとんでもない選択肢だけが、救済措置として、嫌がらせのように、残されているというのだから。ふん。だが、やはり水倉破記も魔法使い——海を渡れない、先天的に九州に閉じ込められている、魔法使い。奴としては、こんな逃げようもない場所で、このぼくを孤立させたつもりになっているのだろうが——その考え方には盲点がある。川は、海に通じる。だから……血を川で洗い流すなんていう発想がないから——よりによって、こんな場所で、ぼくを待ち構えることになる。そして、その行為は水倉破記の『不幸』によって妨げられることはない——『鉄橋』から『落下』し『川』に『落ちる』なんてのは、どこから誰がどう考えても、『不幸』以外の何物でもないが故に……！　毒をもって毒を制す——言うなら、これは水倉破記のミスだ。水倉破記の魔法の——隙だ。その隙に、供犠創貴がつけいらないわけにはいかない。

「……しかし、とはいえ、やれやれ……」

思っていたより、これ——この鉄橋、高いぞ。電車から鉄橋への落下、なんて、物の数じゃない。マジで、こんなところから、飛び降りようってのか……？　水泳競技の飛び込みよりは、多少マシなのだろうが……無事ですむとは、とても思えないのだが……。川の流れは、結構遅いみたいだが……。

「…………！」

そのとき、電車が——動き出した。人身事故の処理がついたのだろう——ぼ、ぼくが、い、い、電車から、降りたがゆえに。ぼくが乗りっぱなしだったなら、こうはいかなかったに違いない——『運命』。鉄橋が大きく揺れる。動き始めで電車の速度がないのが、助かったところだが（そうでなかったら、問答無用に鉄橋から振り落とされていたところだ）——だが、間を遮る電車の車体がなくなったところで、河川敷の、水倉破記と、眼が合ってしまった。まあ、この場合、水倉破記に見つかったからどうってわけじゃあないんだけれど……しかし、ここで何らかの妨害にあえば、本当に打つ手がなくなる。そうだ——奴の場合、ぼくへと近付いてくるだけで、もうそれが、ぼくにとっては避けようのない攻撃なのだから。その意味では、この場所はまるで処刑場だ。次に来る電車が脱線でもしてみろ――否、それを待たなくとも、『老朽化』した鉄橋が崩れ落ち、大量の鉄骨と共に水没する羽目になるなんてことまでも、考えられる……！

「根底、気に食わない魔法だ……」

水倉破記――気に食わない。なんだか知らないが――ぼくはあいつが、初めて会ったときから、気に入らなくて気に入らなくてしょうがない。従兄だかハトコだか知らないが、りすかを抱きしめるような真似をしたあいつが、ぼくは最初っから気に入らなかった。運命干渉系――確かに大した魔法だが、ぼくの駒には、あんな奴は、いらない。そうだ――りすかが自分の意志で、長崎に帰ろうっていうんならまだしも、あんなにやけた野郎に、ぼくのりすかを連れて帰られたりして、たまるものか……！いいだろう――水倉破記！　貴様の不運とぼくの悪運、どちらが上だか、決着をつけよう――

「――そらよ」

ぼくは、まるで自殺でもするかのような簡単さでもってして、鉄橋から、ほの暗い川の底へと向けて、飛び降りた。無論、神に祈ったりしない。

「子は親を選べない――なんていうけれど、それにしたって実際、親だって子を選ぶことはできないんだよな」

水倉破記は淡々と、感情を込めずに言う。

「俺の親父ってのは、小物というか、落ちこぼれというか、なんていうか――ロクデナシでね。劣等感の権化みたいな男だったんだ」水倉破記は自虐的に笑う。「そして、生まれた子供であるところの俺もまた、随分な落ちこぼれで、ロクデナシだった……親父に輪をかけた、どうしようもない無能だった。親父は俺に天才であることを望んだが、俺は満足に、基本魔術一つも使えやしなかった」

『魔法の王国』――長崎県において、更にその中の魔道市において、魔法を使えない魔法使いが、一体どんな扱いを受けることになるのか――それは、想像に難くない。昔から、『魔法の王国』の住人が、『城門』のこちら側で生活する人々を、腹の底から軽蔑していたことは、広く知られている。たとえ同胞であろうと、魔力なき者、魔力弱き者に対して――彼らはどこまでも残酷になれる。

「挙句、親父は禁呪に手を出して――実の弟に、殺されてしまった。……息子の俺が言うと、釈明めいて聞こえるかもしれないけれどね、親父はそれほど、悪い人間だったというわけではないんだよ。それに、周りが言うほどに、劣った魔法使いでもなかった……禁呪に手を出したのは、自分のためじゃなく、俺のためだったんだ。より正確にいうならば、俺のような出来損ないを息子に持った、自分のため、だけれど……でも、俺は思うんだよな。俺が子供の頃から、もう少しマシな魔法使いだったなら、親父は死なずに済んだんじゃないかって、さ。親父には随分殴られたもんだけれど、それでも、どっか期待してしまうんだ。もう叶わない夢だからこそ、夢見てしまうよ。俺がもっと優れた魔法使いになれば、親父が褒めてくれるんじゃないかって。……親父は一度も、俺を褒めてはくれなかったからね」

水倉破記は冗談っぽく、肩を竦めた。

「親父が殺される直接のきっかけというのが、りすかの存在なんだ。これは、りすかは知るよしもないことだけれど……あの子は、その父親、水倉神檎と同じく、生まれついての天才だったからね。まあ、これも、正確にいうなら、その父親によって、『天才』として製作された、というべきなんだろうけれど……親父にとっちゃ、そんなの同じだよな。てめえの息子は呪文一つ唱えられない、魔法式一つ演算できないクソガキだってのに、水倉りすかのその化け物っぷり……。親父の心中は察するに余りある。……正直言って、俺も、ね。どうして――」

水倉破記は言葉を区切り、

「どうして親が違うだけで、こんなに違うのか」

吐き棄てるように言った。

「……少女専門の誘拐犯、大犯罪者にして死刑囚——影谷蛇之とかかわったというならば、説明されるまでもなく聞いているとは思うが、『魔法の王国』じゃあ、犯罪者の扱いというのは、もう劣悪でね。自由が大きく保障されている分、自由の代償もまた、大きい。こんな平和な場所で暮らしているきみのような子供からすれば、あらゆる想像を絶すると思うよ。いくらなんでも、まるで知りえないものは想像できないだろうし、あってはならないものも——人間には想像できないはず。それくらい、劣悪な扱いを、犯罪者は受けることになる。そして——それは、犯罪者の息子でも、似たようなものだ。禁呪に手を出すことは、たとえ未遂であっても、人殺しよりも罪が重い第一級犯罪だからね。神檎さんが保護してくれなくちゃ、俺なんてとっくに野垂れ死んでるよ」そう言いながらも、取り立てて水倉神檎に感謝しているわけでもなさそうな口調で、水倉破記は続ける。「りすかの『お兄ちゃん』をやっていたのはその頃かな——既に言ったよね。りすかは、気難しい、懐かない子供でね。何を考えているんだかまるでわからない、そいでいて天才だってんだから、俺は、酷く——嫉妬した。憤慨なんてものじゃない、あれはただの憎悪だったな。俺の不幸の全てが、水倉りすかの所為(せい)である気がして——憎しみ、恨(うら)み、怒りの炎を燃やした。……殺してやろうと思ったことすら、一度や二度ではない。寝入った彼女の首に、手を回したことさえ、ある」

　水倉破記はそこで深く、ため息をつく。

「……けれど、その憎悪を溶かしてくれたのもまた、彼女だった。今じゃりすかは、随分と俺のことを頼りにするようになったけれど——本当のところで頼っているのは、俺の方だ。今も昔も、きっと、これからも。彼女がいるから、俺がある。俺は神檎さんには感謝していないが——りすかには、本当に感謝しているんだよ。この包帯——」水倉破記は、手首の包帯を示した。「この包帯で封じられた、俺の血液に織り込まれた『魔法式』。神檎さんが、俺のために、そして気まぐれで、構築してくれたものだ——皮肉なもんだよな。不幸と不運にまみれた俺の人生、そしてその果てにようやく得た確かな『魔法』が、その種類(カテゴリ)が、運命干渉系のど真ん中だっていうんだから……俺の人生は、決定的に『不幸』だって、ことなんだろうよ。翻弄(ほんろう)されてる、笑えるねえ。俺の人生は、魔法使いとしての称号を保有するようになった今でも、ロクデナシの親父と、くそったれな『運命』に、縛り付けられているのさ。——しかし、だ。しかしりすかの場合は、それどころじゃない。りすかの父親、水倉神檎は、犯罪者でこそないが——それどころじゃない。当然りすかも——それどころじゃない、扱いを受ける。そう考えたら、気付かされるわけさ。自分がどれだけ甘いことを言っているか。自分の人生が、どれだけ甘ったるいものだったのか。自分の矮小さが嫌になる。俺は今でも――りすかの必死さ、懸命さを見ると、自分が恥ずかしくなるんだ。親に翻弄されているのは――俺よりも、むしろりすかだ。親が違うというだけで――どうしてこんなに違うのかって、くらいにね」

「子供は……」

ぼくは――そんな、水倉破記を睨む。

「子供は、生まれたくて生まれてくるんだ。だから、親がどうだろうと――それは仕方のないことだ。最初から、条件として、あるものなのだから――見切らざるをえない、こと、なんだ」

「……それは、子供の台詞とは思えないな。あまりにも割り切り過ぎている。察するにきみも――両親には何らかのコンプレックスを抱いているのかい？　だから――りすかに肩入れしている、とでも言うのかな？」

「…………」

「当たらずといえども遠からず、的外れというわけでもなさそうだな。だけどそれなら――きみは、りすかを止めるべきなんだ。真に、りすかのことを思うなら。俺はりすかのことを思っているから――そうする。無理矢理にでも、だ。俺の『不幸』を使えば、容易いことなんだよ。そんなことをすればりすかは俺を恨むだろうが、それでも構わない。りすかのためだ、なんてことは言わない。俺は、俺のために、りすかを長崎に連れて帰る」

「…………」

「しかし——見事なものだ、と、言おう」

水倉破記は、改めて、感じ入ったように、そんなことを言う。ぼくは、その、水倉破記の姿を、ぼんやりとしか、捉えられない。それほどまでに、意識が揺らいでいた。ぼんやりと。学生服姿の——髪の赤い、眼の細い、両手に包帯を巻いた、男。

「撤回させてもらうのはきみに対して述べた罵言のほとんど——じゃあ、ないな。きみに対して述べた、罵言のほとんどを、撤回させてもらう、だ。供犠創貴くん。きみは十分に、魔法というものを知っている——最悪というものを、知っている」

「…………」

ぼくは——水倉破記の、そんな言葉を、ぼーっとした頭で、聞き流す。これは——この感覚は、りすかの、『省略』に同行したときのような、あの感覚に、似ている——正気に返るまでにある、タイムラグの、あの感じ。ここは——どこだろう？　ぼくは誰だろう？　ぼくが誰か——供犠創貴。それを忘れるわけがない。それは、ぼくの矜持だ。そして、ここは——河川敷の——鉄橋の、真下。コンクリートの台座に腰掛けて、無骨な橋脚に背中を預けて、ぼくは——かろうじて、呼吸をしていた。全身がずぶ濡れで——服が張り付いて、気持ち悪い。その気持ち悪さのみが身体を支配していて、痛みとか、そういうものは、感じなかった。被っていた帽子が、なくなっている。流されてしまったのか。別にいい、ぼくのじゃない。ランドセルが足下に放り出されている。……成程。状況は認識した——しかし。

「しかし——勝負は、俺の勝ちだな」

「…………」

鉄橋から飛び降りる——という策自体は、間違ってはいなかった。水倉破記の血液、その魔法式を洗い流すことに成功し、今のぼくには、もう、『不幸』は寄ってこない——しかし、とどめの一つが、酷かった。酷かったというか……とんでもなかった。『不幸』——『不運』。まさしく、呪い。ぼくが鉄橋から身を投げた、その着水ポイントに——上流から、橋柱が邪魔になってぼくからは見えなかった角度で、かなり大きな、巨大と形容して何ら問題ないクラスの——木塊が流されてきたのだった。『流木』——ぼくはその上に、重力とその加速度の限り思い切り、叩きつけられることになった。否、叩きつけられるというより、その流木は枝ぶりが結構立派だったので、『突き刺さるように』というべきか。ぼくは、百舌の速贄の気分を、味わった。結果として水倉破記の血液だけは洗い流すことはできたが——今のぼくは、自分の血の色で、全身真っ赤に染まっていた。最後に、とんでもないどんでん返しがあったものだ……。どうやって陸まで這い上がってきたのだか知らないが……もう——本当に、生きているのが不思議なくらい、全身がずたずただった。最後の最後で——とんでもない『不幸』を、お見舞いされたものだ。不覚にも、笑ってしまいそうになる。痛みで麻痺して——それすら、ままならないが。

「……勝負じゃ、なかったんだろ」

「だっけな。ああ。そうだった。そう、俺はきみを『試す』と言った——だが、供犠創貴くん。『試す』といって、これが『試験』だったならきみは間違いなく『合格』だったかもしれない。けれどこれは『実験』だ。『実験』結果として——きみは間違いなく『不適格』だよ。……出来過ぎた子供は出来損ないの子供と同じくらいに、嫌われるもんだぜ。生き延びるために必要なのは、テストで満点を取らない狡猾さなのさ、供犠創貴くん。現に俺は、今は、そうやって生きているんだ」水倉破記は、学生服の懐から、当たり前のように、拳銃を取り出した。拳銃の種類は、あまり詳しくないので分からない。長崎産のものだろうか。あちらでは、手に入りやすいと聞くが……。そして——水倉破記は、その弾丸を確認しながら、再度、言い含めるように、繰り返す。「——りすかは、長崎へ、連れて帰るよ」

「…………」

「これは——必要がなかったら、きみやチェンバリンには勿論、りすかにさえ黙っておこうと思っていた、できれば俺一人の胸のうちに仕舞っておきたかったことだけれど……既に、状況はかなり切羽詰ったものになっているんだよ、供犠創貴くん。きみ達、きみやりすかが認識している以上に——現在の状況は深刻だ。勿論、何度も繰り返すまでもなく、きみも知っているように——りすかは、とんでもない天才だ。それは、いうまでもなく俺も認めようじゃないか。子供だし、全然ものを知らないけれど——彼女がとんでもない天才であることだけは、確かだ。俺なんかの魔法が、酷くチンケに見えるほどにね。しかし——そんなものじゃ通じない、そんなものじゃあごまかしが利かない現実が、これからは存在することになるんだよ——供犠創貴くん。影谷蛇之、『影の王国』を突破したというのが、十日ほど前だと——きみは言ったね？」

ぼくの返答を待たず、水倉破記は言う。

「その日を境に——六人、だ」

水倉破記は、細い眼を更に鋭くした。

「六人の魔法使いが——『城門』を越えている」

「……魔法、使い……が、六人？」

「そう、六人。一人でも二人でも三人でも四人でも五人でも七人でも八人でも九人でもない——六人の魔法使い。俺だってこれでもりすかの『お兄ちゃん』だ。りすかが、俺に隠れて『何か』画策しているようだってことくらいはチェンバリンに教えられるまでもなく、本当は随分前から気付いていた――りすかが行方知れずの神檎さんを酷く気にしているということも、勿論、知っていた。りすかの隷属性の高さは、さっき説明したはずだよね？　本能的にりすかが神檎さんを『求める』だろうというのは、大いにあり得ることだと推し量っていた……ゆえに、こういう状況になっているかもしれないということくらい――実のところ、察しがついてはいたんだ。けれど、それは別段、放置しておいてもいいことだった。俺にとってはね。心配性のチェンバリンはどう思っているのか知らないけれど、俺は、りすかの『時間操作』能力じゃあ、運命干渉系の最高位クラスである未来視や過去視の魔法ですら発見できないほどの『隠形』を行使する神檎さんを見つけ出すことなんてとてもとても不可能なことを、知っていたから」

「…………」

「しかし――六人の魔法使い、だ」

水倉破記は憎々しげに言う。

「『眼球倶楽部』人飼無縁」

一人――

「『回転木馬』地球木霙」

二人――

『泥の底』蠅村召香」

三人――

「『白き暗黒の埋没』塔キリヤ」

四人――

「『偶数屋敷』結島愛媛」

五人――

「そして――現時点では称号こそ保有していないが、水倉鍵で、六人の魔法使い。……この六人が、ほとんど時期を同じくして――『城門』を越えた。そもそも『城門』を越える長崎県の住人という存在自体が稀有だというのに、これはとても偶然では済まされない。それも、りすかが、影谷蛇之とかかわりを持ち――声でだけでとはいえ、神檎さんと接触を持った直後に、だ。これがどういうことだか、聡明なきみは分かるだろう？　供犠創貴くん」

「…………」

「最早――一刻の猶予もない、ということだ」

水倉破記は、正面から、ぼくに向いた。

「……きみを、一人の、対等な男と見込んで――これは俺からのお願いだ。そう、これはもう、相談じゃない、お願いだ。俺はもうきみを子供だとは思わない——水倉破記から供犠創貴への、お願いだ。りすかを、説得してくれ。長崎に帰るように、説き伏せてくれ。どうやったのか知らないが、あのりすかを口説き落としたきみにならば、簡単なことだろう？　容易(たやす)いことだろう？　……りすかが、ただの二年、たったの二年で、神檎さんのところにまで辿り着けたのは——きっと、きみのお陰なのだろう。それは、理解した。だから——頼む。今なら、まだ間に合うんだ。りすかを俺に託してくれるならば、きみが望む何でもを、引き換えに渡そう。りすかを長崎に——連れて帰らせてくれ」

「…………」

「ん？　何だって？」

「……めだ」

「……聞こえねえよ」

「駄目だ」ぼくは、はっきりと聞こえるように、言った。「りすかは、貴様のような奴には、渡さない」

「…………」

「りすかはぼくのものだ。誰にもやらん」ぼくは、水倉破記に対して、言い渡した。「対等のつもりか、思い上がるな。何と引き換えだといわれても、りすかは誰にも渡さない。あれは、ぼくのだ」

「……それが本音か？　失望させてくれる……心底、絶望させてくれる。所詮は——ガキだな」水倉破記が、心の底から不快そうに、銃口をぼくに向ける。脅しの空気はない。あるのは、本気の空気だけだ。「きみのお陰でりすかが神檎さんに接触できたというのなら——きみがこの世からいなくなるだけでも、一応のところ、俺の目的は、果たせるんだぜ？　心得違いをするなよ、供犠創貴くん。きみに委ねている判断は、りすかの進退じゃない——きみの進退、それのみだ。まさか、この期に及んで、殺されることはないだろうなんて、能天気なことは思っちゃいないだろうね？　俺は、りすかのためになれる俺のためになら、親父と同じ、犯罪者になることを、厭わない。幸い、俺にはまだ子供はいないことだしね。親の因果が子に報い——とは、いかないさ」

「…………」

「それでも——それなのに、きみは、水倉りすかを己の所有物だと言い張るのか。自分の命と引き換えだといわれても」

「自分の命と引き換えだと言われても」ぼくは挑発的に言う。「そんなことは——愚かな貴様の他愛のない戯言だ。最初から取引になっていない。……誰がなんと言おうと、知ったことか。りすかはぼくのものだという事実は、揺るぎない事実なのだから。ぼくは、ぼくのものを、絶対に手放さない」

「降参すれば——命だけは助かるのに？」

「命だけ助かってどうするよ。ぼくの主はぼくだけだ。下げる頭の持ち合わせはない」水倉破記を、睨みつける。全身が動かなくても、それくらいはできた。「それに……『お兄ちゃん』だって割に、案外何も分かっちゃいないんだな……りすかが『隷属性』なんて理由で、てめえの父親を探してるだって？　そんなわけがないだろう……それは違う」

「…………」

「そんな理由じゃあ——りすかはぼくを殴りつけたりできないんだよ。己に恥じるところがないから——確固たる『意志』と……、『意志』と、それに、『目的』を持って——ぼくを、殴ったんだ。りすかがそんな扱い易い『道具』だったら、とっくの昔にぼくの手中だ……そんな分かり易い魔法使いだったら、とっくの昔に、ぼくの『駒』だ。ぼくに隷属しねーってんだから、それは誰にも隷属しないってことなのさ……」

あんなに——扱いづらい、奴はいない。どうやっても——ぼくの手中に納まらない。そばにあっても、それだけだ。それは、何故なら水倉りすかには、確固たる『意志』と、確固たる『目的』が、あるがゆえ——そのゆえに、水倉りすかは——道具や、駒に……なりきらない。そんなものじゃ、ない。

「水倉りすかは駒じゃない」

ぼくは血を吐きながら、言った。

「それに……なんだって？　言うにこと欠いて……りすかがとんでもない天才だって？　冗談じゃない……なんて誤解だ、冗談じゃない……あいつはただの、天才だよ。そして――とんでもない、頑張(がんば)り屋さんなんだ……」

ぼくは――それを、この一年と少し、ずっと、見てきた。りすかの部屋の本棚に、並んでいる魔道書の数を、ぼくは知っている。ぼくはずっと、りすかを観察してきたから――知っている。

「だから、ぼくが……ことの頑張り方って奴を、教えてやってるのさ。教えてやらなくちゃ……、ならないのさ」

「…………」

「それに、貴様にぼくは殺せない――ああ、まさかと思っているさ。一体それがまさか以外の何だと主張するつもりだ？　貴様にぼくは殺せない――水倉破記如きに殺される、供犠創貴ではない！」

「そうかい。そりゃご機嫌だ」

最初から、特にそれ以上交渉を続けるつもりもなかったらしく、水倉破記は、あっさりと拳銃の引鉄を引いた。確実に自分の意志で、ぼくを殺すつもりで、殺意を込めて、敵意を込めて、悪意を込めて、一片の容赦もなく、確固たる覚悟で、撃鉄を起こし、引鉄を引いた。丁度、鉄橋を、電車が通過する。その音に、銃声がかき消される。恐らく、このタイミングを待っていたのだろう。つまりはなっから、ぼくの命乞いなど、水倉破記は期待してなかったということか。電車の通過音。騒音。銃声が掻き消される。だけれど、ぼくにははっきりと、引鉄を引く音から銃声に至るまで、弾丸が空気を切り裂く音まで、余すところなく、聞こえた。一発。二発。三発。四発。五発。六発。七発。八発——電車が、轟音と共に、通り過ぎる。

「…………ふん」

八発の弾丸は——一発として、ぼくには当たらなかった。本来なら、ありえない話だ。ぼくはもう、避けるどころか指一本動かすことすらできないし——水倉破記と供犠創貴の間にある距離は、ほんの数メートル少し。たとえ幼稚園児だって、八発も撃てば一発くらい当てられる……だがしかし、それは、両者の間に——障害物がなければの話だ。

ぼくの前で——水倉りすかが両腕を広げていた。

その小さな背に——全ての弾丸を受けて。

「やあ……キズタカ」

「……やあ、りすか」

「……待った？」

「いや——」

ぼくは、静かに、首を振る。

「——今来た、ところだ」

そう、それはよかった——と、りすかはぼくの言葉を聞いて——くらりと、貧血のように足下をふらつかせ——ぼくの方へ向けて、倒れ込む。ぼくは、それを、抱きとめた。両腕を動かすこともできないが、とにかく、身体で——りすかの身体を、受け止めた。倒れた勢いが余って——りすかの帽子が、ぱさりと、ぼくの作った血だまりの中に、落ちる。

「……馬鹿な」りすかが倒れたところで——あらわになった、水倉破記の顔は、見物だった。「どうして……どうして、なんで、りすかがここに——」

「知らないのか？　知らないわけがないだろうよ——これがりすかの魔法。分からないのか？　分からないわけがないだろうよ——これが『時間』の『省略』だ」

「だ、だが——『省略』のためには、『座標』が必要なはず！　『自分がそこにいる』

という確固たるイメージが必要不可欠なはず！　俺達がここにいるのは、ただの偶然、『不幸』の結果でしかない！　俺達が今、ここにいることなど、りすかに分かるはずが――！」

「『どこにいる』かは分からなくても『そこにいる』ことは分かる――ん、だろう？　そんな魔法を使ってる割に……、その頭の中には応用力って言葉がないのかい……」

「……………。……っ！　あああっ！」

「ぼくの身体は――いまや半分以上りすかの部品でできてるんだよ、水倉破記」ぼくは無理矢理、力ずくで笑って――水倉破記に言う。「それは、あんたが指摘(してき)したことだろう？　あんたがぼくに教えてくれたんじゃあないか……ぼくからはりすかの存在を感じ取れるって――」

「な……は、半分、以上……？　そ、そんなに、だと……！　い、いくらなんでも！　滅茶苦茶(めちゃくちゃ)だ！　そ、それじゃあ、もう、ほとんど……っ！」

「そう、ほとんど。だから、いわばぼく自身が、りすかにとっての座標みたいなものだ――従兄の『お兄ちゃん』にも分かってしまうほど、ぼくからりすかが『匂って』いるというのは、ぼくにとっては意外だったけれど……しかし、他人のあんたに分かるものが、まさかりすか本人にわからないわけがないだろう」

「ぐ――だが、だがしかし！　だがしかしだ！　そこまではよしとしても、き、きみは——供犠創貴！」水倉破記は、動揺を隠そうともしない。もう銃弾が切れたのか、拳銃を、地面に取り落とす。「この状況で、この状況で——りすかの助けを、ずっと信じていたというのか！　つい先刻、あれだけ衝突し合ったばかりだというのに！　それなのに最初から徹頭徹尾！　正に命が風前の灯火になろうとしていた、あの瞬間にさえも、きみはまるで殉教者の如くに、りすかのことを信じていたというのか！」

「いいや、ぼくは何も信じない……この世に信じるものがあるとすれば己の悪運くらいだという、なんとも寂しい男なのさ。強いて言うなら、そうだな、ぼくは、単にいつも通りにやっただけだ……。『ぼくが「時間」を稼いで↓(やじるし)りすかが決める』——うん。『いつも通り』だな」

「い——いつも通り……だと……？　それじゃあ、きみは最初から——いや、しかし、それでも、こ……こんなことが、きみにとっての、いつも通り——」

「そう、いつも通り。何一つとしてイレギュラーはない」ぼくは——水倉破記から、水倉りすかに目線を落として、万感の思いを込めて、呟いた。「しかしまあ……よりにもよってこんなぎりぎりのタイミングで間一髪(かんいっぱつ)だなんて——ついてないねえ、水倉破記」

「…………っ！」

「さて……と。それじゃあ皆様、大変長らくお待たせ致しました——お約束の、時間だ」そして例によっていつも通り、ぼくは勝利宣言の言葉を、口にする。「約束は、守るもんだぜ、お兄ちゃん」

　りすかの矮軀が——真っ赤に真っ赤に、溶解していく。どろどろに、ぐちゃぐちゃに、ぬめりぬめって。既にぼくの足下には、鮮血の、深い水海が現れていた。八発の銃創から、とめどなく血液が溢れ出す。八つの創から、とりとめもなく赤が湧き出る。どくどくとどくどくどくとどくどくどくとどくどくどくとどくどくどくとどくどくとどくどくどくとどくどくどくとどくどくどくとどくどくどくとどくとどくどくとどくどくどくとどくどくどくとどくどくどくとどくどくどくとどくどくと。無限のように、ぼくと水倉破記との隙間を、赤の景色が埋めていく。赤い、赤い、赤い。輝くような、まばゆい限りの、極彩色の赤。水倉破記は、そんな光景に、微動だにしない。何も行動を起こさない。ぼくに向かうことも、あるいは逃げ出すことも、完全に放棄している。全てを完全に放棄して、成り行きを——見守っている。そうだ、もうこうなってしまえば、できることといえば、成り行きを見守るくらいしかない。それができるだけでも、めっけものというべきだ。

「……んじゃまあ……りすか」くらり、と、また、意識がぼやける。相対的な出血量でいうなら、ぼくも、りすかに勝るとも劣っていないわけで……「あと……よろしく」

『おまかせなさい！』

そして――永劫とも思われる、呪文の詠唱。展開された血の海が、ぼくとりすかの血液が混ざりに混ざったその海が、ぼくを中心に集合していく。混沌の血液が、これ以上なく、まとわりつくように這い寄ってくる。血液の全てが確固たる意志を備えているかのようなおぞましさを持って、『彼女』の姿が形成されていく。集合が集結し、終結へと至る。

『のんきり・のんきり・まぐなあど　ろいきすろいきすろい・きしがぁるきしがぁず、のんきり・のんきり・まぐなあど　ろいきすろいきすろい・きしがぁるきしがぁず、まるさこる・まるさこり・かいぎりな　る・りおち・りおち・りそな・ろいと・ろいと・まいと・かなぐいる　かがかき・きかがか　にゃもま・にゃもなぎ　どいかいく・どいかいく・まいるず・まいるす　にゃもむ・にゃもめ――』

『にゃるら！』

そこで――そこまでで、ぼくは、結局、顕現する『彼女』の全身を見届けることなく――意識を、彼方へと落としていった。しかし、意識を失うその先に、何の不安もない。『彼女』のあの綺麗な腕が、ぼくの背中の辺りからすっと伸びて、赤い帽子を拾い上げるところを見られたそれだけで——今日の不幸が全て、報われた気がしたから。

昔読んだ、短編小説の話だ。とある高校生が主人公の物語。高校生は、穴を掘る。穴を掘るのが、趣味——否、習慣だった。裏山で、海岸で。校庭で、中庭で。体育館の裏で、庭園で。平野で、砂浜で。工事現場で、廃屋（はいおく）で。とにかく、隙間がある場所に、高校生は穴を掘る。穴を掘って、穴を掘って、穴を掘る。常にシャベルを持ち歩く。高校生は、何の意味もなく、穴を掘り続けたわけではない。そう——高校生は恐れていた。いつか、自分が人を殺すのではないかと。恐れていた——いや、確信していた、というべきか。だから、だからこそ、高校生は穴を掘る。誰かを殺したとき、その誰かを埋める穴が必要だから。穴を掘って、穴を掘って、穴を掘る。常にシャベルを持ち歩く。そして——遠く離れた旅行先で、川沿いの岩場にシャベルを入れたところで、高校生は違和感に気付く。違和感に気付いたところで、掘るのをやめるわけにはいかなかった。穴を掘ることは、高校生にとって目的ではなく手段だったから、中途で放棄（ほうき）するわけにはいかなかったのだ。そして——高校生は、死体を掘り当てて

しまった。……わたしだけじゃなかったんだ。高校生は、少しだけ、嬉しくなった。

「……………」

「あ。起きた？」

覚醒と同時に飛び込んできたのは——星空だった。暗いのに明るいという矛盾を孕んだ一面の星空だけが、ぼくの視界をしめていた。「………………」と、夢うつつの状態から、先刻までのところに意識が繋がるのに、数秒を要した。いや、あのときはまだ夕焼けの景色だったから……もう、先刻とはいえないわけか。ふと、後頭部に、奇妙な感触があることに気付く。見上げる。そこに、りすかの、微笑みがあった。照れ笑いのような、はにかみだった。これは……どうやら、ぼく、供犠創貴が——水倉りすかに、膝枕をしてもらっているという、そういう絵であるらしい。場所は、橋脚からやや移動して、河川敷の、芝生の上だ。川のせせらぎが、わざとらしいくらいに、聞こえてくる。

「おっす」

「……よう」

身体を起こそうと思ったが——まだ、背中がやや痛い。傷自体は、どうやら、二十七歳の『彼女』が治してくれたようだが——『痛み』を受けたというその事実自体は、ぼくの意識に、刻み込まれている『現実』だから、仕方がないのか。とはいえ、この程度の痛みには慣れているから、起きられないでもないのだけれど――まあ、いいか。枕というには寝心地は悪いのだけれど、動くのも、なんていうか面倒臭い……とにかく、疲れた……

「……水倉破記は？」

「ん……」りすかは小さく、首を傾げる。「ついさっき、長崎に帰ったのが、お兄ちゃんなの」

「……そっか」

とりあえず――今回のところは、りすかを長崎に連れて帰るってのは、諦めてくれたわけか。あの後、二十七歳の『彼女』との間に、『一分間』の限られた間に、どのようなやり取りがあったのか知らないけれど――言っても古い知り合い同士なのだから、あのまま安直に戦闘に突入とはいかなかっただろうけれど――まあ、結局のところ、贔屓目(ひいきめ)に見て、痛み分けって感じなのかな。

「それにしても……。危ないところだったの」

「そうでもないよ……大体、こんなものだろ」

「チェンバリンがトラックの事故のことを教えてくれなかったら、わたし、知らずに終わってたの」

「ああ……あれね。やっぱ、あれか。どれかが引っかかるだろうとは、思ってたけど……」

あの事故が、テレビで放送されるか何かでも、したのだろう。九州内でのそういった『事件』『事故』に関しては、りすかは広く、アンテナを張っているから……。水倉破記の『不幸』も、遠く離れたコーヒーショップまでは、影響しなかった。勿論(もちろん)、ぼくが自律的に、電話なり何なりで、りすかに助けを求めれば話は別になっていたのだろうが……。しかし、予想範囲内とはいえ……相変わらず——頭の回る奴だ。

「お兄ちゃんから、キズタカに伝言なの」

「伝言……？　伝言……何だろうね」

「『今度会うときまでに、男を磨(みが)いておけ』って」

「……くだらねー」

「『背も伸ばせ』って」

「『限りなく余計な世話だ』って伝え返せ」

「うん。今度電話しとくの」

「取り消し。あんな奴に電話するな」

ぼくの言葉に、りすかが笑う。冗談だと思ったのかもしれない。そう思わせておいた方がいいような気もしたので、ぼくもあえて、そこに言葉を重ねるような真似はしなかった。

「……ったく。偶然ってのはそれほど嫌いじゃなかったんだが——大嫌いになりそうだ」

「キズタカ」

「何？」

「……さっきは、言い過ぎたの。ごめん」それは、本当に——申し訳なさそうな、声音だった。「何が嘘だったとしても——わたしが、キズタカに助けられていたのは……それだけは、本当だもんね。だから……ごめんなさい」

「そんな……簡単に謝っちゃ駄目だ」

「でも——」

「あれだけ言っといて、謝るなんて虫がいい」

「……………」

「だから——謝るのは、ぼくだ」ぼくは、ぼくを見つめるようなりすかの視線から逃げて、星空の方へと視界を移す。「今まで、いっぱい騙（だま）して、ごめん。悪かった」

「……………」

「許せ……えっと……はい。許して、ください」

「……キズタカ」

「まだ、お互い、全然途中じゃないか。『目的』……ぼくの目的もりすかの目的もちゃ、駄目だ」

――全然果たせていない。こんな中途半端なところで、長崎になんか、帰るな。帰っ

「…………。キズタカは」りすかは、しばしの静寂の後、やがて、口を開いた。「どうして――わたしが、欲しかったの？」

「りすかの魔法が、欲しかった」ぼくは答えた。「りすかは、ぼくが、最初に逢った、魔法使いだから」

「でも、わたしの魔法なんて――全然役立たずなの。少なくとも、今のところは、全然使い勝手が悪いの。キズタカだって――そう言ってたじゃない。どこかで、他の魔法使いに乗り換えちゃっても、よかったんじゃない？」

「どいつもこいつも、出来損ないばかりだった。『魔法使い』も『魔法』使いも。りすかが一番マシだ」

「ううん。それでも、わたしよりは――マシな人がいたはずなの。それは――ひょっとして、わたしが、水倉神檎の、娘だから？」

「それも、ある」

りすかの問いに、ぼくは頷く。

「けれど、それ以上に……ぼくは――」ぼくは、そうだ、ぼくは昔っから……水倉りすかのように――在賀織絵のように。「――はっきりと、自分の目的を言える奴が、

好きなんだ。目的に向かって頑張ってる奴が、好きなんだ。頑張ってる奴を見ると、手を貸さずにはいられない。刹那的じゃない、未来へと続く大きな目的を持った人間は——それだけで、価値がある。……それを達成させてやりたいと思う」

「……そっか」

りすかは、多分、微笑(ほほえ)んで、頷いた。ぼくの言葉が、お気に召したらしい。りすかの膝枕という奇妙な状況下において口が滑(すべ)ってしまった感はあるが——まあ、怪我の功名——否。今日、ようやくこの言葉を使うことができるけれど——不幸中の幸いと、言ったところか。そして、今度は、ぼくがりすかに、質問する番だった。

「りすかは——どうして？」

「うん？」

「どうして……ぼくの誘いに、乗ったんだ？　ぼくにはりすかが必要だったけれど——りすかに、ぼくが必要だったわけじゃあ、ないだろう？」

「ん……」

「答えてくれ」

「そりゃ——キズタカといたら、楽しいの。キズタカと一緒にいると、楽しいの」りすかは、訥々(とつとつ)と、言う。「それに——キズタカは、わたしの命を——助けてくれたから」

「——それは」

　りすかと出会って——最初の頃。そのとき敵対した、とある『魔法使い』に——水倉りすかは、『赤き時の魔女』は、殺された。ほとんど、殺された。いや、あれはもう、完全に『殺された』と言ってしまうべきだろう。それ以外に表現はない。『ほとんど』なんて遠回しな言い回しなど、まるで無意味だ。このぼくですら、思い出すだけで胸が悪くなってしまうような、そんな出来事だ。実際、比喩でなく、ぎりぎりのところでぼくが間に合わなければ——りすかは、今現在、生きてはいなかっただろう。その『魔法使い』は、決して図抜けた強敵というわけではなかったが——その頃のりすかは、まだ『魔法狩り』などとは呼ばれておらず、魔法使いとの戦闘にも慣れていなかったのだ。そして、その上で、当時の彼女は、自分の力を、過信していた。例の切り札、二十七歳の『自分』という切り札を、あまりにも過信し過ぎていた。それゆえの結果の、ぼくの指示を無視した結果の——結果だった。それが、水倉りすかの抱えている、今のところどうしようもない、心傷（トラウマ）。無論、ぼくにとっても、それはいい思い出だとは、言えないわけだが——二十七歳の『りすか』の力を、そのときのぼくも、過信していたとは、残念ながら言わざるを得ない。『彼女』の扱い辛さを、完全に理解していなかったと、そう言わざるを得ない——水倉破記のいうように、ぼくがりすかに何かをしたというのならば、その点に尽きる、そんな気がする。強いて言うなら、そういうことだ。りすかが、ぼくに対し、どこかで信頼を置いてくれたポイントがあるとするなら――ぼくのいうことを、きっちりときいてくれるようになった切っ掛けがあるとするならば、多分、あそこしかないだろう。だけど、けれど、そんなことは、分かっていることだ。ぼくが訊いているのは、そんなことじゃない。ぼくが聞きたいのは、そんなことじゃない。だって、それは――

「……それは、でも、後からの理由だろう？　ぼくが知りたいのは、最初のところなんだ。最初のところの、りすかの気持ちが知りたい。あのとき、あの場所で――どうしてぼくに応えてくれたのか。ぼくは、それが――わからないんだ。昔は分かっていたのかもしれないけど……それを、ぼくは忘れてしまったんだ。一体ぼくはあのとき、あの場所で――りすかに、どんなことを言ったんだろう……」

ぼくには、りすかの気持ちが分からない。多分、分かる必要がないからだ。だけど、必要のないことだって――たまには、必要としたくなる。こういうメンタルなところが――ぼくにとって、弱点だ。

「ん……」

りすかは、太ももの上に載せたぼくの頭を、両側から、挟みこむようにした。頬に、手のひらを添えるような形だ。なめらかな手袋の感触が、不思議に心地よい。手袋の布地越しに、りすかの体温を感じる。何をするつもりなのかと思ったが、こともあろうに、強引に頭部の角度を変え、無理矢理、星空を見ていたぼくの視線を、自分の視線に、絡ませた。りすかの赤い瞳が、今までなかった距離で、ぼくを覗(のぞ)き込む。

「誰かからあんなに必要とされたのは、生まれて初めてだったから」

「…………」

「何を言ったかなんて――だから、関係ないの」

水倉破記の言によれば――りすかは長崎で、なかなか懐かない、気難しい子供だったのだ、そうだ。消息不明の父親が――その現象に、どれだけ深く関与しているのか、そんなことは、わからない。子供に関して、全て親に責任があると思うなんて――そんなのは、思い込みで、おこがましい。親と子、親子関係なんて、本来、そんな難解に捉えるべき概念ではないのだ。

「ん……。だから、えっと」

りすかは、やや迷うようにしてから、言った。

「キズタカが、犯してきた罪と、ついてきた嘘(うそ)の、その全てを――今、ここで、わたしが、許してあげるの」

「…………」

「これからは、そういうことしちゃ駄目なの」

「……おーけい」

「それで、わたしの気持ち、これからは、もう少しだけ、考えてください」

「それは……面倒だなあ」

「でないと、故郷に帰らせていただきます」

「……わかった」ぼくは言った。「これからは、りすかの気持ちを、もう少しだけ、考える」

よろしい、とりすかは満足そうに頷いた。生まれて初めてというなら――誰かに許されるというのは、これはぼくにとって、生まれて初めての経験なのかも、しれなかった。

「ねえ、キズタカ」

りすかが、近過ぎる距離で、艶っぽく、笑んだ。二十七歳の『彼女』が浮かべるような、そんな感じの、微笑だった。

「わたしのこと、欲しい？」

影谷蛇之の存在を通して聞いた――水倉神檎の、声。ほんの二言三言ではあったが――あの声は、明瞭な形で、ぼくの脳裏に刻み込まれている。あの、這いよってくるような、光も闇も、陽も陰も、黒も白も、生も死も、善も悪も、正も負も、実も虚も、有も無も、真も偽も、悦も苦も、明も暗も、聖も邪も、全てない交ぜに混沌させてしまったような、あの声。あの――圧倒的、存在感。圧倒的、絶対感。思い出すだけで――おぞましい。だから、本当のところ、水倉破記が、りすかを長崎に連れて帰ろうと考えたのも、やっぱり分からないわけではない。年齢的なことや、その事情から考えて、奴の方が、水倉神檎のことを、実の娘であるりすか以上に、よく知っているだろうから。だからきっと、水倉破記は、今回、りすかのことを本当に諦めて、長崎に帰ったわけではないだろう。今回は文字通りの痛み分け――なのだ。それも、水倉破記は二十七歳の『彼女』に対し、『敗北』したから、長崎へ帰った――わけではあるまい。それより少し前の時点で――りすかが、ぼくの前に立ち塞がったから、りすかがぼくを庇ったから――だから、奴は、今回――退いたのだ。多分、水倉破記は、りすかを『敵』側に回すことを、よしとしなかったのだろう。だから今回は――なんとか、水倉破記を、回避できた。だが、きっと、奴はまた、性懲りもなくやってくるのだろう。りすかを長崎に連れ帰るために。それが、りすかのためであると信じて。『今度逢うまで』というのは、決して社交辞令ではないのだろう。ぼくの身長に関係なく、奴はぼくとりすかの前に、再び、現れるに違いない。……正直、冗談ではない。認めたくはないが――水倉破記とのバトルは、今までで一番の、苦戦だった。五つの称号を保持していたという影谷蛇之とのバトルなど、今回に比べれば楽勝もいいところだ。りすかが『殺された』、あのときもかなりのものだったが、それよりも――ある意味で、恐怖という言葉の意味を、ぼくは知った。魔法の恐ろしさ――とっくりと、味わわせてもらった。確かにここのところ、『敵』を、ぼく達にとっての『邪魔』を――軽視する傾向にあったことは、認めざるをえないだろう。やれやれ、『慣れ』とは恐ろしい。考えてみれば、ぼくは、身体の半分以上さえも、失っているというのに、その痛みにすら、慣れてしまっている。実際……本当に恐ろしいのは、本当に恐怖の対象とすべきなのは、その『慣れ』という感情なのかもしれない――りすかと一緒にいることが、あまりにも自然になり過ぎていたこの現在が、いい証拠だ。だが、恐れを知ったところでどうしたところで、恐怖を知ったところでどうしたところで、ぼくとりすかの行動は変わらない。ぼくもりすかも、もう、どうしようもないところにまで――踏み込んでいるのだ。今更、引き返せるものか。今更引き返す道など、あるものか。水倉破記には悪いが――ぼく達はもう、決定的に、手遅れなのだ。もう、どうあがいたところで――ぼく達は、やり直すことなどできないのだ。綺麗になってやり直すためには、ぼくもりすかも、あまりにも手を汚し過ぎている。悔やむことすら――供犠創貴には、偽善的だ。偽善的であるよりは、独善的であれ。だから――このぼくに、後悔なんて、ない。このぼくに、後悔なんて、ありえない。やり直すためには、あまりにも犠牲が大き過ぎる。これまでに払った犠牲の膨大な物量を思えば、ぼくには、本来、選択肢など絶無なのだ。できることといえば、最初に定めた目標を――貫くだけだ。……でも、そんなぼくを、りすかは――許してくれるのだそうだ。正直、甘いと思う。甘くて甘くて、たまらないと思う。この状況でまだ――ぼくに対して、救いを与えようだなんて、とんでもないお人よしだ。プリミティブだなんて、とんでもない。それとも、ぼくがもう、本当にりすかを騙すことがないとでも、本当に信じているのだろうか？　何を根拠に、そんなことが信じられるのだろう？　そこまで盲目的に、ぼくを信じていいと、そこまでぼくに依存してしまって――いいと思っているのだろうか。ぼくには、正直、それが――未だ、わからない。聞いたところで、りすかの気持ちが、ぼくには分からない。けれど――まあ、いい。まあ、いいさ。分からないってのは気に入らないから、少しずつ、理解はさせてもらうが、これからゆっくり、ちゃんと考えて――時間をかけて、理解させてもらうけれど――しかし、そうでなくとも、どうだったところで、りすかが、ぼくのそばにいてくれるというのなら――それで、今のところは、もう、なんだっていい。湿っぽいのは好みじゃないが――実を言えば、ぼくもまた……甘いものには、目がないのだ。食べ過ぎには、精々用心させてもらうけれど……。

そんなわけで、ぼく達は、一面の星空の下。

お友達から、始めることにした。

《From Beyond》 is Q.E.D.

本書は二〇〇四年七月、小社より講談社ノベルスとして刊行されました。

|著者|西尾維新　1981年生まれ。2002年に『クビキリサイクル』で第23回メフィスト賞を受賞し、デビュー。同作に始まる「戯言シリーズ」、初のアニメ化作品となった『化物語』に始まる〈物語〉シリーズ、「美少年シリーズ」など、著書多数。

新本格魔法少女りすか
西尾維新

2020年4月15日第1刷発行
2023年3月31日第2刷発行

発行者――鈴木章一
発行所――株式会社　講談社
東京都文京区音羽2-12-21　〒112-8001
電話　出版（03）5395-3510
　　　販売（03）5395-5817
　　　業務（03）5395-3615
Printed in Japan

定価はカバーに
表示してあります

KODANSHA

デザイン―菊地信義
本文データ制作―講談社デジタル製作
印刷――株式会社KPSプロダクツ
製本――株式会社国宝社

ISBN978-4-06-518649-7

講談社文庫刊行の辞

二十一世紀の到来を目睫に望みながら、われわれはいま、人類史上かつて例を見ない巨大な転換期をむかえようとしている。

世界も、日本も、激動の予兆に対する期待とおののきを内に蔵して、未知の時代に歩み入ろうとしている。このときにあたり、創業の人野間清治の「ナショナル・エデュケイター」への志を現代に甦らせようと意図して、われわれはここに古今の文芸作品はいうまでもなく、ひろく人文・社会・自然の諸科学から東西の名著を網羅する、新しい綜合文庫の発刊を決意した。

激動の転換期はまた断絶の時代である。われわれは戦後二十五年間の出版文化のありかたへの深い反省をこめて、この断絶の時代にあえて人間的な持続を求めようとする。いたずらに浮薄な商業主義のあだ花を追い求めることなく、長期にわたって良書に生命をあたえようとつとめるところにしか、今後の出版文化の真の繁栄はあり得ないと信じるからである。

同時にわれわれはこの綜合文庫の刊行を通じて、人文・社会・自然の諸科学が、結局人間の学にほかならないことを立証しようと願っている。かつて知識とは、「汝自身を知る」ことにつきていた。現代社会の瑣末な情報の氾濫のなかから、力強い知識の源泉を掘り起し、技術文明のただなかに、生きた人間の姿を復活させること。それこそわれわれの切なる希求である。

われわれは権威に盲従せず、俗流に媚びることなく、渾然一体となって日本の「草の根」をかたちづくる若く新しい世代の人々に、心をこめてこの新しい綜合文庫をおくり届けたい。それは知識の泉であるとともに感受性のふるさとであり、もっとも有機的に組織され、社会に開かれた万人のための大学をめざしている。大方の支援と協力を衷心より切望してやまない。

一九七一年七月

野間省一

講談社文庫　目録

西村京太郎　上野駅殺人事件
西村京太郎　京都駅殺人事件
西村京太郎　沖縄から愛をこめて
西村京太郎　十津川警部「幻覚」
西村京太郎　函館駅殺人事件
西村京太郎　内房線の猫たち〈異説里見八犬伝〉
西村京太郎　東京駅殺人事件
西村京太郎　長崎駅殺人事件
西村京太郎　十津川警部　愛と絶望の台湾新幹線
西村京太郎　西鹿児島駅殺人事件
西村京太郎　札幌駅殺人事件
西村京太郎　十津川警部　山手線の恋人
西村京太郎　仙台駅殺人事件
西村京太郎　七人の証人〈新装版〉
西村京太郎　十津川警部　両国駅3番ホームの怪談
西村京太郎　午後の脅迫者〈新装版〉
西村京太郎　びわ湖環状線に死す
仁木悦子　猫は知っていた〈新装版〉
新田次郎　新装版　聖職の碑

日本文芸家協会編　愛染夢灯籠〈時代小説傑作選〉
日本推理作家協会編　犯人たちの部屋〈ミステリー傑作選〉
日本推理作家協会編　隠された鍵〈ミステリー傑作選〉
日本推理作家協会編　Play推理遊戯〈ミステリー傑作選〉
日本推理作家協会編　Doubtきりのない疑惑〈ミステリー傑作選〉
日本推理作家協会編　Bluff騙し合いの夜〈ミステリー傑作選〉
日本推理作家協会編　ベスト8ミステリーズ2015
日本推理作家協会編　ベスト6ミステリーズ2016
日本推理作家協会編　ベスト8ミステリーズ2017
日本推理作家協会編　2019ザ・ベストミステリーズ
二階堂黎人　ラン迷宮〈二階堂蘭子探偵集〉
二階堂黎人　増加博士の事件簿
二階堂黎人　巨大幽霊マンモス事件
新美敬子　猫のハローワーク
新美敬子　猫のハローワーク2
新美敬子　世界のまどねこ
西澤保彦　新装版　七回死んだ男
西澤保彦　人格転移の殺人
西村健　ビンゴ

西村健　地の底のヤマ(上)(下)
西村健　光陰の刃(上)(下)
西村健　目撃
楡周平　修羅の宴(上)(下)
楡周平　バルス
楡周平　サリエルの命題
西尾維新　クビキリサイクル〈青色サヴァンと戯言遣い〉
西尾維新　クビシメロマンチスト〈人間失格・零崎人識〉
西尾維新　クビツリハイスクール〈戯言遣いの弟子〉
西尾維新　サイコロジカル(上)〈兎吊木垓輔の戯言殺し〉(下)〈曳かれ者の小唄〉
西尾維新　ヒトクイマジカル〈殺戮奇術の匂宮兄妹〉
西尾維新　ネコソギラジカル(上)〈十三階段〉
西尾維新　ネコソギラジカル(中)〈赤き征裁vs.橙なる種〉
西尾維新　ネコソギラジカル(下)〈青色サヴァンと戯言遣い〉
西尾維新　ダブルダウン勘繰郎　トリプルプレイ助悪郎
西尾維新　零崎双識の人間試験
西尾維新　零崎軋識の人間ノック
西尾維新　零崎曲識の人間人間
西尾維新　零崎人識の人間関係　匂宮出夢との関係